**HAYMON** verlag

Selim Özdogan

# Wieso Heimat, ich wohne zur Miete

*Roman*

Auflage:
4   3
2019   2018   2017   2016

© 2016
**HAYMON** verlag
Innsbruck-Wien
www.haymonverlag.at

Alle Rechte vorbehalten. Kein Teil des Werkes darf in irgendeiner Form (Druck, Fotokopie, Mikrofilm oder in einem anderen Verfahren) ohne schriftliche Genehmigung des Verlages reproduziert oder unter Verwendung elektronischer Systeme verarbeitet, vervielfältigt oder verbreitet werden.

**ISBN 978-3-7099-7238-0**

Umschlag- und Buchgestaltung nach Entwürfen von
hœretzeder grafische gestaltung, Scheffau/Tirol
Umschlag und Illustration: Eisele Grafik · Design, München,
unter Verwendung von Bildelementen von www.bigstock.com/Natael (Mann) und
www.bigstock.com/CIDEPIX (Skyline)
Satz: Da-TeX Gerd Blumenstein, Leipzig
Autorenfoto: Tim Bruening

Gedruckt auf umweltfreundlichem,
chlor- und säurefrei gebleichtem Papier.

*Gibt es bei euch zu Hause keine Esel?*
Aziz Nesin

*Sklavenmarkt ist, und es geht bunt zu.*
Elsa Sophia von Kamphoevener

In zwei unbekannten Ländern.
Vor gar nicht allzu langer Zeit.

**Prolog, in dem Krishna Mustafas Eltern sich im Pudding Shop kennenlernen, ihn zeugen, sieben Jahre zusammenleben und sich trennen**

Maria war anders als die übrigen Ausländerinnen, die mit Recep geschlafen hatten. Aber wie die anderen hatte er auch sie im Pudding Shop kennengelernt.

Der 1957 von den Gebrüdern Çolpan eröffnete Pudding Shop lebte damals schon von seinem Ruf aus den 60er Jahren, als das Restaurant sich zum zentralen Austauschpunkt von Informationen über Reisen in den Osten entwickelt hatte. Man erfuhr, welche Straßen zugeschneit und nicht passierbar waren, wo Gefahren lauerten, an welchen Grenzübergängen man für ein kleines Bakschisch die Augen zudrückte. Der Pudding Shop war Treffpunkt der Hippies und Freaks, der Aussteiger und Abenteurer, die auf dem Landweg nach Indien, Nepal oder Thailand wollten, um dort etwas zu suchen, das sie zu Hause nicht finden konnten.

Der Pudding Shop, durch den heute Busladungen von Touristen durchgeschleust werden und in dem eine kleine Pinnwand an die Vergangenheit erinnert, heißt eigentlich Lale Restaurant, aber das steht nur noch ganz klein außen dran. Lale bedeutet auf Deutsch *Tulpe*. Die Tulpen fanden es lustig, dass die Menschen, die Blumenkinder genannt wurden, sich diese vier Buchstaben nicht merken konnten und deswegen das Restaurant immer nur den Pudding Shop nannten.

Dort, mit dem fröhlichen Gelächter der Tulpen, hat unsere kleine Geschichte ihren Anfang genommen. Als sich Maria und Recep im November 1989 kennenlernten, roch die Freiheit in der Welt, wie wir sie kennen, nicht nach Haschisch, freier Liebe, Yoga und Erleuchtung, sondern nach Reisefreiheit, Jeans, Vinyl und Südfrüchten. Recep, der Sohn eines wohlhabenden Viehhändlers aus Kars, war damals 22 und studierte an der Universität in Istanbul Deutsch. Er hatte Wirtschaft studieren wollen oder Jura, aber dafür hatte er bei den Aufnahmeprüfungen zur Universität zu schlecht abgeschnitten. Doch immerhin war er in Istanbul, nicht im Wohnheim, sondern in einer eigenen Wohnung im Stadtteil Balat. Sein Vater schickte ihm jeden Monat Geld und Recep verdiente sich etwas hinzu, indem er Haschisch an Touristen verkaufte, weil man die am besten übervorteilen konnte. Selbst diejenigen unter ihnen, die glaubten, das Handeln in Pakistan, Indien und dem Iran gelernt zu haben.

Recep studierte diszipliniert, doch genauso diszipliniert verbrachte er jeden Tag einige Zeit in der näheren Umgebung des Pudding Shops, um nach Kiffern Ausschau zu halten. Die Touristen, die Haschisch kauften, fühlten sich immer noch wie magisch angezogen vom Pudding Shop, und es gab dort immer noch eine Pinnwand, auf der Leute Reisegefährten und -informationen suchten und fanden. Recep mochte die Fremden, sie erzählten von einer Welt, die er nicht kannte. Und er mochte die Frauen, die ihn bereitwillig mitnahmen in ihre kleinen, verwanzten Hotelzimmer.

Maria war damals 23, sie hatte sich nach ihrem Abitur an der Universität in Köln für Regionalwissenschaften Lateinamerika eingeschrieben, doch war selten dort gewesen, weil sie gleich in der ersten Woche in einer Kneipe auf der Zülpicher Straße ihren ersten festen Freund kennengelernt hatte. Ruben war ein schlaksiger Typ mit langen, roten, leicht verfilzten Haaren, der ständig kiffte und plante, aus der Leistungsgesellschaft auszubrechen und im Einklang mit sich selbst zu leben. Er konnte Gitarre spielen, singen und war ein guter Liebhaber.

Als Marias Großmutter starb und ihr 8.000 Mark vererbte, kaufte Maria einen VW-Bus. Sie wollte zusammen mit Ruben nach Indien fahren, auch wenn man weit von der ursprünglichen Route des Hippie Trail abweichen musste, denn der Iran war im Krieg mit dem Irak und Afghanistan von den Sowjets besetzt. Fliegen empfanden die beiden als eine unnatürliche Form der Fortbewegung, bei der die Seele zurückblieb, es führte nur zu Jetlag, Kulturschock und Umweltverschmutzung.

Die Beziehung hielt mit Mühe bis Pakistan, weil Marias bürgerliche Erziehung voll durchschlug, wie Ruben meinte. Maria hatte die Schnauze voll davon, dass sie fahren sollte, während Ruben hinten die Britin vögelte, die sie über die Pinnwand im Pudding Shop kennengelernt hatten. Zunächst hatte er es offen getan, aber nach mehreren lautstarken Streits versuchte er den Sex zu verheimlichen, indem er sich währenddessen mit Maria unterhielt oder sich die beiden aufs Fummeln beschränkten. Maria ging es nicht so sehr um die Tatsache, sondern um die Gefahr, in einem islamischen Land beim Sex auf der Landstraße erwischt zu werden. Ruben beharrte darauf, dass das nur ein Vorwand sei, der tarnen sollte, wie eifersüchtig und verklemmt Maria war. Irgendwann hatte Maria genug, sie schmiss sowohl Ruben als auch Jane raus, es war schließlich ihr Bus. Der es mit Ach und Krach bis an die indische Grenze schaffte, bevor er den Geist aufgab.

Die nächsten 16 Monate verbrachte Maria in Indien, die meiste Zeit davon in Benares und Rishikesh, bis ihr ein dreadlockiger, magerer Mann mit eigentümlichem Glanz in den Augen eines Morgens am Ganges ungefragt erklärte, es sei an der Zeit für sie, nach Hause zu gehen, und zwar auf dem Weg, auf dem sie gekommen war. Zwei Seelen würden sie erwarten. Maria, die Durchfall, Fieber, neun Kilo Gewichtsverlust, mehrere Diebstähle, schlechtes Haschisch, den Anblick von Bettlern mit verstümmelten Gliedmaßen, sexuelle Belästigungen und Grapschereien in unübersichtlichen Menschenmassen einfach hingenommen hatte, hielt diese Worte für ein Zeichen und suchte sich eine Mitfahrgelegenheit.

Maria war anders, fand Recep. Klar, sie hatte einen Knall wie fast alle, die er vor dem Pudding Shop kennenlernte, sie meditierte, kiffte, chantete Mantren, sie erzählte stundenlang von den Sadhus und Gurus, der Entsagung, der Weisheit, dem Lächeln, der Bescheidenheit, der Wiedergeburt, der Seelenwanderung, sie rasierte ihre Beine nicht, duschte zu selten und aß zu wenig, doch sie interessierte sich für ihn. Für sein Land, für seine Sprache, für seine Familie, für seine Sicht der Dinge. Im Gegensatz zu den anderen glaubte sie nicht verstanden zu haben, wie Indien funktionierte, wie Pakistan und wie die Türkei. Sie schien zu ahnen, dass sie wenig wusste, deshalb wollte sie lernen. In Maria fand Recep eine Frau, die es nicht nur behauptete, sondern tatsächlich offen war und die nicht solche Ansprüche stellte, wie eine türkische Frau es getan hätte. Maria war nicht auf einen Versorger aus, sie zog einen gebildeten Mann vor. Recep hatte viel gelesen, viel mit Touristen gesprochen, seine Intelligenz beschränkte sich nicht nur auf einen guten Blick für den eigenen Vorteil. Beide hielten es für Liebe. Vielleicht war es das auch.

Im Oktober 1990 wurde Krishna Mustafa geboren, Krishna nach dem hinduistischen Gott, Mustafa nicht nach Mustafa Kemal Atatürk, dem Staatsgründer der Türkei, auch nicht nach Mohammed, dessen Beiname Mustafa war, sondern weil es *der Auserwählte* bedeutete und Recep glaubte, sein Sohn sei für Großes geschaffen.

Sechs Jahre lebten die drei in der Türkei, Recep schloss sein Studium ab, arbeitete als Deutschlehrer und verdiente nebenbei mit kleinen Geschäften etwas dazu. Maria lernte Türkisch, machte eine Ausbildung zur Krankenschwester und arbeitete, während ihre Schwägerin Sezen auf ihren gleichaltrigen Sohn Emre und auf Krishna Mustafa aufpasste. Die kleine Familie lebte ohne große Sorgen in einer Mietwohnung in Tophane.

Recep Tayyip Erdoğan war bereits zwei Jahre Bürgermeister von Istanbul, als Krishna Mustafas Einschulung nahte und der Haussegen deswegen schief hing. Maria wollte, dass er in Deutschland zur Schule ging, denn die deutsche Schule in Istanbul konnten sich die beiden beim besten Willen nicht leisten und in eine türkische Schule wollte sie das Kind nicht stecken. Recep verstand nicht, warum das Bildungssystem, das er selbst durchlaufen hatte, auf einmal so schlecht sein sollte, doch Maria setzte sich durch.

So zogen sie nach Freiburg. Dort hing der Segen aber mit jedem Tag noch schiefer, es fehlte an Geld, Recep fehlte es an Beschäftigung und Marias Eltern, die in Offenburg wohnten, hatten den Schwiegersohn noch nie gemocht. Irgendwann hing der Segen so schief, dass er vom Dach herunterstürzte, auf die Erde fiel und ein letztes Mal nach Luft schnappte. Man sah nur noch das Weiße in seinen Augen und dann starb er, ganz unchristlich, ohne Aussicht auf Wiederauferstehung. Als Recep zurück in die Türkei zog, hatte Krishna Mustafa in der Waldorfschule neue Freunde gefunden, die alle keine Cola trinken durften.

**Erstes Kapitel, in dem Krishna Mustafa in Istanbul keine Moschee findet, seine erste Tafel dunkle türkische Schokolade kostet und sich verläuft**

Alle sagen: der Islam, die Moscheen. Alle haben mir davon erzählt, Sultan Ahmet, Hagia Sophia, Süleymaniye, die Gebetsrufe, die bärtigen Männer, aber ich habe keine einzige Moschee gesehen. Wie viele Male (Tausende Male) bin ich nun schon die İstiklal Caddesi hoch- und runtergelaufen, die Fußgängerzone im Zentrum, bin aufs

Geratewohl durch die Seitenstraßen gegangen, durch die kleinen, verwinkelten Gassen, durch die Passagen, doch ich habe keine einzige Moschee gesehen. Dafür jede Menge Kirchen. Griechisch-orthodox, evangelisch, katholisch, gotisch, armenisch, ich kenne mich nicht damit aus, griechisch-römisch, Freistil, Schmetterling und wie das alles heißt. Überall, an jeder Ecke eine Kirche. Aber keine einzige Moschee.

Dafür wurde mit Einbruch der Dunkelheit die Weihnachtsbeleuchtung eingeschaltet. Über die gesamte Länge der İstiklal gibt es Sterne, Schneeflocken, Tannengrün. Während ich nach Moscheen und dem Islam Ausschau halte, geht die Weihnachtsbeleuchtung an. Mitten im August.

In Deutschland glauben Menschen wie meine Mutter ja, dass die Welt bald untergeht, nur weil es ab September Spekulatius und Lebkuchen im Supermarkt gibt. Ich frage einen der Sesamkringelverkäufer, ab wann die Weihnachtsbeleuchtung hier brennt. Er sieht mich verwundert an.

Ab wann?

Ja, wann im Jahr fängt das an? Im Mai, im Juni, im Juli, wann wird diese Beleuchtung eingeschaltet?

Die brennt jede Nacht, sagt er, das ganze Jahr über. Wir sind ja keine Christen.

Wir sind keine Christen, wiederhole ich.

Ja, sagt er, wenn wir Christen wären, dann gäbe es eine Zeit dafür, so ist das mit der Religion und den Festen, es gibt für alles eine Zeit. Nur dem Verrückten ist jeder Tag ein Fest.

Wir sind keine Christen, wiederhole ich, aber warum stehen dann hier überall Kirchen herum? Seit Stunden suche ich eine Moschee, aber ich finde keine einzige.

Der Mann lacht. Die haben wir gebaut, damit die Leuchtreklame sich nicht so allein fühlt, sagt er.

Ich denke nach.

Die Kirchen sehen aber älter aus als die Weihnachtsbeleuchtung, sage ich.

Der Mann lacht, als hätte ich einen Witz gemacht.

Wir sind keine Christen, wiederhole ich. Und wenn die Christen jeden Tag ein Schaf schlachten oder jeden Tag fasten würden ...

... dann wären sie keine Moslems, beendet er meinen Satz. Du hast es verstanden, mein Junge. Es gibt für alles eine Zeit. Die Christen kaufen mehr ein, wenn die Weihnachtsbeleuchtung an ist, hier wird das ganze über Jahr viel verkauft.

Ich nicke und denke nach. Zum Opferfest wird viel Fleisch konsumiert. Das könnte man auch in Deutschland nutzen, um den Konsum anzukurbeln. Wenn man es das ganze Jahr über tut, wird man ja nicht Moslem davon. Gut, jeden Tag wäre übertrieben, aber man könnte doch ruhig einmal die Woche Opferfest feiern. So wie die Grünen diesen vegetarischen Tag in den Kantinen vorgeschlagen haben. Davon hat Hase mir erzählt. Das kam nicht gut an. Aber einmal die Woche noch mehr Fleisch wäre etwas anderes. Man muss das Lamm oder Schaf, die Ziege oder die Kuh ja nicht unbedingt selber schlachten. Oder das Schwein. Schließlich sind wir keine Moslems.

Der Sesamkringelverkäufer sieht mich an.

Schließlich sind wir keine Moslems?, sagt er aufgebracht.

Keine Christen, meinte ich. Ich verabschiede mich und gehe weiter.

Komisch, dass ich bei dem Gedanken an Fleisch Lust auf Schokolade bekommen habe. Es gibt keine Moscheen, aber kleine Läden findet man an jeder Ecke. Ich kaufe in einem eine dunkle türkische Schokolade. Sonst mache ich mir nicht viel aus Essen, aber die Schokolade muss schmecken. Wenn ich groß bin, möchte ich mal Nachtischler werden und einen Schokoladen bauen, sagt Hase immer. Ich mag Schokolade. Nicht Zucker und Pflanzenfett, ich mag Schokolade, deswegen steht auf der Packung *Kakaoanteil 70 %* drauf. Ich stecke mir ein Stück in den Mund.

Es schmeckt nicht. Die Schokolade ist nicht schlecht, sie schmeckt nur nicht. Überhaupt nicht. Schlimmer als Vollmilchschokolade. Ich gucke noch mal auf die Packung. *70 %* steht da. Dunkle Schokolade kauft man doch wegen des Geschmacks. Was habe ich davon, wenn da 70 % Kakao drin ist, aber der Kakao nicht schmeckt? Das ist ja wie ein Konzert, zu dem 70.000 Zuschauer kommen, die aber alle taub sind.

Ich werfe die Tafel weg und sehe auf mein Handy. Noch eine halbe Stunde bis zur Verabredung mit meinem Vater vor dem Starbucks auf der İstiklal. Vielleicht liegt es an der Schokolade, vielleicht liegt es an den Religionen, den Kirchen, den fehlenden Moscheen, der immerwährenden Weihnachtsbeleuchtung, der Tatsache, dass es in Deutschland Halloween gibt, aber kein Opferfest, auf jeden Fall verlaufe ich mich heillos. Dabei kennen alle Leute, die ich frage, den Starbucks auf der İstiklal, nur schickt mich jeder in eine andere Richtung und schließlich weiß ich gar nicht mehr, ob ich eher bergauf oder bergab muss, um überhaupt die Fußgängerzone wiederzufinden.

Als ich endlich vor dem Starbucks stehe, bin ich zwanzig Minuten zu spät. Mein Vater ist nicht da. Zwölf Jahre habe ich ihn nicht gesehen, aber ich würde ihn sofort erkennen. Da bin ich mir sicher. Ich bekomme eine SMS. Mein Vater schreibt, dass er über vierzig Minuten auf mich gewartet hat, dass er sein Handy im Auto vergessen hatte und jetzt auf dem Heimweg ist. Ob mit mir alles in Ordnung sei.

Ich schaue auf die Uhr. Ich schaue lange auf die Uhr an meinem Handgelenk. Schläft ein Lied in allen Dingen, die da träumen fort und fort, und die Welt hebt an zu singen, triffst du nur das Zauberwort, sagt meine Mutter immer. Und dass die Dinge ihr Geheimnis von selbst enthüllen, wenn man nur geduldig und ruhig ist.

Schläft ein Lied in allen Dingen. Schläft. Ich habe es verpennt. Ich habe es verpennt, die Uhr umzustellen.

**Zweites Kapitel, in dem Krishna Mustafa seinen neuen Mitbewohner kennenlernt, ihm den Grund seiner Reise erklärt und einen Auftritt von Erdoğan sieht**

Isa war gestern nicht zu Hause, ich habe den Schlüssel bei den Nachbarn geholt. Jetzt höre ich, wie er aufschließt, stehe auf und sehe mich im Flur einem eins neunzig großen Mann gegenüber. Er ist dünn, hager im Gesicht, mit schulterlangen, leicht gewellten braunen Haaren, die in der Mitte gescheitelt sind. Sein Vollbart ist kurz, aber ungepflegt.

Wir geben uns die Hand.

Krishna Mustafa, sage ich.

Isa, sagt er, hocherfreut. Willkommen in Istanbul, willkommen in der Türkei. Ich hoffe, du hast gut hierhergefunden.

Ja, danke. Es war kein Problem. Es war leichter, als eine Moschee zu finden.

Tut mir leid, dass ich gestern nicht hier sein konnte, ich war in Bursa auf einer Hochzeit. Krishna Mustafa, was ist das für ein Name?

Wir setzen uns ins Wohnzimmer und ich erzähle ihm die Geschichte, die ich immer erzähle. Sie gehört zum Kennenlernen dazu wie die Komplimente über die Sprachkenntnisse.

Dein Türkisch ist recht ordentlich, dafür, dass du so lange nicht mehr hier warst, sagt Isa.

Danke, gleichfalls, sage ich.

Und was machst du jetzt hier?, möchte er wissen. Emre hat nur erzählt, dass du die Türkei besser kennenlernen möchtest.

Emre ist mein Cousin und wohnt seit gestern in meinem WG-Zimmer in Freiburg, dafür habe ich sein Zimmer hier.

Nein, nicht die Türkei, sage ich. Ich möchte mich besser kennenlernen. Meine Wurzeln. Ich bin gekommen, weil ich meine Identität finden möchte.

Ich denke an Laura und wie sie gesagt hat: Du machst mich wahnsinnig, Krishna, du hast einfach deine Identität noch nicht gefunden, du bist 24, aber hast noch nicht mal angefangen, dich selbst zu suchen. Du hast keine Meinung zur Türkei, zu deinem Verhältnis zu deinem Vater oder zu deinen Wurzeln, du willst überhaupt nicht herausbekommen, wo du im Leben stehst. Du musst doch mal eine Perspektive entwickeln, einen Horizont. Ich kann mit so jemandem einfach nicht zusammenbleiben. Das musst du verstehen.

Deine Identität?

Isa lacht, als hätte ich einen Witz gemacht.

Ich habe auch gelacht, als Laura zu mir gesagt hat, ich hätte meine Identität noch nicht gefunden. Weil ich sie ja nie irgendwo verloren hatte. Ich habe gelacht und sie hat mich verlassen.

Und jetzt möchtest du von den Türken etwas über die Türken erfahren?

Ja.

Isa nickt, verschränkt die Finger und reibt die Daumenballen aneinander.

Du willst etwas über die Türkei lernen, über deine Wurzeln, deine Herkunft, deine Ethnie. Und wo willst du suchen? Willst du den Topkapı-Palast besichtigen, den Galata-Turm besteigen und all das machen, was Touristen so machen?

Nö.

Was denn?

Ich weiß noch nicht genau.

Ich kann dir einen Tipp geben, sagt Isa: Wenn du etwas über den Wald lernen möchtest, fragst du dann einen Baum oder fragst du die Vögel?

Ich mag es nicht, wenn Menschen so reden. Ich bin nicht doof. Ich weiß, dass weder Bäume noch Vögel reden können.

Natürlich können die nicht reden, sagt Isa, kneift die Brauen zusammen, dass seine Augen zu schmalen Schlitzen werden, und sieht mich prüfend an. Dann lacht er wieder.

Such bloß nicht an der falschen Stelle, sagt er. Wir sind ein abgefeimtes Volk, lass dir das gesagt sein.

Ich nicke. Ich mag nicht, wenn Menschen etwas von Adlern und Vögeln und Ameisen erzählen, aber ich mag Isa, weil er es gut meint, das kann ich sehen. Weil er es gut meint und viel lacht.

Was machst du denn so?, frage ich.

Ich studiere, sagt er und lacht wieder.

Was ist daran so komisch?, frage ich.

Ich studiere etwas, das es nicht gibt.

Das es nicht gibt?

Ja. So wie katholische Theologie in Saudi-Arabien.

Aber du studierst doch hier?

Ja. Ich sage doch: so wie. So wie Meeresbiologie in der Mongolei.

Aber was studierst du denn nun?

Er lacht. Er lacht, dass ihm die Tränen kommen. Städteplanung, sagt er.

Ich verstehe den Witz nicht.

Du bist ja noch ein paar Tage hier, du wirst schon dahintersteigen.

Zwei Stunden später klopft Isa an meine Zimmertür und schaut rein, ich baue gerade Aya Triada, die große Kirche, die man von Taksim aus sieht.

Hör mal, Krishna, sagt er, du willst dieses Land doch kennenlernen. Ich habe gerade einen Anruf bekommen, ich muss dringend nach İzmir, es sieht mal wieder so aus, als würde meine Oma ihre letzte Reise antreten. Ich weiß nicht, wie lange ich weg sein werde, aber ich habe eine Karte für Erdoğan für heute Abend, die kann ich dir geben.

Letzte Reise?

Isa lacht und fragt: Möchtest du diese Karte?

Ja, gerne.

Der Islam, haben sie gesagt, die Islamisierung des Landes, die Kopftücher, haben sie gesagt, die verschleierten Frauen, die Männer mit Bärten. Aber die Männer sind alle rasiert und die Frauen total aufgetakelt, kein einziges Kopftuch im ganzen Saal, dafür riecht es penetrant nach Parfüm, Haarspray und Rasierwasser. Kurz bevor es losgeht, werde ich ein wenig aufgeregt, weil mir einfällt, dass sie zu Beginn vielleicht die Nationalhymne spielen, doch dann kommt nur so eine komische basslose Musik und danach die Geräusche einer mechanischen Schreibmaschine. Das ist vielleicht eine Antwort auf die digitale Überwachung.

Dann kommt unter großem Applaus Erdoğan auf die Bühne. Ein kleiner, dunkelhaariger Mann mit schütteren Haaren und Schnurrbart. Er beginnt damit, Witze über die zu spät kommenden Besucher zu machen. Ich kann nicht alles verstehen, was er sagt, manchmal nuschelt er ein bisschen und manchmal reicht mein Türkisch auch nicht.

Dann erklärt er, warum er diesen Job macht und nicht einfach einer normalen Arbeit nachgeht. Er sagt, er finde seine Arbeit nicht lustig, sie sei ihm ernst, aber die Leute würden immer lachen. Dabei würde er auch gerne einer geregelten Tätigkeit nachgehen, aber das Leben habe ihn zu dem gemacht, was er ist. In seiner Kindheit habe er die Sommer in Hakkâri und die Winter in Ankara verbracht. Das habe ihn zu einem Schauspieler werden lassen, weil er ausgelacht wurde, wenn er in Hakkâri akzentfreies Türkisch sprach und in Ankara in Dialekt verfiel. Er habe in Ankara Cola getrunken, während es das in Hakkâri nicht gab.

Ich habe etwas anderes erwartet, aber nun fühle ich mich diesem Mann verbunden. Als Kind habe ich in der Türkei viel Cola getrunken, eigentlich jeden Tag, aber als ich dann nach Deutschland kam, war in der Cola auf einmal zu viel Zucker drinnen und zu viel Koffein und zu viel Amerika und zu viel Konsum und ich durfte nur noch ungesüßte Säfte trinken. Erdoğan weiß, wie es ist, ohne Cola zu sein.

Ronald Reagan war ja auch Schauspieler und meine Mutter erzählt heute noch, wie sie damals extra nach Berlin gefahren ist, um gegen ihn zu protestieren. Ich glaube, ich finde es gut, wenn Politiker Schauspieler sind. Dann sehen sie besser aus und man langweilt sich nicht so, wenn sie reden. In Deutschland dürfen Politiker ja nicht gut aussehen und mitreißend dürfen sie auch nicht sein. Das ist, weil wir schlechte Erfahrungen mit dem letzten gemacht haben, der mitreißend war, sagt Hase immer. Hase ist mein Freund und sagt viele Sachen, die klug klingen.

In diesem Land sind wir zu Geologen geworden, nachdem uns ein Erdbeben erschüttert hat, wir sind zu Ökonomen geworden, nachdem uns die Finanzkrise gebeutelt hat, wir lernen unsere Lektionen erst, wenn es schon zu spät ist, sagt Erdoğan, und ich bin erstaunt, weil ja Politiker sonst nie Dinge sagen, die ehrlich klingen. Doch als er anfängt, darüber zu reden, dass die Türken sich selbst nicht mögen und dass sie deswegen kein Recht haben, Respekt oder Achtung von Europa einzufordern, dass sie nicht besonders klug sind und dass sie den Untergang verdient haben, kommen mir Zweifel. Ist das der Präsident dieses Landes?

Mein Sitznachbar dreht den Kopf und sieht mich an. Ich ergreife die Gelegenheit und frage ihn: Ist das der türkische Präsident?

Ich mag es nicht, wenn Leute einfach nur komisch gucken oder anfangen zu lachen, wenn man eine Frage stellt. Gegenfragen finde ich nicht so schlimm.

Willst du mich verschaukeln?, fragt mein Nachbar, schaut wieder nach vorne und lacht, obwohl Erdoğan keinen Witz gemacht hat.

Nein, denke ich, Isa wollte mich verschaukeln. Das ist gar nicht Erdoğan.

Ich drehe mich zur anderen Seiten und frage: Wie heißt dieser Mann da vorne?

Yılmaz Erdoğan.

Yılmaz. Yılmaz ... Ich komme gerade nicht auf den Namen, aber der Präsident hat einen anderen Vornamen, das hier ist der falsche Erdoğan. Ich bin auf der falschen Veranstaltung. Die nächsten zehn Minuten lache ich auch an den Stellen, an denen Erdoğan keine Witze macht.


**Drittes Kapitel, in dem wir Emre kennenlernen, Krishna Mustafa eine Moschee findet und in einem Waffenladen Zuflucht sucht**

Du bist ja lustig, sagt Emre und lacht. Du hast echt geglaubt, Isa hätte dir eine Karte zu einem Auftritt des Präsidenten gegeben?

Du bist ja lustig, das hat Laura am Anfang auch immer gesagt. Wir haben viel zusammen gelacht, nicht nur am Anfang, wir haben 16 Monate viel gelacht und dann hat sie auf einmal erkannt, dass ich meine Identität noch nicht gefunden habe, und sich getrennt. Ich sehe Emre auf dem Bildschirm, im Hintergrund kann ich mein Bett erkennen. Das Bett, in dem ich so viel Zeit mit Laura verbracht habe. Mit Laura konnte jeder Wochentag und jede Tageszeit ein Sonntagmorgen werden. Ich frage mich, ob Emre und sie sich über den Weg laufen werden. Bestimmt.

Emre studiert Deutsch und Englisch in Istanbul und macht gerade ein Auslandssemester in Freiburg. Als Kinder waren wir Nachbarn und haben immer zusammen gespielt, während meine Mutter bei der Arbeit war. Seit wir 15 sind, haben wir wieder Kontakt, über das Internet.

Emre wollte sein Auslandssemester zuerst in Berlin machen, aber wir haben gedacht, wenn er nach Freiburg kommt, können wir mehr Zeit miteinander verbringen. Dann hat Laura mit mir Schluss gemacht und ich wollte unbedingt in die Türkei, um dort meine Identität zu suchen. So haben wir die Zimmer getauscht und nun ist er in Freiburg, lange bevor das Semester anfängt.

Wie geht es dir denn da?, frage ich.

Nach Istanbul und nach London ist das ein Dorf, sagt er, man kann überall zu Fuß hin, aber es gibt alles, was es in einer Großstadt geben muss. Alkohol ist billig. Und das Biogemüse. Ich werde gesund essen und viel Bier trinken, so viel steht fest. Wenn man alleine ausgeht, guckt einen niemand komisch an. Ich war schon in ein paar Kneipen, die mir gefallen haben. Die scheinen ganz in zu sein, aber niemand dort ist aufgetakelt und protzt. Es ist fast so, als gäbe es kein Nachtleben für die Reichen in dieser Stadt. Oder man sieht den Reichen ihren Reichtum nicht an. Und alle sagen immer achso. Weißt du das eigentlich? Achso, wenn man etwas versteht, achso, wenn man etwas nicht versteht, achso, wenn etwas anders ist als erwartet, achso, wenn man jemanden verarschen möchte,

achso, wenn man überrascht ist, achso, wenn man etwas vergessen hat, achso, wenn einem etwas einfällt, achso, wenn man etwas nicht glaubt, achso, wenn man etwas glaubt, achso, wenn man ironisch sein möchte.
Ach so.
Ja. Das sagt ihr ständig. Wie ein Zauberwort oder so.
Kann sein.
Ist so.
Ach so, ist so. Hast du schon festgestellt.
Ja, glaub mir.
Ich werde mal darauf achten.

Nachdem ich mit Emre gesprochen habe, baue ich Aya Triada zu Ende und beschließe anschließend, in die Moschee zu gehen. Um nicht noch einmal so eine Pleite zu erleben wie bei der Suche nach Starbucks, entscheide ich mich für Sultan Ahmet, die Blaue Moschee. Das ist die, in die alle Touristen gehen, die werde ich sicherlich finden.

Es ist heiß. Der heißeste Sommer in Istanbul seit Jahren, hat Emre gesagt, bevor ich gefahren bin. Heiß wie die Türangeln der Hölle. Meine Dreads fühlen sich an wie Brennstäbe, die von meinem Kopf baumeln, also gehe ich zum Friseur und lasse sie mir schneiden. Das wird dir schwerfallen, dich irgendwann von ihnen zu trennen, hat Hase immer gesagt, aber es ist ganz einfach. Nur den Bart möchte ich behalten und lasse ihn nicht rasieren.

Als ich rauskomme, kommt es mir schon weniger heiß vor, dafür brennt jetzt die Sonne auf meiner Kopfhaut, deshalb kaufe ich in einem Laden eines dieser kleinen weißen Käppis, wie sie die Gläubigen häufig tragen.

Am Touristeneingang von Sultan Ahmet ist eine lange Schlange. Ohne Dreadlocks und mit Käppi nehme ich einfach den Eingang für das Gebet, dort steht niemand an.

Ich kann nicht beten, das hat mir nie jemand beigebracht. Ich weiß nur, dass man auf die Knie fällt, sich auf die Fersen hockt, die Stirn auf diesen Teppich legt, den Kopf nach links und rechts dreht und irgendwann die Handflächen nach oben nimmt. Ich will es einfach mal versuchen. Ich beginne im Stehen und bewege ein wenig die Lippen. Das fühlt sich gut an. Es kommt mir vor, als würde Gott anerkennend nicken. Er versteht ja jede Sprache, nicht nur die richtige. Dann sinke ich auf die Knie und lege die Stirn auf den Boden. Schon vorher im Stehen hat es nach Fußschweiß gerochen, aber jetzt ist es so, als hätte jemand Fußgeruch aus mehreren Jahrhunderten gesammelt und daraus eine Essenz hergestellt. Ein winziger Tropfen würde genügen, um eine Tonne Kaffee ungenießbar zu machen.

Ich bleibe da unten, atme entspannt weiter. So schlimm, wie die Leute immer tun, ist Fußgeruch gar nicht. Ich liege mit der Stirn auf dem Boden und denke über Gott nach. Er hat sicherlich nichts gegen Fußgeruch. Er hat ihn schließlich erfunden. Aber vielleicht findet er diese Art zu beten komisch. Er sieht ja alles, nichts bleibt ihm verborgen. Auch wenn ich jetzt Richtung Mekka bete, sieht er mich gleichzeitig von hinten, wie ich ihm den Arsch entgegenstrecke. Ich weiß nicht, ob er es gut findet, immer nur Nacken und Ärsche zu sehen.

Ich stehe auf, murmle wieder irgendetwas vor mich hin, falle auf die Knie, Stirn auf den Boden, wieder aufstehen. Ich mache das noch einige Male. Es ist heiß und ich habe ohnehin schon geschwitzt, noch bevor ich mich bewegt habe. Jetzt ist auch noch mein Kreislauf in Schwung gekommen und das bringt mich auf eine Idee.

Ich lege mich mit dem Rücken auf den Boden, stelle die Füße an meinem Hintern auf, setze die Hände neben die Ohren und drücke mich hoch in die Brücke. Das haben wir als Kinder oft gemacht (Tausende Male), und Laura macht es immer beim Yoga, das kann Gott nicht schlecht finden. Ich biete ihm mein Herz dar statt meinen Rücken und meinen Arsch. Ich schlage eine Brücke zwischen dieser Welt und jener unsichtbaren Welt.

So eine Brücke ist anstrengend, als ich runterkomme, bin ich außer Puste. Ich richte mich auf, setze mich auf die Fersen und warte so, bis mein Atem sich beruhigt hat.

Hase sagt, im Westen werde immer behauptet, Islam würde auf Arabisch *Unterwerfung* bedeuten, aber die Leute, die das sagten, könnten in der Regel kein Arabisch. Er hat mir erklärt, dass Islam *Hingabe* heißt. Hase hat mal Arabisch studiert.

Ich habe versucht, Gott alles zu geben, was ich zu bieten habe, aber als ich aus der Moschee rauskomme, hat sich der Himmel verdunkelt und es weht ein Wind, der sich anfühlt, als würde man sich am ganzen Körper föhnen. Ich habe eine Stadtplan-App auf mein Handy geladen, damit ich mich nicht mehr verlaufe und die Leute mich nicht in die falsche Richtung schicken können. Ich gehe runter Richtung Eminönü, von dort will ich mit dem Bus nach Hause fahren. Unterwegs fängt es an zu regnen, zunächst ganz leicht, aber dann wird es schnell stärker und ich gehe in den nächstbesten Laden, um nicht nass zu werden.

Es ist ein Waffenladen, in dem es Gewehre, Pistolen und Messer gibt. Ich gucke mir die Gewehre an, es interessiert mich, was hier so frei verkauft wird. Nicht, dass ich etwas davon verstehen würde, außer dass das hier keine Luftdruckgewehre sind. Ich nehme eins von der Halterung und lege an, weil ich wissen möchte, wie sich das anfühlt. Als Kind durfte ich kein Spielzeuggewehr haben, auch keines aus Holz. Ich durfte nicht mal eines im Laden ganz kurz in die Hand nehmen. Und jetzt nehme ich mir gleich das nächste und lege noch mal an. Dieses scheint sich besser an meine Schulter zu schmiegen. Das dritte, das ich ausprobiere, ist ein wenig zu schwer. Das vierte liegt am besten in der Hand, ich schaue in den Spiegel, ob es mir so gut steht, wie es sich anfühlt. Ich finde, ich sehe damit gefährlich aus, und fange an zu lachen.

Der Regen wird noch stärker. Ich schaue zur Tür hinaus. Wassermassen fließen die Straße hinunter. Es sieht nicht so aus, als würde es regnen, es sieht aus, als würden Lufttropfen in ein Meer fallen.

**Viertes Kapitel, in dem Krishna Mustafa zum Pudding Shop geht, zum ersten Mal Nesrin begegnet und erneut seinen Vater verpasst**

Hase hat viel erzählt vom Pudding Shop und wie er dort mal Jörg Fauser getroffen hat, der damals opiatabhängig war. Aber nicht das Opiat, sondern der Alkohol zerstört die Menschen, sagt Hase immer und redet dann von Jim Morrison, Janis Joplin, Jimi Hendrix, aber auch von Amy Winehouse und von Jeffrey Lee Pierce. Hase ist damals nicht bis nach Indien gefahren, sondern irgendwann aus Afghanistan wieder zurück nach Deutschland, aber das ist eine andere Geschichte.

Meine Mutter hat nicht so viel erzählt vom Pudding Shop, außer dass mein Vater und sie sich dort kennengelernt haben. Und dass es dort diesen Pudding gibt, in dem auch Hühnchenbrust ist, auch wenn man das nicht schmeckt.

Jetzt stehe ich vor dem Pudding Shop und ein Reiseführer lotst eine ganze Busladung amerikanischer Touristen rein. Die Touristen sind alt und dick und laut und ich frage mich, ob der Pudding Shop es schöner gefunden hat, als noch mehr junge Menschen ein und aus gingen. Ich warte draußen, dass es leerer wird, doch die letzten Amerikaner stehen mit ihren Tabletts noch an der Kasse, da kommt schon die nächste Reisegruppe und drängelt sich rein.

Der Pudding Shop war selbst wohl auch noch jünger und hübscher, als Hase hier gewesen ist. Er hieß ja auch gar nicht Pudding Shop, sondern Tulpe. Damals hatten noch nicht so viele an ihr gerochen, sie hatte ihren eigenen Duft und vielleicht hatte sie Träume, was sie mal werden wollte. Sie hatte einen eigenen Duft und sie war ein kluges Mädchen, sie wusste viel, deswegen kamen alle zu ihr und so lernte sie noch mehr. Sie lernte etwas von der Welt, von den Menschen, von den Straßen, von den Autos und Kleinbussen, sie sah zukünftige Schriftsteller, sie sah Menschen auf Drogen, sie sah wenigstens einige Tage lang dieselben Gesichter und konnte sie wiedererkennen, sie roch den Duft der freien Liebe.

Doch dann änderte sie ihren Namen, sie vergaß, was sie einmal gewusst hatte, und nahm auf einmal jeden. Jeder, der genug Geld hatte, konnte rein und raus, und die meisten kamen nur einmal und machten sich nicht die Mühe, sie richtig anzuschauen. Also gab sie sich auch keine Mühe, sie lehnte sich zurück und ließ es über sich ergehen. Sie hatte ihren ursprünglichen Duft verloren, doch das scherte die Besitzer wenig.

Solange sie genug Geld einbringt, wird sie weiter am Straßenrand stehen und die Touristen werden ihre Tür öffnen (Tausende Male) und hineingehen, ohne zu ahnen, dass sie mal schön gewesen sein muss.

Natürlich weiß ich, dass ein Restaurant keine Tulpe ist; und selbst wenn sie eine wäre, hätte sie keine Augen und keine Ohren und könnte nichts sehen und nichts hören. Aber manchmal arbeitet mein Kopf für sich allein. Hase behauptet, ich sei naturstoned.

Ich stehe vor dem Pudding Shop und frage mich, ob er ein Teil meiner Identität ist, weil meine Eltern sich dort kennengelernt haben. Dann frage ich mich, ob Laura einen neuen Freund finden wird und ob ich dann traurig sein werde. Und ob sie ihn wieder verlassen wird, wenn sie sieht, dass ich meine Identität gefunden habe. Aber wie soll sie mir später ansehen, dass ich vor dem Pudding Shop gestanden habe?

Ich gehe rein, als die Schlange nicht mehr bis vor die Tür geht, und nehme ein Tavuk göğsü, den Pudding mit zarten Fäden von Hühnchenbrust. Und Döner. Ich glaube, der Döner ist Teil der türkischen Identität, deshalb hieß es *Dönermorde*, als diese ganzen Türken ermordet wurden. Sie essen Döner und sie sterben, das reichte für ihre Identität. In meiner Identität ist vielleicht irgendwie weniger Fleisch drin, weil ich ja auch weniger Türke bin.

Als ich wieder rauskomme, ist da eine Frau vor dem Laden, die etwa so alt ist wie ich und auch Dreadlocks hat. Ich lächle sie an, dann fällt mir wieder ein, dass ich ja keine Dreadlocks mehr habe und wieder diese Kappe trage und sie bestimmt nicht weiß, warum ich sie einfach so anlächle.

Ich hatte auch Dreadlocks, sage ich auf Englisch zu ihr, bis gestern, da habe ich sie mir schneiden lassen.

Sie nickt.

Ich heiße Krishna Mustafa.

Ich heiße Nesrin.

Oh, du bist Türkin, sage ich auf Türkisch.

Sie nickt.

Wartest du hier auf jemanden?

Ja, auf einen Krishna Mustafa, der kommt und ein wenig Hirschplauderei mit mir betreibt.

Was ist Hirschplauderei?

Sie sieht mich an.

Verzieh dich, mein Sohn, yallah.

Und wenn du das freundlich sagen würdest, wie würde das klingen?

Bist du bekloppt, oder was? Verpiss dich.

Ich hatte wirklich Dreadlocks, sage ich, aber sie guckt so böse, dass ich tatsächlich gehe. Ich bin ohnehin mit meinem Vater verabredet und muss noch zur İstiklal, ich möchte nicht schon wieder zu spät sein.

Ich weiß nicht, was mein Vater mit diesem Starbucks hat, aber nachdem ich eine Viertelstunde davor auf ihn gewartet habe, ruft er an und fragt, wo ich bin.

Vor dem Starbucks.

Ich auch.

Ich sehe dich nicht.

Ich dich auch nicht, sage ich, heb doch mal die Hand.

Ich sehe mich um, doch niemand hebt die Hand.

Was für ein Laden ist neben dem Starbucks?, fragt mein Vater.

Wieso, frage ich, wollen wir uns lieber dort treffen?

Was für ein Laden?

*Topshop Topman* steht hier.

Du stehst vor einem anderen Starbucks als ich, sagt er.

Oh. Okay. Warte. Ich finde dich.

Ich frage im Laden und gehe zum nächsten Starbucks, doch dort sehe ich meinen Vater auch nicht. Ich rufe an.

Dann gibt es wohl drei, sagt er, jetzt warte du.

Zehn Minuten später ruft er an und möchte wissen, wo ich bin.

Immer noch vor dem Starbucks.

Vier, Scheiße, es sind vier. Vier Buttfuck. Vier verdammte, muttergefickte Buttfuck. Als hätten nicht wir den Kaffee extra bis nach Wien gebracht, damit er sich von dort aus verbreiten kann, als würde das nicht alles auf uns zurückgehen. Da kommen die und machen gleich vier Buttfuck in einer Straße auf, damit der Osmane nicht hochmütig werde, damit er traurig und verwirrt sei. Latte mich am Arsch.

Dann bekommt er einen Anruf rein und muss dringend weg. Wir verschieben unser Treffen.

**Fünftes Kapitel, in dem Krishna Mustafa Yunus und Esra kennenlernt, die Geschichte ihres Pudding Shops hört und sich fragt, warum Liebeskummer und Laura mit L anfangen**

Mein Vater ist heute Morgen an die Ägäis geflogen, um mal ein paar Wochen auszuspannen, wie er sagt. Wir werden uns erst sehen können, wenn er wieder zurück ist. Yunus und Esra kommen gerade von der Ägäis zurück, wo sie ein paar Tage mit Esras Eltern Urlaub gemacht haben.

Esra ist braungebrannt, aber man kann erkennen, dass sie von Natur aus dunkel ist, dunkler noch als ich. Ihre Augenbrauen sind gezupft, doch da sind so kleine Punkte, an denen man sieht, dass sie ziemlich dick sein müssen. Die Haare an ihren Armen sind lang und ihre Nase wirkt ein wenig zu groß für ihr Gesicht. Sie kommt aus Hatay, sagt aber, dass ihre Familie ursprünglich aus dem Iran stammt.

Yunus ist ein hellerer Typ mit lockigen Haaren und einem Flaum im Gesicht, der vielleicht ein Bart werden wollte, nun aber feststellen muss, dass sich seine Hoffnungen nie erfüllen werden. Er kommt aus Zonguldak an der Schwarzmeerküste.

Man fragt hier immer, woher jemand stammt, aus welcher Provinz die Familie kommt. Mein Vater lebt nun schon seit über 27 Jahren in Istanbul, mehr als die Hälfte seines Lebens, aber wenn er nach seiner Heimat gefragt wird, sagt er Kars. Und wenn man mich fragt, sage ich auch Kars, obwohl ich noch nie da war.

Yunus ist der andere Mitbewohner hier, Esra ist seine Freundin, und während der Ventilator die Luft dreht und dreht, ohne dass sie kühler wird, sitzen wir im Wohnzimmer und reden. Es ist etwas an den beiden, das schön ist und weh tut. Ich verstehe nicht warum, aber manchmal bekomme ich trotz der Hitze eine Gänsehaut, wenn ich die zwei ansehe, manchmal verknotet sich mein Magen, als wäre er ein Taschentuch, das mich an etwas erinnern möchte.

Als ich den beiden erzähle, wie ich bei Erdoğan war, fällt Esra fast von der Couch vor Lachen.

Aber so ist es ja, sagt sie, so viel Unterschied ist da nicht. Der Mann ist lustig. Warum sollten wir Bäume fällen wollen, wir haben genau drei Quadrillionen Bäume in diesem Land gepflanzt.

Das hat er wirklich gesagt, ergänzt Yunus.

Wer?

Recep Tayyip Erdoğan, der Präsident, der, der uns Çapulcu genannt hat, nicht Yılmaz Erdoğan, der auf der Zugfahrt von Ankara nach Hakkâri die Bäume entlang der Schienen gezählt hat.

Der, der uns zusammengebracht hat.

Yılmaz Erdoğan hat euch zusammengebracht?

Nein, RTE.

RTL? Ihr habt euch bei einer Fernsehsendung kennengelernt?

RTE. Recep Tayyip Erdoğan.

Der hat euch zusammengebracht?

Ja, sagt Yunus, wir sind diesem Mann Dank schuldig.

Ja, sagt Esra, wie sollte denn die Tochter eines Sufi-Derwisches, die in Tarabya wohnt, den Sohn eines Fischers kennenlernen, der in Mecidiyeköy ein Zimmer hat? Einen, der für die Arbeit am Rechner sitzt und in seiner Freizeit Candy Crush und GTA spielt? Wie sollte eine BWL-Studentin einen freien Programmierer kennenlernen, der eigentlich nur für Kundenbesuche und Beşiktaş-Spiele das Haus verlässt und sonst in seinem Rechner wohnt?

Wie? Weil ihr beide beim Präsidenten wart?

Gezi, sagt Yunus, das ging nur bei Gezi, da kamen alle zusammen. Junge, Alte, Kurden, Aleviten, Marxisten, Mos-

lems, Schwule, Lesben, Hip-Hopper, Metaller, Rocker, Playstation-Zocker, Fußballfans, Studenten, Schüler, Gezi hat alle Grenzen aufgehoben, wir haben einfach alle zusammen geweint, weil die Polizei so rührend war, wir habe alle zusammen gelacht, wir sind zusammen weggelaufen, wir haben zusammen Rennie und Talcid genommen.
Rennie und Talcid?
Ja, gegen die Schmerzen vom Tränengas.
So werden wir unser Kind nennen, sagt Esra, wenn es ein Mädchen wird, Rennie, wenn es ein Junge wird, Talcid.
Du bist schwanger?
Nein. Das war ein Witz.
Ach so.
Was heißt achso?
Das ist so ein deutsches Wort, das man immer sagen kann.
Und wir sind uns auch nicht einig, sagt Yunus, wenn es ein Mädchen wird, möchte ich es Tazyık nennen, wenn es ein Junge wird, Toma.
Beide lachen.
Ich verstehe wieder nicht.
Kennst du Toma?
Nein, sage ich.
Toma, das ist die Abkürzung für Toplumsal Olaylara Müdahale Aracı, so heißen hier die Wasserwerfer, die sprühen Wasser mit viel Druck. Druck, tazyık, du kennst das Wort?
Ich nicke.
Toma, Toplumsal Olaylara Müdahale Aracı, zu Deutsch Interventionsfahrzeuge für gesellschaftliche Ereignisse. Das ist lustig. Als würde man Panzer Streitwagen für nicht verbale Auseinandersetzungen nennen.
Ihr habt euch im Tränengas kennengelernt?, frage ich. Das finde ich romantisch.

Ich war schon tagelang mit Toma beschäftigt, sagte Yunus, ich dachte, es wird etwas Ernstes mit uns, doch dann habe ich Esra im Park gesehen, wie sie Essen verteilt hat. Ich habe sie gesehen und dachte: Es gibt keine hässlichen Mädchen, es gibt nur zu wenig Tränengas.

Beide sehen mich an.

Er ist nicht von hier, sagt Esra, er versteht die Witze nicht.

Es ist über ein Jahr her, sagt Yunus, aber wir zitieren immer noch die Graffiti von damals. Hast du um Taksim herum mal gesehen, wie viele Wände grau überstrichen sind? Fast alle. Dort standen diese Sprüche, und wir werden sie später noch unseren Kindern erzählen. Gezi wird später mal als der Wendepunkt angesehen werden, weil wir dort das erste Mal Demokratie, Respekt und Brüderlichkeit gelebt haben, ohne Führer, ohne Dogmen, ohne Druck. Das erste Mal in der Geschichte dieses Landes.

Dort hat unsere Liebe ihren Anfang genommen, sagt Esra.

In einer Tomakratie, sagt Yunus.

Ich habe die Proteste letztes Jahr im Internet mitbekommen. Hase hat mich darauf aufmerksam gemacht. Aus dem Widerstand gegen ein geplantes Bauprojekt auf dem Gezi-Park, der einzigen Grünfläche, die es in der Nähe von Taksim noch gibt, wurde eine riesige Bewegung, alle demonstrierten gegen die Regierung. Sonst interessiere ich mich nicht für solche Sachen, doch ich mochte die Energie, die ich dort sah. Ich habe mir viele Clips auf YouTube angesehen und die Hashtags auf Twitter verfolgt.

Esra und Yunus leben die Schwingungen von damals weiter, sie reiten immer noch auf der Welle des letzten Jahres, sie haben die Liebe herausgezogen und für sich bewahrt. Deswegen bekomme ich Gänsehaut. Deswegen verknotet sich mein Magen.

Laura habe ich auf einer Party angesprochen, weil ich auf Partys immer alle Frauen anspreche, die ich noch nicht kenne.

Krishna Mustafa, das ist aber ein schöner Name, hat sie gesagt.

Danke, den habe ich zum Geburtstag bekommen, habe ich geantwortet.

Dann hat sie gelacht, obwohl das die Wahrheit war. Wir haben keinen Pudding Shop und keinen Gezi-Park, wir haben nur ein Lachen, aber das ist doch auch ein guter Anfang.

Alles fängt mit A an. Das ist eine Wahrheit.

Laura mit ihren blonden Haaren, die von den Wurzeln bis zu den Spitzen gehen, Laura mit ihren Beinen, die so lang sind, dass sie bis zum Boden reichen, Laura mit ihren Brüsten, die genau in ihren BH reinpassen. Laura, die mit mir Memory spielte und Lego, mit der ich im Herbst aus Kastanien Tiere bastelte. Laura, die auch gerne Nudeln mit Ketchup isst und dabei fernsieht, Laura, mit der man *Keiner darf den Boden berühren* spielen konnte und Pippi Langstrumpf gucken (Tausende Male), anstatt in irgendeinen Arthouse-Film zu gehen, wo Kaffeetassen so lange gezeigt werden, bis ich einschlafe. Was lustig ist, Kaffeetassen zum Einschlafen, und wenn man aufwacht, hat man nichts verpasst. Aber Pippi Langstrumpf finde ich noch schöner.

Laura. Liebeskummer. Beides fängt mit L an. Warum? Hätte ich eine Elena finden sollen, Elena wie Ewigkeit? Oder eine Isabelle, die immer für mich da ist?

Alles fängt mit A an. Ich klappe meinen Rechner auf. Laura ist nicht online, das weiß ich, sie ist jetzt auf der Arbeit. Im Kindergarten. Ich klappe den Rechner wieder zu. Ich schreibe ihr auf WhatsApp, dass ich sie vermisse und dass ich gerne wieder mit ihr zusammen wäre. Dass ich in Istanbul bin und suche. Ich schreibe ihr, was ich ihr jetzt schon fünfmal so ähnlich geschrieben habe, ohne dass sie geantwortet hat.

Ich höre Yunus und Esra nebenan ins Yunus' Zimmer lachen. Ich mache den Fernseher an. Auf dem Couchtisch liegt ein Buch mit Gedichten auf Türkisch und Deutsch, wahrscheinlich gehört es Emre. Ich lese die Seite, die ich aufs Geratewohl aufschlage.

Bist du denn fremd hierhergezogen –
Ach, warum weinst du, Nachtigall?
Und hast ermattet dich verflogen?
Ach, warum weinst du, Nachtigall?

Ach, wie so bitter klingt dein Flehen!
Neu lässt du meinen Schmerz erstehen!
Du möchtest deinen Freund wohl sehen?
Ach, warum weinst du, Nachtigall?

Ihr Augen, die im Schlafe ruhten,
Erwachend hebt ihr an zu bluten –
Mein Herz verbrennt in hellen Gluten –
Ach, warum weinst du, Nachtigall?

Ich schlage das Buch wieder zu und weine. Das letzte Mal habe ich geweint, als ich 15 war. Ich sollte kochen lernen, weil meine Mutter einen modernen Mann aus mir machen wollte. Ich wollte nicht. Sie redete wie immer viel, Worte wie Gleichberechtigung, tradierte Rollenverteilung, Machtgefälle, patriarchale Wertvorstellungen konnte man bei uns zu Hause fast jeden Tag hören. Es war falsch, dass Männer über Frauen bestimmten. Und deshalb war es richtig, dass eine Frau über einen Jungen bestimmte.

Das letzte Mal habe ich geweint, als ich 15 war und Zwiebeln schneiden musste.

Ich habe nie kochen gelernt, aber es hat mir auch nie gefehlt.

**Sechstes Kapitel, in dem Krishna Mustafa zum Sommerfest der deutschen Gemeinde geht, sein Leichenhemd gesegnet wird und er seine zweite Tafel dunkle türkische Schokolade probiert**

Ich suche im Internet nach Beschäftigungen, die keine Touristen anziehen. Touristen wollen ja im Urlaub meistens dasselbe machen, was sie zu Hause machen, nur mehr davon. Sie wollen mehr trinken, mehr feiern, mehr fernsehen, mehr essen, mehr Sex haben und mehr nichts tun. Aber sie wollen auch die Wahrzeichen der Stadt sehen, ihre Museen und Ruinen und all das. Ich glaube, man sagt Touristenmagnet dazu. Aber in erster Linie sind wahrscheinlich die Touristen magnetisch. Die ziehen sich alle gegenseitig an. Und dort, wo sie sich am dollsten anziehen, wurden früher berühmte Gebäude errichtet. Da machen die Touristen dann Fotos, wo sie selber mit drauf sind. Sie kennen die Gebäude nämlich schon von vielen Fotos und wissen, dass es zwar schon genug Bilder davon gibt (Tausende Bilder), aber noch keine mit ihnen drauf.

Wenn du etwas über den Wald lernen möchtest, fragst du dann einen Baum oder fragst du die Vögel?, hat Isa gesagt. Ich glaube, er hat das rhetorisch gemeint. Ein Baum kann ja seine Wurzeln nicht sehen. Der Vogel kann die Wurzeln des Baumes aber auch nicht sehen. Isa hat die Maulwürfe und die Regenwürmer vergessen, die Erde und das Wasser.

Die Vögel, die Vögel sind vielleicht die Deutschen, überlege ich. Die fliegen hierher und singen dann ihre Lieder.

Die deutsche Gemeinde in Istanbul veranstaltet ein Sommerfest in Nişantaşı, das ist nicht so weit weg von mir. Alle mit einem Bezug zu Deutschland sind herzlich eingeladen. Das Fest findet heute statt. Manchmal ist es so, als wäre das Leben Lego. Alle Teile passen zusammen.

Manchmal ist das Leben aber auch wie eine Scherbe, die ganz hinten unter den Küchenschrank gerutscht ist. Alle Teile, die passen könnten, sind schon längst im Müll. Und man hat trotzdem etwas, das Glück bringt.

Als Kind bin ich mit meiner Oma in Offenburg ein paarmal auf dem Gemeindefest ihrer Kirche gewesen. Da waren ganz viele alte Frauen, die einem erzählten, wie groß man geworden ist, und die paar anderen Kinder trugen Brillen oder Pullunder, waren dick oder still und jedes hatte ein Tamagotchi, nur ich nicht.

Hier sind mehr Kinder, sie haben iPads oder Smartphones, hier sind mehr junge Eltern, es ist voll und alle scheinen sich zu amüsieren. Ich gehe ein wenig herum, und noch bevor ich jemanden ansprechen kann, fragt mich eine Dame auf Türkisch, was ich denn hier mache.

Ich bin neu in Istanbul, sage ich auf Deutsch, ich war neugierig, wie es hier wohl ist. Und was machen Sie hier?

Ich bin Vorsitzende der Brücke, sagt sie.

Der Bosporus-Brücke?

Nein, des Vereins. Kennen Sie den noch nicht? Wir wollen ein Bindeglied zwischen den Ländern, Menschen, Kulturen und Sprachen schaffen, deshalb der Name Brücke.

Ah, sage ich, ich verstehe. Wie lange sind Sie denn schon hier?

44 Jahre, sagte sie, im Oktober werden es 44 Jahre. Eine lange Zeit, um immer zwischen zwei Kulturen zu leben.

Sie können gut Deutsch, sage ich.

Das verlernt man nicht so schnell, erwidert sie. Und wissen Sie schon, wie lange Sie bleiben möchten?

So ungefähr ein halbes Jahr.

Was machen Sie denn hier?

Ich bin auf der Suche nach meinen Wurzeln.

Es gibt keine Wurzeln, sagt sie, das Leben ist für uns eine Brücke, auf der man die ganze Zeit hin- und herfährt, bis man keinen Sprit mehr hat. Man kommt nicht an.

Ich hatte nie das Gefühl, irgendwo hin- und herzufahren. Und einen Führerschein habe ich auch nicht.

Aber ich will wissen, was unter der Brücke ist, sage ich.

Obdachlose, sagt sie, unter der Brücke sind immer nur Obdachlose, die keine Heimat mehr haben, die runtergefallen sind. Wir, wir fahren zum Glück noch, sagt sie und nimmt noch einen Schluck von ihrem Sekt.

Und meine Seele spannte weit ihre Flügel aus, flog durch die stillen Lande, als flöge sie nach Haus, sagt meine Mutter immer. Ich möchte noch fragen, wie das dann wäre, wenn man mit der Fähre auf die andere Seite fährt oder fliegt, statt über die Brücke zu gehen, doch sie winkt jemandem, den sie wohl kennt, sagt Moment und verschwindet in der Menge.

Bald darauf setze ich mich mit einem Stück Schokokuchen vom Buffet und einem Kaffee an einen Tisch. Ich höre zu, wie ein Lehrer sich mit einer zukünftigen Kollegin unterhält, die noch neu in Istanbul ist und im neuen Schuljahr an der Deutschen Schule anfängt. Er schwärmt von seiner Wohnung in Cihangir mit Blick auf das Goldene Horn. Sie erzählt von dem ganzen Papierkram, den sie für ihre Aufenthaltsberechtigung zu erledigen hatte.

Ich weiß, sagt der Mann, ich habe das alles letztes Jahr schon hinter mich gebracht. Nie sind alle Papiere komplett, es fehlt immer noch irgendeine notarielle Beglaubigung, ohne Steuernummer gibt es keine Krankenversicherungsnummer, ohne Krankenversicherungsnummer keine Steuernummer, es ist mühselig. Und mit Englisch kommt man nicht weit.

Ja, sagt die Frau, es ist das Ausländeramt, aber niemand dort kann irgendeine Fremdsprache.

Das gehört sich so für ein Ausländeramt, sage ich. Meine Mutter hat mich früher regelmäßig mit irgendwelchen Leuten aufs Amt geschickt, damit ich für sie übersetze. Das war ihr wichtig, dafür durfte ich sogar Schule schwänzen.

Wir bekommen ja jemanden von der Schule gestellt, sagt die Frau, sonst wäre das unmöglich, diese Aufenthaltsberechtigung zu bekommen.

Für was für Leute haben Sie denn übersetzt?, fragt der Mann.

Flüchtlinge, sage ich, Asylanten, von Abschiebung Bedrohte, welche mit ungeklärtem Aufenthaltsstatus. Meine Mutter war ja ehrenamtlich bei FFB.

FBB?

Eine Flüchtlingsorganisation.

Deutsche Flüchtlinge?

Nein, Türken.

Sie haben für Türken übersetzt? Aber die können doch schon Türkisch.

Ja, Türken können Türkisch. Aber bei der Ausländerbehörde arbeiten ja nur Deutsche.

Bei welcher Ausländerbehörde? Wo sind Sie denn bitte gewesen?

In Freiburg.

Ach so ... Jetzt verstehe ich.

Ach so. Emre hatte gesagt, ich soll darauf achten. Ach so.

Weder der Schokokuchen noch der Kaffee schmecken, also lasse ich beides stehen und kaufe später auf dem Heimweg im Supermarkt eine Tafel dunkle Schokolade. Eine andere Marke als letztes Mal. Doch die schmeckt auch nicht. Überhaupt nicht. Warum gibt es hier dunkle Schokolade, wenn sie nicht schmeckt? Die Schokolade schmeckt schlimmer als Cadbury. Wieso kaufen die Leute das? Oder weiß hier jeder Bescheid und die Schokolade steht nur im Regal, damit Leute wie ich sie kaufen? Leute, die sich mit der heimischen Schokolade nicht auskennen? Ich verstehe es nicht.

Ich verstehe vieles noch nicht. Als ich nach Hause komme, sitzt Yunus vor der Konsole und spielt GTA.

Yunus, was ist eigentlich Hirschplauderei?, frage ich ihn.

So sagen wir für leeres Gelaber ohne Inhalt, antwortet er.

Ach so, sage ich. Und was bedeutet kefen?

Leichenhemd.

Aha.

Das sagt der Verkäufer am Kiosk unten immer, wenn ich etwas kaufe, kefene bereket. Ich wusste, etwas wurde gesegnet, aber nicht was. Segen deinem Leichenhemd. Das sagen sie wahrscheinlich, damit man sein Geld ausgibt, bevor man tot ist. Vielleicht ist dafür die Schokolade da. Nicht, damit man sie isst, sondern damit man eine Gelegenheit hat, Geld auszugeben.

**Der Chor der Einäugigen stellt sich vor und erzählt die Geschichte, wie ein Teppichhändler über den Tisch gezogen und ein Esel verkauft wird**

Schamlos, wie ihr seid, werdet ihr wissen wollen, was denn der Chor der Einäugigen hier soll. Was hat er zu tun mit Krishna Mustafa und was mit unserer Geschichte, die im Pudding Shop ihren Anfang nahm?

Ihr werdet großen Nutzen aus dem Chor ziehen, auch wenn der Einäugige nicht König ist im Land der Blinden, wie gerne behauptet wird. Im Land der Blinden ist der Einäugige der Einzige, der sich nicht im Dunkeln zurechtfindet. Er ist derjenige, der sich am Tisch stößt, an der Tür, derjenige, der den Weg nicht findet, derjenige, der nach Licht fragt, wenn alle anderen keines brauchen.

Der Einäugige ist eine bemitleidenswerte Figur im Land der Blinden, weil er ihnen nichts erzählen kann, das von Wert wäre in ihrer Welt. Er ist derjenige, der sich im Dunkeln beim Kochen in die Finger schneidet und stolz darauf ist, dass er Tag und Nacht unterscheiden kann.

Doch der Chor der Einäugigen, liebe Leser, wird euch großen Gewinn bringen, denn er kennt Geschichten. Liebesgeschichten, Gruselgeschichten, Biografien, Fabeln, Märchen, Parabeln, Allegorien und Keinegorien. Die Geschichten des Chors sind wahre Geschichten. Dafür bürgen wir mit unseren Stimmen. Wahre Geschichten wie die folgende, in der ein Amerikaner, ein Türke und ein Esel die Hauptrollen spielen:

Der Amerikaner war ein Experte auf dem Gebiet des Orientteppichs, einer, der schon mehrere Bücher darüber veröffentlicht hatte. Er kam in die Türkei und wohnte bei einem befreundeten einäugigen Türken in Istanbul. Tagsüber zog er allein in die Stadt und abends kam er heim und hatte Teppiche gekauft. Stolz zeigte er sie dem Einäugigen und sagte: Dieser hier ist 12.000 Dollar wert, aber ich habe ihn für 4.000 gekauft. Dieser hier ist 800 Dollar wert, aber ich habe nur 300 dafür bezahlt. Diesen hier kann ich zu Hause für 2.000 verkaufen, aber ich habe den Händler immerhin auf 1.400 runtergehandelt.

Als der Einäugige wissen wollte, wie der Amerikaner das machte, die Teppiche so günstig zu kaufen, sagte dieser nur: Ich habe da so meine Tricks.

Nun ergab es sich, dass der Amerikaner ins Landesinnere fahren wollte, in ein Dorf, das vor einigen Jahren berühmt geworden war, weil man Ruinen in seiner Nähe gefunden hatte. Der Amerikaner interessierte sich für Dinge, die so alt waren, dass niemand mehr wusste, wem sie gehört hatten. So ähnlich, wie sich die Menschen für Jesus interessieren, obwohl sie ihn nicht gekannt haben.

Und ihr Vater ihn nicht gekannt hat. Und ihr Großvater ihn auch nicht gekannt hat. Und ihr Großvater nicht mal von jemandem gehört hatte, der Jesus gekannt hat. So ist die Sache mit Jesus, niemand kennt jemanden, der ihn kannte, aber er kreuzt überall auf.

In diesem Dorf sah der Amerikaner auf einem alten Esel eine gewebte Satteltasche, die sein Kennerauge sofort als äußerst wertvoll einstufte. Der alte Esel gehörte einem alten Mann, und da hier nicht Istanbul war und der alte Mann kein einziges Wort Englisch konnte, bat der Amerikaner den Einäugigen, zu übersetzen. Nicht bevor er ihm gesagt hatte: Achtung, jetzt zeige ich dir einen meiner Tricks.

Er wollte von dem alten Mann wissen, wie sich seit den Ausgrabungen denn das Dorfleben verändert habe.

Ach, sagte der Mann, frag nicht. Seit ein paar Touristen hierherkommen, ist es vorbei mit dem einfachen Leben, alles geht den Bach herunter.

Ja, ja, wie überall, sagte der Amerikaner.

Keiner interessiert sich mehr für den anderen, alle sind nur noch hinter dem Geld her, dem schnellen Gewinn, alle wollen Touristen irgendwelches billiges Zeug andrehen. Diesen Tonkrug habe ich beim Pflügen meines Feldes gefunden, er ist bestimmt 4.000 Jahre alt, sagen sie. Dabei haben sie nur einen nagelneuen Krug vier Tage in ihrem Garten eingegraben. Sie verkaufen Fleisch, das schlecht geworden ist, indem sie es stark würzen, und preisen es als lokale Spezialität an. Sie verkaufen Wasser aus dem Brunnen in Plastikflaschen, sie verkaufen alles, was sie zum vierzigfachen Preis verkaufen können, und tun so, als wären sie ehrliche, gastfreundliche Dorfbewohner. Das Geld hat sie alle verdorben.

Ja, das kenne ich, sagte der Amerikaner. So ist es überall auf der Welt. Sobald die Leute ein paar Scheine sehen, ist alles hinüber.

Sie merken gar nicht, dass sie ihre eigene Zukunft verkaufen, sagte der alte Mann, sie machen sich alles kaputt, obwohl sie klug genug sein müssten, um zu wissen, dass ihre Rechnung nicht aufgehen wird.

Das ist der Gang der Welt, sagte der Amerikaner, so ist es überall. Ohne Ausnahme. Das Geld zerstört die alten Werte. Wovon lebst du denn, wenn ich fragen darf, bist du auch im Touristengeschäft tätig?

Nein, nein, sagte der Mann, ich kaufe und verkaufe Esel. Das ist mein Beruf.

Ah, sagte der Amerikaner freudig überrascht. Das trifft sich ja gut. Ich würde nämlich gerne deinen Esel kaufen.

Meinen Esel. Ach, der ist alt, der lahmt, der ist störrisch, der bricht fast zusammen, wenn er nur einen Sack Mehl tragen soll, ich glaube nicht, dass du den haben möchtest, sagte der Mann.

Doch, doch, sagte der Amerikaner. Der Esel gefällt mir.

Ach, das ist doch nur ein alter Esel, der kaum noch ein halbes Jahr zu leben hat.

Er gefällt mir, sagte der Amerikaner.

Was willst du denn mit ihm?

Mit nach Amerika nehmen.

Wieso, habt ihr bei euch zu Hause keine Esel?

Doch, doch, aber dieser hier, ich weiß auch nicht, er gefällt mir. Was willst du dafür haben?

Er ist nicht zu verkaufen, Herr.

Wie viel?

Nicht zu verkaufen.

Alles hat einen Preis. Wie viel?

Er ist nicht zu verkaufen, Herr. Wirklich nicht.

Hab dich nicht so. Nenn einen Preis. Dann können wir verhandeln.

1.400 Dollar.

Wie viel?, fragte der Einäugige, der die ganze Zeit übersetzte.

1.400 Dollar, sagte der Mann.

Aber …

Ich habe gesagt, er lahmt, er ist alt, er ist störrisch, er hat nicht mehr lange zu leben. Aber er will ihn trotzdem haben, dann muss ja irgendetwas Wertvolles an diesem Esel dran sein, das mir entgeht.

Aber ich kann ihm jetzt doch nicht wirklich sagen, dass du 1.400 Dollar für einen Esel möchtest. Was ist das Tier denn wert?

Vielleicht 5 Dollar.

Aber …

1.400.

Das gehört sich doch nicht, das kann ich nicht übersetzen. Was soll der Gast denn von uns denken?

1.400. Da lasse ich mit mir nicht verhandeln.

Ich kann doch nicht …

1.400.

Der Einäugige übersetzte. Der Amerikaner war einige Sekunden sprachlos, fing dann aber an zu handeln. Nach einer Dreiviertelstunde hatte er den alten Mann auf 1.250 Dollar heruntergehandelt und gab zähneknirschend auf. Sie schlugen ein. Bevor der alte Mann dem Amerikaner die Zügel des Esels gab, nahm er ihm die Satteltasche ab. Der Amerikaner konnte sich gerade noch so beherrschen.

Nichts anmerken lassen, zischte er dem Einäugigen zu, nahm die Zügel und sie gingen einige Schritte.

Moment, Moment, rief der alte Mann, ihr habt etwas vergessen.

Die beiden blieben stehen und drehten sich um. Der Amerikaner lächelte dem Einäugigen zu. Siehst du, flüsterte er, die Satteltasche ist bestimmt 2.000 wert, immerhin 750 Gewinn.

Ihr habt den Pflock vergessen, um den Esel anzubinden, sagte der Mann und gab ihnen einen Eisenpflock. Der Esel ist alt und läuft nicht weg, aber man weiß ja nie.

Vorhin hatte der Amerikaner sich noch im Griff gehabt, aber nun konnte er sein Gesicht mehr halten. Er bedankte sich dennoch und ging wieder einige Schritte, bevor er stehenblieb, als sei ihm etwas eingefallen. Langsam drehte er sich zu dem Eselhändler um.

Der Esel ist wirklich alt und ihm scheint kalt zu sein, möchtest du ihm nicht diese Satteltaschen umlegen, damit er nicht friert?

Nein, nein, sagte der Mann, der stirbt ja ohnehin bald.

Mir tut der Esel leid, ich möchte nicht, dass er in seinen letzten Tagen friert. Die Nächte sind kalt hier, wie du weißt. Und sieh, diese Satteltasche, sie ist alt, sie ist dreckig, was ist die schon wert? Ich gebe dir 10 Dollar dafür. Ach, komm, lass es 20 sein. Dafür muss der arme Esel dann nicht frieren. Hab doch Erbarmen mit ihm.

Nein, nein. Ich bin doch nicht verrückt und verkaufe diese Satteltasche. Die bringt mir Glück. Seit fünf Jahren verkaufe ich nun schon alte, lahmende Esel, wenn sie diese Satteltasche tragen. Manche sterben mir weg, bevor ich sie loswerde, andere verkaufe ich mit viel Gewinn. Das Eselgeschäft ist das einzig ehrliche Geschäft in diesem Dorf, das mache ich mir doch nicht kaputt, indem ich diese segensreiche Satteltasche verkaufe.

So kennt der Chor der Einäugigen diese Geschichte, und wenn er sie erzählt hat, singt er am Ende immer:

Der Ami und der Esel
die hatten großen Streit
wer wohl am klügsten wäre
zur schönen Ferienzeit

Der Ami sprach: Das bin ich
und fing an die Zählerei
ich aber zähle besser
fiel gleich der Esel ein

Das klang so schön und lieblich
so schön von fern und nah
sie zählten alle beide
Dollar, Dollar i-a, i-a
Dollar, Dollar, i-a

**Siebtes Kapitel, in dem Isa das Problem der arabischen Welt erklärt, Yunus einen Film schneidet und Krishna Mustafa Nesrin zum zweiten Mal sieht**

Isa ist zurück aus İzmir, seine Großmutter hat sich wieder erholt.

Jetzt ist die gute Frau schon gut über neunzig, aber sie flucht wie ein Mann und ist stur wie ein Esel, manchmal glaube ich, sie wird einfach gar nicht gehen, sagt er. Und du, will er wissen, was hast du getrieben, bist du vorwärtsgekommen, hast du ein wenig gegraben nach den Wurzeln?

Ja, sage ich und erzähle von dem Gemeindefest. Dabei fällt mir auf, dass keiner der Deutschen etwas über die Türken gesagt hat, alle haben nur von sich geredet.

Ich weiß nicht, wie ich von den Deutschen auf die Araber komme, aber ich erzähle auch von den vielen Arabern, die ich auf den Straßen sehe. Die Männer tragen Shorts, Flipflops und Sonnenbrille und haben ein, zwei, drei oder vier Frauen in Burkas, die viele Tüten mit Einkäufen tragen.

Sie tragen keine Burka, sie tragen ein Çarşaf, die Augen sind nicht verschleiert, korrigiert Isa mich. Aber das ist ja eigentlich auch egal. Araber sind hier nicht besonders gut angesehen, auch wenn sie Geld bringen. Weil sie dreckig sind, sagen die Leute, weil sie sich nicht benehmen können, weil sie alles kaputt machen, weil sie geizig sind, aber das sind nur Vorurteile. Man kann die

Leute nicht danach beurteilen, wie ihre Touristen sich benehmen. Das arabische Problem liegt woanders. Die verstehen sich untereinander nicht. Und warum verstehen sie sich nicht? Weil sie alle Mohammed oder Ali heißen. Das kann so nichts werden. Hallo Mohammed, wie geht's? Gut, ich soll dich von Ali grüßen. Von welchem Ali? Von dem Bruder von Mohammed. Von welchem Mohammed? Na der, der neulich einen Sohn bekommen hat. Welcher von den beiden, der, der seinen Sohn Ali genannt hat, oder der, der seinen Sohn Mohammed genannt hat? Der, der ihn Mohammed genannt hat. Ach so, du meinst den Schwager von Ali. So reden die miteinander, glaub mir, so kann das nichts werden. Wenn die Araber sich verstehen würden, dann sähe die ganze Welt anders aus.

Esra kommt ins Zimmer.

Mohammed kann ich ja noch verstehen, sage ich, aber wieso Ali?

Das war der Schwiegersohn, antwortet Isa.

Wessen Schwiegersohn?

Na, Mohammeds.

Er lacht.

Was machst du?, fragt Esra. Füllst du seinen Kopf mit Scheiße? Lass den armen Jungen doch in Ruhe.

Sie wendet sich an mich.

Nimm nichts ernst, was Isa sagt, er redet alles schlecht, in seiner Brust ist kein Funken Hoffnung.

Definier mal Hoffnung, entgegnet Isa, in einem Land, in dem die Kinder Klebstoff schnüffeln, weil er das Einzige ist, was ihnen Halt gibt. Definier mal Hoffnung in einem Land, in dem der Berater des Präsidenten live im Fernsehen sagt: Vergessen wir mal die Politik, die gesellschaftlichen Ereignisse, das ganze Tagesgeschäft, ich möchte Ihnen etwas sagen, wovon ich als Mensch, ich betone, als Mensch, überzeugt bin: Es gibt ausländische Kräfte, die Tag und Nacht daran arbeiten, unseren Präsidenten per Telekinese außer Gefecht zu setzen. Sie wollen ihn lähmen, sie wollen ihn paralysieren, sie wollen ihn handlungsunfähig machen, aber der Präsident steht seinen Mann, er lässt sich nicht unterkriegen.

Er sieht mich an.

Das ist wirklich passiert, sagt er. Satire ist nicht mehr möglich in diesem Land. Und ohne Satire gibt es auch keine Hoffnung. Leute wie Esra und Yunus versuchen deinen Kopf mit Scheiße zu füllen, nicht ich. Das sind die Nachwirkungen vom Tränengas, denen sind die ganzen Tränen ins Gehirn gesickert und jetzt stauen sich die Gedanken und sie glauben, das heißt, es würde irgendwann ein Damm brechen, und dann würde Demokratie dieses Land überfluten.

Isa liegt auf dem Sofa, während er das sagt. Esra lächelt ihn an und schüttelt den Kopf auf eine Weise, als wollte sie sagen, dass er noch ein Kind ist.

Wir schneiden gerade einen Film, wendet sie sich an mich, über die Proteste letztes Jahr. Willst du mal schauen? Dann siehst du, was die Menschen hier bewegt. Isa liegt eh nur auf dem Sofa. Dass er innerhalb von einer Woche in İzmir und in Bursa war, grenzt an ein Wunder.

Luft, sagt Isa, die bewegen nur Luft. Weil sie atmen. Das halten sie dann für revolutionär.

Ich gehe mit Esra. Yunus sitzt in seinem Zimmer vor dem Rechner und hat diesen konzentrierten Ausdruck, den er immer hat, wenn er dort sitzt, egal ob er spielt, ob er chattet, ob er programmiert oder im Internet surft. Yunus sitzt vor dem Rechner, wie er immer vor dem Rechner sitzt, aber die Bilder, die er mir zeigt, kenne ich noch nicht.

Ich habe letztes Jahr viele Clips im Internet gesehen (Tausende Clips), die meisten Bilder kennt man irgendwann, doch Esra und Yunus haben Sequenzen im Intro ihres Films, die ich noch nie gesehen habe. Man sieht, wie Vermummte Graffiti sprühen, wie Menschen vor lauter Tränengas keine Luft mehr bekommen, ich sehe, wie Katzen und Hunde auf das Gas reagieren, ich sehe, wie Menschen auf der İstiklal gemeinsam das Fasten brechen, ich sehe, wie Tränengaspatronen zurückgeworfen oder in Kanister gesteckt werden, ich höre einen Mann auf einer Veranstaltung vor Tausenden Menschen mit heiserer Stimme brüllen.

Ist das Erdoğan?, frage ich.

Ja, lacht Esra, das ist Recep Tayyip.

Der sieht ganz anders aus, viel heller und weniger freundlich.

Dann kommt ein schwungvoller Schriftzug, GPB, dann steht da *Gezi Parkı Belgeseli*, Untertitel werden eingeblendet: *Gezi Park Documentary*.

Die ersten paar Minuten erzählen von den Anfängen der Proteste, es sind noch wenige Menschen, die versuchen, einen Bulldozer zu stoppen, der erste Bäume im Park entwurzelt. Wenn man die späteren Bilder kennt, wirkt alles harmlos und klein. Dann sieht man die Frau in dem roten Kleid, wie sie von einem Polizisten mit Tränengas besprüht wird, dieses Bild, das überall im Netz war. Doch die Gewalt eskaliert erst danach, als die Polizei den Park zum zweiten Mal gewaltsam räumt.

Es wird eine Schrift eingeblendet: *Die drei Aggregatzustände der staatlichen Gewalt.*

Als Nächstes kann man lesen: *Fest.* Man sieht Polizisten mit Knüppeln auf Demonstranten einprügeln und Zelte zerstören.

*Flüssig.* Die Aufnahme eines Menschen, der allein mit gewölbter Brust vor einem Wasserwerfer steht, bevor der Strahl ihn meterweit nach hinten schleudert.

*Gasförmig.* Ich sehe die schweren Tränengasschwaden, doch sie wirken wie Disconebel, weil man darin Menschen mit Gasmasken tanzen sieht. Einer hat ein Derwisch-Kostüm an und dreht sich auch wie ein Derwisch.

Das ist ein Derwisch, sagt Esra, das ist kein Kostüm.

Der Derwisch bleibt abrupt stehen und verbeugt sich in Richtung der Polizei, die weitere Tränengasgranaten abfeuert.

Man sieht einen Polizeiwagen, auf dem steht: *Halk İçin Emniyet, Adalet İçin Hizmet, Sicherheit für das Volk im Dienst der Gerechtigkeit*. Dann wird zu einem Polizeiwagen übergeblendet, bei dem jemand die Schrift teilweise übermalt hat: *Halk İçin Eziyet, AKP İçin Hizmet* steht auf diesem. *Qualen für das Volk im Dienste der AKP*.

Weiter sind wir noch nicht, sagt Yunus, das ist so ungefähr das erste Viertel oder Fünftel. Der Rest ist noch im Rohschnitt. Das hier wird die nächste Szene.

Ich habe auf YouTube bereits gesehen, wie Beşiktaş-Fans mit einem geklauten Bagger einen Wasserwerfer in die Flucht schlagen, aber das waren ganz schlechte Aufnahmen, die hier sind viel besser.

Woher habt ihr das?

Ich bin ja selber Beşiktaş-Anhänger, sagt Yunus. Ich kenne ein paar Leute von Çarşı.

Çarşı heißt Markt und Esra versteht wohl, warum ich so komisch gucke. Sie lächelt.

Çarşı ist der Fanclub von Beşiktaş, sagt sie, die sind ziemlich bekannt. Sie haben den Demonstranten geholfen, sie kennen sich aus mit der Polizei.

Du interessierst dich nicht für Fußball, sagt Yunus, während er etwas auf der Tastatur tippt.

Nein.

Wer sich für Fußball interessiert, kennt Çarşı, die haben einen internationalen Ruf. Schau hier: 2007 gegen Liverpool, das ist Çarşı.

Man sieht die Fans und hört sie singen, die Kraft ist überwältigend. Es ist wie beim Film vorhin, ich fühle mich, als sei ich bis zur Unterkante der Schädeldecke angefüllt mit Energie und Freude.

Sind das meine Wurzeln, dass ich bewegt bin, als könnte ich alle meine Blätter schütteln? Sind das meine Wurzeln, dass ich sofort wieder an Laura denke und mich ein Schmerz packt? Sind das meine Wurzeln und wachsen die Bäume besser, wenn man sie mit Tränengas gießt? Sind das meine Wurzeln, dass sich die Haare auf meinen Armen aufrichten, als wollten sie sich einer Ungerechtigkeit entgegenrecken? Habe ich zu viele Gedichte gelesen in diesem Buch? Was macht mein Kopf nur, wenn ich ihn alleine lasse?

Wir können kein Deutsch, sagt Esra.

Habe ich etwas gesagt?

Die beiden sehen sich an, lächeln und dann lächeln sie mich an, während Yunus nickt.

Was denn?

Wir können kein Deutsch, wiederholt Esra.

Wir sitzen zusammen und ich sehe Yunus und Esra zu, wie sie die nächsten Schnitte machen, Szenen hin- und herschieben, kürzen, verlängern, aufblenden, abblenden. Ich sehe Bilder von Graffiti, Bilder vom Gezi-Park in den Tagen, in denen es dort für alle Essen und Trinken umsonst gab, ich sehe Fußballfans aller drei Istanbuler Vereine zusammen skandieren: Komm, sprüh doch, komm, sprüh doch, komm, sprüh doch Pfefferspray, zieh den Helm aus, lass den Stock los und lerne wie ein Mann zu stehen.

Ich sehe die Bilder und es fühlt sich an, als könnte man Aufregung durch die Augen inhalieren.

Als es schon dämmert, schlagen die beiden vor, Schluss zu machen und auszugehen, in eine Bar mit Livemusik.

Etwas später sitze ich mit Esra und Yunus an einem Tisch, auf der winzigen Bühne begleitet sich ein Mann auf der Saz und singt dazu traurige Lieder, die von Trennung handeln, von der Fremde und vom Schmerz. Er singt, als wüsste er, was mit Laura und mir passiert ist, er singt, als wollte er mir eine Stimme geben, und ich überlege, Laura anzurufen und dann nichts zu sagen, sondern nur das Telefon in Richtung Boxen zu halten. Ich drehe den Kopf und sehe nach draußen, weil ich so ein Gefühl habe, als wollte ein Engel aus meinen Augen rauspinkeln.

Auf der Straße sehe ich Nesrin. Ich springe auf, laufe raus und versperre ihr den Weg.

Hallo, ich wollte kein Hirschgelaber machen, sage ich. Du erinnerst dich an mich, wir haben uns vor ein paar Tagen vor dem Pudding Shop gesehen. Ich hatte wirklich Dreadlocks. Isa, mein anderer Mitbewohner, ist leider nicht dabei, der könnte dir das bestätigen. Was machst du hier? Bist du auch mit Freunden unterwegs?

Nesrin sieht mich an, sie guckt nicht so böse wie letztes Mal, warum sollte sie auch. Sie sieht mich an, schüttelt den Kopf und geht einfach weiter.

Hey, warte, rufe ich ihr hinterher, aber sie reagiert nicht.

Wenigstens habe ich ein paar Momente lang nicht an Laura gedacht. Ich gehe wieder rein.

Später gehen Yunus, Esra und ich noch in zwei andere Bars. Ausgehen in Istanbul ist anders, es ist laut nachts auf der İstiklal, viel lauter als tagsüber. Tagsüber habe ich gar nicht bemerkt, dass in den oberen Etagen der Häuser Clubs sind. Die haben jetzt ihre Musik aufgedreht, es schallt über die ganze Straße und mitten in der Nacht ist es hier immer noch so voll wie tagsüber, wenn die Geschäfte auf haben. Das liegt vielleicht auch an der Weihnachtsbeleuchtung. Und daran, dass man sein Geld ausgeben soll, bevor man tot ist.

Schließlich stehen wir mitten auf der İstiklal vor einem der Starbucks und wollen langsam nach Hause gehen.

Das Leben ist doch schön, mein Bruder, sagt Esra.

Yunus bleibt stehen, schließt die Augen und sagt: Ich höre Istanbul mit geschlossenen Augen, ich höre die Flüche, die Gesänge, die Lieder, die Plaudereien.

Ich sehe Esra an, ich sehe Yunus an, ich sehe die vielen Menschen, die an uns vorbeigehen. Die einen sind betrunken, die anderen sind auf Drogen. Meistens bin ich lustig, wenn es so ist. Du hast es gut, sagt Hase immer, du wirst schon vom Kontakt high. Die ersten Male habe ich immer verstanden: *Du bist schon ein Kontakthai*, und gedacht, ein Kontakthai sei jemand wie ich, der viel mit Menschen redet.

Ich verstehe dieses High-Sein nicht. Wenn man vorher nicht lustig ist, kann man auch hinterher nicht lustig sein. Und wenn man vorher und hinterher nicht lustig ist, was soll das dann für eine komische Mitte sein, in die man Bier hineinfüllt und Joints und Pillen? Ich verstehe nicht, wieso sich die Leute immer anders fühlen wollen, als sie sich fühlen. Aber ohne sie wäre Hase ja arbeitslos.

Wir können immer noch kein Deutsch, sagt Esra wieder, was hast du gerade gesagt?

Auch andere Muttersprachen haben schöne Wörter, sage ich.

Die einen sind betrunken, die anderen sind auf Drogen, meistens bin ich lustig, wenn es so ist. Doch heute ist niemand glücklich und ich denke an Laura, an das Lachen und an den Liebeskummer. Ich schlafe ein.

**Achtes Kapitel, in dem wir keine Nationalhymne hören, von Krishna Mustafas Krankheit erfahren und das Internet nicht geht**

Ich wache auf. Nicht weil Yunus mir Ohrfeigen gibt, denn Ohrfeigen helfen nicht. Wie viele Male bin ich schon geohrfeigt worden (Tausende Male), damit ich aufwache, und alle glauben immer, sie hätten das Richtige getan, denn am Ende bin ich ja wach. So wie der Prinz Dornröschen küsst und glaubt, sie würde deswegen aufwachen. Aber in Wirklichkeit wacht sie ja auf, weil die hundert Jahre rum sind. Man wacht immer auf, solange man nicht tot ist. Die Leute könnten beten, statt mich zu schlagen, dann würde ich auch wach werden. Beten oder Ohrfeigen, das macht in meinem Fall keinen Unterschied. Ich werde wach, weil die Hymne zu Ende ist.

    Geht es dir gut?, fragt Esra.

    Ich nicke.

    Was ist passiert?, will Yunus wissen.

    Ich bin eingeschlafen.

    Von jetzt auf gleich? Im Stehen eingeschlafen und einfach umgefallen?

    Habt ihr doch gesehen.

    Passiert das öfter?

    Ja. Ich habe Hymnosomnie.

    Hymnosomnie?

    Ich stehe auf. Ja, das ist eine sehr seltene Krankheit. Man schläft ein, wenn eine Nationalhymne erklingt.

    Die beiden sehen mich an.

    Wirklich, sage ich.

    War das ihre Hymne, was die Russen da hinten vorhin gesungen haben?, fragt Esra.

    Yunus legt kurz die Stirn in Falten, grinst dann und fängt an zu singen.

    Als ich aufwache, schreit Esra ihn an, er solle aufhören.

    So ist das immer. Zuerst bekomme ich Ohrfeigen, dann glauben die Leute mir nicht. Und fangen an zu singen. Ich höre immer nur die ersten zwei oder drei Töne. Hase hat mal einen ganzen Nachmittag damit verbracht, immer wieder abseitige Nationalhymnen in die Playlist zu schmuggeln, die gerade lief, weil er es nicht glauben konnte. Ich schlief wohl auch ein bei Hymnen, die ich mit

Sicherheit vorher nie gehört hatte, Liechtenstein, Laos, Puerto Rico, Belize, Bangladesch, Zaire, Tonga, Bahrain. Sagte Hase. Ich habe versucht, ihm zu erklären, dass ich die Hymnen von Deutschland, Frankreich, England und den USA auch noch nie gehört habe, weil ich ja immer einschlafe. Manchmal ist sogar Hase dumm. Er rauchte eine Bong nach der anderen und jedes Mal, wenn ich aufwachte (Tausende Male), lag er am Boden und krümmte sich vor Lachen.

Laura glaubt, da würde eine Phobie dahinterstecken, ich müsste tief in mich gehen und nach den Gründen für diese Krankheit suchen.

Und dann?, habe ich sie gefragt.

Dann kannst du geheilt werden.

Aber das ist doch eine tolle Krankheit, ich will gar nicht geheilt werden. Ich finde es toll, Nationalhymnen auf meinem MP3-Player zu haben. So kann ich im Bus, im Flugzeug, im Zug, bei Baulärm und Presslufthammer, sogar mitten auf Partys immer so lange schlafen, wie ich möchte.

Aber du kennst keine einzige Nationalhymne.

Ja, und?

Laura hat die Augen verdreht. Das war ein paar Wochen, bevor sie mir gesagt hat, ich hätte meine Identität noch nicht gefunden.

Er hätte gar nicht in der Türkei in die Schule gehen können, sagte meine Mutter zu meinem Vater, der es falsch fand, dass wir in Deutschland lebten und ich in die Waldorfschule ging. Er wäre jeden Montagmorgen bei der Nationalhymne eingeschlafen, die anderen hätten ihn gehänselt, wer weiß, ob die Ärzte das als Krankheit akzeptiert hätten. Er wäre vielleicht sogar angezeigt worden wegen Artikel 301.

Artikel 301 besagt, dass man die Türkei nicht verunglimpfen darf, sonst kann man ins Gefängnis kommen.

Meine Eltern haben sich viel gestritten, als wir in Deutschland waren, wegen Gesetzen, daran kann ich mich noch erinnern. Es ging um Völkermorde, um Armenier, um Juden, um Leugnen, aber ich habe als Kind schon nicht verstanden, warum sie sich um etwas stritten, das irgendwo geschrieben steht und mit uns nichts zu tun hat.

Ich weiß auch noch, wie sie sich zu Fasching gestritten haben, weil ich als Zwerg verkleidet in die Schule gehen sollte. Das war das Motto für die Faschingsfeier. Mein Vater hat geschrien, dass er nicht verstehe, was das für eine freie Schule sein solle, wenn wir uns nicht mal an Fasching verkleiden dürften, wie wir wollen, meine Mutter hat geschrien, dass er nicht verstehe, was ein fester Rahmen sei, in dem sich Kinder sicher fühlten, mein Vater hat die Fernbedienung gegen den Bildschirm geschmissen und gebrüllt, dass auch mal Schluss sein müsse, und meine Mutter hat gesagt, sie kaufe sich ein Megafon, wenn es hier darum gehe, wer lauter sei.

Und später durfte ich mich nicht als Indianerzwerg verkleiden, weil es bei den Indianern keine Zwerge gab, wie meine Mutter gesagt hat. Bei den Cowboys auch nicht. Und bei den Piraten erst recht nicht.

Der Unterschied zwischen einem Kind und einem Zwerg ist ja das Alter, sagte mein Vater, wie soll er sich denn verkleiden als jemand, der älter ist? Das ist doch widersinnig.

Das heißt, du kennst gar keine Nationalhymnen, weil du immer einschläfst?, fragt Esra nun.

Richtig, sage ich.

Das ist ja toll, sagt sie. Du bist echt ein interessanter Mensch.

Die Hälfte der Leute ist betrunken, die andere Hälfte ist auf Drogen und jetzt ist es doch so, als hätte ich ein Kontakt-High.

Bevor ich ins Bett gehe, klappe ich noch mal den Rechner auf, doch es gibt kein Internet. Ich klappe ihn wieder zu und lege mich hin.

**Neuntes Kapitel, in dem Isa von einem Stromausfall erzählt, Emre das Reinheitsgebot nicht versteht und Gott nicht arbeiten geht**

Am nächsten Morgen gibt es immer noch kein Internet und ich gehe zu Isa, der auf dem Sofa liegt und fernsieht.

Ach, sagt er, das kann passieren, probier es in ein paar Minuten wieder.

Es ging gestern Nacht schon nicht.

Er steht auf und geht zum Router.

Es ist nur das Internet, sagt er. Früher sind Strom und Wasser ausgefallen. Früher konnte sogar so jemand wie ich Stromausfälle verursachen. Setz dich, ich erzähle dir eine Geschichte. So von Mensch zu Mensch, ohne das Internet dazwischen. Dieses Internet hat so viel aus uns gemacht, mit Facebook sind alle zu Freunden geworden, mit Twitter sind alle zu Poeten und Pointenschlampen geworden, mit Instagram waren dann alle auf einmal Fotografen.

Er setzt sich wieder auf das Sofa, den Fernseher lässt er in der gleichen Lautstärke weiterlaufen.

Ich war 15, wir waren im Urlaub am Meer, fängt er an, ich war mit ein paar Freunden abends auf dem Jahrmarkt, wo es eine von diesen Maschinen gab, wo man gegenboxen kann, und die sagt dir dann, wie stark du bist. Wir waren jung, wir hatten Bier getrunken, wir hielten uns für die Größten. Ich war damals noch viel dünner als jetzt, aber fast genauso groß, und ich war stark. Ich habe als Letzter geschlagen. Ich wollte alle meine Freunde übertreffen. Ich habe ein paar Schritte Anlauf genommen, obwohl man das nicht durfte. Weil ich so groß bin, habe ich die Schlagfläche nicht richtig getroffen. Ich bin abgerutscht und mit der Faust in die Glasscheibe der Anzeige gekracht. Und dann wurde es mit einem Mal stockduster. Nicht nur an diesem Stand, sondern auf der ganzen Kirmes. Bevor es Ärger geben konnte, sind wir in dem ganzen Durcheinander schnell abgehauen. Meine Hand hat geblutet und tierisch weh getan, aber ich konnte im Dunkeln nicht genau sehen, wie schlimm es war. Als wir vom Jahrmarkt runter waren, haben wir bemerkt, dass im ganzen Dorf kein Licht brannte. Wir saßen noch ein bisschen herum, aber meine Hand fing an zu pochen und ich wollte nach Hause. Dort erzählte mein Vater mir, dass irgend so ein halbstarker Vollidiot auf dem Jahrmarkt einen Kurzschluss verursacht habe und jetzt das ganze Dorf ohne Strom sei. Er fluchte, die Mutter, der Vater, die Schwester des Vollidioten, alle wurden aufs Übelste beleidigt. Meine Hand war mittlerweile geschwollen, aber ich schaffte es irgendwie, sie in die Hosentasche zu stecken, obwohl ich dachte, ich müsste sterben vor Schmerz. Als ich sie dann im Zimmer im Kerzenschein ansah, war sie auf fast das Doppelte angeschwollen. Es war halb vier in der Nacht, als ich es nicht mehr aushielt vor Schmerz. Mir war egal, ob der Alte mich verprügeln würde oder nicht, mir war alles egal, ich wollte nur noch, dass dieser Schmerz nachließ. Ich weckte meine Mutter und erzählte ihr, was passiert war. Mein Vater hat mich dann ins Krankenhaus gefahren. Die Hand war gebrochen. Der Gips war schon wochenlang ab, als er wieder mit mir gesprochen hat. Schau, der Mittelfinger ist seitdem nicht mehr ganz gerade.

Er hält die Hand hoch, er hat eine deutliche Narbe auf der Mitte des Handrückens und tatsächlich ist der Mittelfinger ein wenig schief. Er klappt die übrigen Finger ein und lächelt.

Die Leute vergessen so schnell, sagt er. Heute weiß keiner mehr, wie man ohne Internet mit Mädels anbändelt. Ganze Nationen würden aussterben, wenn es kein Internet gäbe. Geh raus, mach draußen was.

Du gehst auch nie raus.

Ich plane eine Stadt. Das ist eine schwere Aufgabe.

Er wirft einen Blick auf den Router. Das Internet geht übrigens wieder, sagt er.

Ich hole den Rechner, klappe ihn auf, doch noch bevor alle Mails reingelaufen sind, ruft Emre an. Er sieht Isa im Hintergrund auf dem Sofa liegen und sagt dann: Vor dem da hinten hätte ich dich eigentlich warnen sollen. Der ist zu faul, die Augen zuzumachen, wenn er müde ist. Eigentlich müsste der nach Deutschland kommen, dann bräuchte er nicht mehr rauszugehen, er könnte sich alles im Internet bestellen.

Gehst du denn viel raus?

Ja, ich trinke fast jeden Abend Bier draußen. Es ist nicht teuer und es schmeckt gut. Aber ich verstehe diese Sache mit dem Reinheitsgebot nicht.

Das kann ja sogar ich dir sagen. Wasser, Hopfen, Hefe und Gerste, seit 1516, mehr ist in dem Bier nicht drin. Deshalb ist es bekannt in der ganzen Welt, weil es so gut ist.

Ja, sagt Emre, aber was war denn vor 1516 da alles drin? Hatten die damals Geschmacksverstärker, Konservierungsstoffe, künstliche Aromen, Lebensmittelfarbe, Süßstoffe, Antioxidantien, Schaumstabilisierer? War Deutschland damals bekannt als das Land, wo es schlechtes Bier gab, weil sie alles reinpantschten, was sie finden konnten? Waren da Hühnerfüße drin und Schweineköpfe? Alle laufen hier herum und sind stolz auf ihr gutes Bier, aber keiner kann mir erklären, warum die damals die Notwendigkeit gesehen haben, ein Reinheitsgebot zu erlassen.

Du hast recht, sage ich. Frag Hase mal. Der kennt sich gut aus in solchen Dingen. Warst du schon bei ihm?

Nein, noch nicht.

Er wollte dich gerne kennenlernen. Geh einfach mal vorbei. Der freut sich.

Und du, was treibst du so?

Ich habe Aya Triada zu Ende gebaut und dann wieder auseinandergenommen. Jetzt arbeite ich gerade an Sultan Ahmet.

Ganz schön religiös bist du unterwegs. Aber die Deutschen hier haben es auch mit Gott. Die glauben nicht an ihn, aber sie reden oft darüber. Ich habe im White Rabbit eine Frau kennengelernt, Daniela, die hat mir erzählt, dass sie gerade aus der Kirche austritt, damit sie keine Kirchensteuer mehr zahlen muss.

Ja, meine Mutter ist auch aus der Kirche ausgetreten, noch bevor sie nach Indien gefahren ist.

Was soll das denn sein, Kirchensteuer? Kann Gott nicht arbeiten gehen, wenn er Geld braucht? Die Menschen hier sollen bezahlen dafür, dass sie an Gott glauben. Eine Art Glaubensgebühr. Das ist ja so ähnlich wie diese Rundfunkgebühr, von der hat Daniela auch erzählt. Die bezahlt einfach jeder Haushalt, ob man einen Fernseher hat oder nicht, ist das richtig?

Ja.

Das heißt, du bist einfach Mitglied im Verein der Fernsehzuschauer, musst Gebühren zahlen und kannst nicht kündigen. Es sei denn, du bist obdachlos. Da ist die Kirche ja besser, da kann man wenigstens noch austreten. Gott kannst du verlassen, doch den Fernseher nicht. Aber wenn du Gott verlässt, kann dein Arbeitgeber dir kündigen, wenn es eine kirchliche Organisation ist, sagt Daniela. Die tun hier immer so, als hätten sie die Religion überwunden, aber das stimmt wohl nicht. Aber es ist gut, dass man Zwangsmitglied im Verein der Zuschauer ist, denn wenn man Gott verlassen und deswegen seinen Job verloren hat, dann hat man viel Zeit, um fernzusehen. In der Türkei glauben wir ja, dass alles in Deutschland seine Ordnung hat. Aber wir wissen nicht, dass diese Ordnung genauso wenig Logik hat wie unser Chaos.

Wieso Chaos, sage ich, hier brennt die Weihnachtsbeleuchtung das ganze Jahr über. Das ist doch eine klare Regel.

**Zehntes Kapitel, in dem Krishna Mustafa auf den Biomarkt geht, erneut Nesrin trifft und sich im Zug auszieht**

Esra fragt, ob ich mit auf den Biomarkt gehen möchte. Yunus bleibt zu Hause, weil er irgendetwas termingerecht für einen Kunden programmieren muss, und ich habe ja ohnehin nichts zu tun. Der Markt ist unter einem Parkdeck, oben stehen die Autos, darunter sind die Stände. Es gibt nicht nur Obst und Gemüse, sondern auch Kosmetika und Waschmittel, Marken, die ich aus Deutschland kenne.

Diese Zahnpasta benutze ich auch, sage ich und freue mich, als würde ich einen alten Bekannten treffen.

Was kostet die Zahnpasta denn in Deutschland?, fragt Esra.

Ich rechne. Dann rechne ich noch mal. Dann rechne ich noch mal. Dann glaube ich, dass ich mal wieder mit den Zahlen nicht klarkomme, und nenne Esra den Preis in Euro. Sie sieht mich an.

Das ist die Hälfte von dem, was es hier kostet, sagt sie.

Kann sein, sage ich.

Hier kann sich ein Student nicht einfach mit Biozahnpasta die Zähne putzen, sagt sie, nicht mal ein Lehrer kann das. Sieh dir die Leute hier an. Die haben alle Geld.

Du bist doch auch Studentin.

Ja, aber meine Eltern sind gut situiert, ohne deren Geld wären wir nicht hier. Wie viele Menschen in unserem Alter siehst du hier?

Ich blicke mich um. Die Jüngsten hier sehen wie Anfang dreißig aus. Das ist in Freiburg natürlich anders, die Kundschaft im Bioladen reicht von Studenten bis hin zu Leuten in Hases Alter. Hier sind keine ganz jungen Menschen, aber auch keine, die so alt sind wie Hase.

Als Erstes sehe ich die Dreadlocks, sie steht zwar mit dem Rücken zu mir, aber ich bin mir sicher, dass sie es ist.

Nesrin, rufe ich, während ich auf sie zugehe.

Sie dreht sich um.

Erinnerst du dich an mich?

Sie nickt.

Das dritte Mal, sagt sie.

Heute sieht sie ganz freundlich aus.

Ja, sage ich. Jetzt sind wir uns in acht Wochen schon dreimal über den Weg gelaufen. Das ist doch ein unglaublicher Zufall in einer Stadt, in der so viele Millionen leben.

Nein, sagt sie. Wenn du Bio isst, triffst du die Leute, die auch Bio essen. Wenn du gerne ausgehst, triffst du die Leute, die auch gerne ausgehen. Das hat mit Zufall nichts zu tun. Das Istanbul derer, die versuchen, wie Menschen zu leben, ist klein. Der einzige Zufall ist, dass wir uns vor dem Pudding Shop getroffen haben.

Was hast du da eigentlich gemacht?

Ich war mit einem Iren verabredet, der sein Handy im Yıldız-Park verloren hatte. Ich habe es gefunden und er hat den Pudding Shop als Treffpunkt vorgeschlagen.

Esra kommt hinzu.

Das ist Esra, die Freundin meines Mitbewohners, sie studiert BWL und macht gerade einen Film über die Gezi-Proteste, sage ich. Und du, was machst du eigentlich? Das weiß ich gar nicht.

Das habe ich dir schon gesagt. Ich versuche, wie ein Mensch zu leben.

Wenn es kein Zufall ist, dann ist es doch ein Zeichen, dass wir uns so oft treffen, sage ich. Möchtest du mir deine Nummer geben, damit ich dich mal anrufen kann?

Wir sehen uns, sagt sie, bis bald, und wendet sich ab.

Woher kennst du sie?, fragt Esra und ich erzähle von unseren Begegnungen.

Erzähl nicht jedem, dass ich einen Film über die Gezi-Proteste mache, sagt sie.

Warum nicht?

Weil wir Angst haben, sagt sie. Wir haben alle Angst. Du hast gesehen, auf der İstiklal ist jeden Tag mindestens ein Wasserwerfer, auch wenn dort nichts los ist. Überall ist Polizei. Anwälte kommen in Untersuchungshaft, Ärzte, die bei den Protesten den Verletzten geholfen haben, werden angeklagt, unliebsame Justizbeamte werden versetzt. Wir haben keine Rechte mehr in diesem Land. Wir haben kein Recht, einen Film zu machen.

Aber warum machst du ihn dann?

Damit die Leute sehen können, dass wir keine Rechte haben. Wir werden ihn im Internet veröffentlichen, aber anonym. Yunus kennt sich damit aus.

Und du glaubst, Nesrin könnte dich an die Polizei verraten?

Möglich.

Aber schau mal, wie sie aussieht.

Eben. Eine Tochter aus einem wohlhabenden Elternhaus. Wieso sollte sie sonst das Geld haben, auf dem Biomarkt einzukaufen?

Sie hat Dreadlocks.

Ihre Frisur ist einfach eine Mode, der sie nachgeht, weil sie sich das erlauben kann. Hast du schon mal die Zivilpolizisten hier gesehen? Alles junge Kerle mit Vollbart, ich würde die gar nicht erkennen, wenn sie nicht so komische schwarze Rucksäcke hätten, aus denen immer noch das Ende des Schlagstocks herausguckt. Die kontrollieren eher so jemanden wie mich als so jemanden wie Nesrin, weil sie aussieht, als wäre sie eine verwöhnte Schnepfe und die Eltern mächtig genug, um einen Beamten von seinem Chef zusammenscheißen zu lassen. Nesrin sieht nach Geld aus, nach viel Geld.

In Deutschland wirst du mit Dreadlocks regelmäßig kontrolliert. Eine Zeitlang bin ich häufig nach Basel gefahren, das ist in der Schweiz, Laura hatte Freunde da. Im Zug wurde ich immer kontrolliert. Auf dem Hinweg und auf dem Rückweg. Der deutsche Ausweis hat keinen Unterschied gemacht, die haben mich jedes Mal gründlich durchsucht. Die Polizisten haben auch immer nachgesehen, ob ich nicht etwas in meinen Haaren versteckt habe. Nach dem dritten oder vierten Mal habe ich schon keinen Rucksack mehr mitgenommen, damit sie schneller fertig sind.

Was suchen Sie denn?, habe ich immer gefragt und die haben gesagt: Betäubungsmittel. Da hätten sie nur zu Hase müssen, da hätten sie jede Menge gefunden, aber das habe ich denen natürlich nicht verraten. Die haben mir nicht geglaubt, wenn ich gesagt habe, dass ich keine Drogen nehme, nicht rauche und nicht trinke. Ich musste immer mit denen aussteigen und mich auf der Polizeistation in Basel oder in Freiburg komplett ausziehen. Das fand ich nicht so schlimm, weil ich ja sowieso dort aussteigen wollte. Nur Laura war genervt davon. Sie hat sich mit den Beamten angelegt und gesagt, dass das eine Unverschämtheit sei und rassistisch und dass sie das nur wegen der Dreadlocks machen würden und weil ich so dunkel aussehe. Die hat sich richtig aufgeregt und sich die Dienstnummern geben lassen. Dann hat sie Briefe geschrieben, aber es kamen immer Antworten, in denen etwas von stichprobenartigen Kontrollen stand und einschlägigen grenzpolizeilichen Erfahrungen.

Ich bin da ja entspannter als Laura. Nachdem ich verstanden hatte, dass sie mich auf jeden Fall kontrollieren würden, habe ich mich schon im Zug ausgezogen, als sie in den Wagen kamen. Schiebetür geht auf, Polizei kommt rein und ich ziehe mir den Pulli und das T-Shirt aus, die Schuhe, die Socken, die Hose, die Unterhose, das geht ja schnell, und dann saß ich nackt auf dem Sitz und habe denen meinen Personalausweis hingehalten. Dann mussten sie nur noch in den Haaren suchen.

Du hast nackt im Zug gesessen?

Ja. Aber die haben mir gedroht, dass ich eine Anzeige wegen Erregung öffentlichen Ärgernisses bekomme, und Laura hat sie angeschrien, dass sie das Ärgernis sind und nicht ich. Danach bin ich in Badehose gefahren, das ist ja nicht verboten. Noch bevor wir eingestiegen sind, hat Laura meine Sachen in ihren Rucksack getan und ich habe mir den Personalausweis in das Gummi meiner Badehose geklemmt. Da musste ich mich nicht mehr ganz ausziehen. Und weil ich wusste, dass sie in meinen Haaren suchen würden, habe ich dann immer kleine Aufmerksamkeiten darin versteckt, damit die sich freuen. Figuren aus Überraschungseiern, Schokobons, Spielzeugsoldaten, Centmünzen. Manchmal haben sie so schlecht gesucht, dass sie nichts gefunden haben. Aber wenn sie was gefunden haben, haben sie sich nie gefreut. Und wollten es auch nie nehmen. Nicht mal ein Schokobon. Das habe ich extra für Sie versteckt, Sie dürfen es gerne behalten, habe ich gesagt, aber die mochten wahrscheinlich keine Vollmilchschokolade und haben gesagt, dass sie das als Bestechungsversuch werten, wenn ich weiter insistiere.

Die Anzeige möchte ich gerne mal sehen, hat Laura dann geschrien: *Der Beschuldigte hat versucht, die Beamten mit einem Schokobon zu bestechen.*

Nach ein paar Monaten kannten mich schließlich alle Beamten und wollten nicht mal mehr meinen Ausweis sehen. In Badehose zu fahren hat also viel mehr gebracht, als sich die Dienstnummern von den Beamten aufzuschreiben und sich über sie zu beschweren, wie Laura es getan hat.

Esra bleibt stehen und sieht mich an.

Mustafa, sagt sie, tu mir einen Gefallen. Das hier ist nicht Deutschland: Hab Angst. Hab vor allem Angst vor der Polizei. Pass auf dich auf, mach nicht immer das, was du richtig findest.

Ich glaube, Esra hat ein wenig Angst um mich, deswegen sagt sie das. Ich glaube, Laura hatte nie Angst um mich, sie war immer nur genervt von den Beamten. Aber mir ist ja auch noch nie etwas passiert. Es ist immer alles gut gegangen. In allen Ländern, in denen ich war.

**Elftes Kapitel, in dem Emre und Hase verschiedene Meinungen haben, Revolution und Retweet verwechselt werden und Krishna Mustafa ein Interview gibt**

Ich habe nicht so viel Zeit, sage ich, als Emre mich anskypt. Ich gebe gleich ein Interview.

Ein Interview?

Ja, ich habe mich auch gewundert, aber so ein Journalist hat mich kontaktiert. Er wollte wissen, was mich zu diesem Schritt bewogen hat. Ich glaube, der ist von so einem Magazin für junge Erwachsene, das Laura immer liest. Sie kennt da jemanden in der Redaktion. Wahrscheinlich machen die gerade etwas über Trennungen. Hast du Hase besucht?

Von Bier versteht er was, sagt Emre.

Was hat er denn gesagt zum Reinheitsgebot?

Die wollten nicht, dass aus Weizen oder Roggen Bier gebraut wird, weil die Leute dann kein Brot gehabt hätten. Deswegen Gerste. Die Deutschen haben also schon immer mehr Bier getrunken, als gut ist. Es ist ihnen wichtiger gewesen als Brot. Außerdem hat man damit verhindern wollen, dass auch noch andere Drogen ins Bier gemischt wurden, Bilsenkraut und so. Das Reinheitsgebot war also eigentlich das erste Antidrogengesetz, das es gab. Oder Probrotgesetz. Aber ganz richtig ist das mit dem Reinheitsgebot streng genommen nicht, sagt Hase, denn die wussten damals noch nichts von der Hefe, also steht das da auch nicht drin, dass die mit rein darf. Wenn es um Deutschland, Bier und Gras geht, ist Hase ein guter Ansprechpartner. Aber von der Türkei hat der keinen Schimmer.

Doch, sage ich, der weiß viel mehr als ich.

Emre lächelt.

Nein, sagt er, das glaube ich nicht. Hase hat einen Twitter-Account, über den hat er mal vier Wochen lang die Gezi-Proteste verfolgt und glaubt jetzt, er wüsste, worum es geht. Er war ja schon immer gegen den Staat, gegen Polizeigewalt, für die Legalisierung von Drogen, für mehr Recht und Freiheit. Er sympathisiert mit uns, aber ich bin mir ziemlich sicher, dass er nicht begriffen hat, was da geschieht. Der sitzt hier in Deutschland und schläft mit offenen Augen. Er hat geschwärmt von diesem Festival in Köln, bei dem er war. Irgendwas im Namen von Gezi. Da waren wohl Künstler aus der Türkei, tolle Konzerte, Baba Zula, Light in Babylon, berührende Filme, Hase redet von einem soziokulturellen Austausch, der da angestoßen wurde. Aber für mich sieht es so aus, als sei es hier schick, auf der Seite der Unterdrückten zu stehen, man kann es sich ja leisten. Hase labert davon, wie groß weltweit das Bedürfnis geworden ist, in der Freiheit demokratischer Strukturen zu leben. Was versteht der denn von Freiheit? Der ist Veganer, der hat keine Sorgen, außer dass es noch ein paar Läden gibt, die keine Sojamilch verkaufen. Er war nicht mit uns auf der Straße, er hat sich nicht bei der Polizei bedankt, weil sie so behände und flink ist, dass einem die Tränen kommen, er hat ihnen nicht die Gelegenheit gegeben, ihre Schlagstöcke zu testen, er ist nicht weggesprüht worden von Wasser, das mit Tränengas versetzt war, er hat nicht die Wucht von Gummigeschossen gespürt, er hat kein Auge verloren, er hat keine Tränengasgranate an den Kopf bekommen. Das muss er auch alles nicht, aber seine Idee von Unterstützung ist es, von Freiburg nach Köln zu fahren und Geld für ein paar Konzerte auszugeben. Das nennt er dann Solidarität. Er träumt irgendetwas, aber er weiß nicht, warum wir auf der Straße waren. Er glaubt, es wäre um das Grün in der Stadt gegangen, um unsere demokratischen Grundrechte, um einen Protest gegen die Polizeigewalt. Aber wir waren da, weil wir einfach beunruhigt sind, seit Langem sind wir beunruhigt, wenn wir sehen, wohin es mit diesem Land geht. Wir haben keine Zukunft. Solidarität. Soziokultureller Austausch. Wenn es ihm so wichtig war, warum ist er nicht nach Istanbul gekommen und hat mit uns im Park übernachtet? Da hätte er seinen soziokulturellen Austausch gehabt. Er hat auf Twitter Hashtags verfolgt und geglaubt, alles richtig zu machen. Weil die sozialen Medien ja wichtig sind bei dieser Art von Protesten. Ja, aber wichtig für die, die vor Ort sind. Hase hat nur zu Hause vor dem Rechner gesessen und hat Retweets mit Revolution verwechselt.

Emre hält inne und sieht mich an.

Ich habe mich nicht mit ihm gestritten, sagt er. Ich habe mir nicht anmerken lassen, wie sehr ich mich aufrege.

Hase ist ein Guter, sage ich, auf den lasse ich nichts kommen.

Ja, sagt er, ich weiß, Hase ist dein Freund, ich würde mich nicht mit ihm streiten, aber dennoch muss ich nicht alles richtig finden, was er macht.

Hase ist ein Guter, wiederhole ich.
Ja, sagt Emre.
Du bist auch ein Guter, sage ich.
Die neue Frisur steht dir.
Danke, sage ich.
Und was macht Sultan Ahmet?
Fast fertig, fehlen nur noch die Minarette. Ich muss Schluss machen, das Interview. Wir reden ein andermal.

Ich wechsle auf den Facebook-Chat.
guten tag.
Hallo.
wir würden ihnen gerne ein paar fragen stellen zu dem weg, den sie jetzt eingeschlagen haben.
Nur zu.
sie leben seit vielen jahren in deutschland, sind hier gut integriert, haben hier abitur gemacht und studieren sozialpädagogik. nichts in ihrer biografie weist auf den schritt hin, zu dem sie sich entschieden haben. was war ihre motivation?
Ich wollte nach meiner Identität suchen.
was verstehen sie unter identität? meinen sie in erster linie ihre religiöse identität?
Nein, ich glaube nicht. Ich weiß es nicht, ich bin halt irgendwie auf der Suche nach meinen Wurzeln. Ich wollte mehr über mich erfahren, über meine Herkunft, über meinen Vater. Das ist komisch, man ist den ganzen Tag mit sich selber zusammen, aber dann möchte man doch noch etwas erfahren. Als hätte man irgendetwas vor sich selbst geheim gehalten.
sie glauben also, diese seite von ihnen war schon vorher da, aber sie haben sie nicht ausgelebt?
Ja, vielleicht. Also ich suche diese Seite noch.
und was erhoffen sie sich davon, wenn sie diese seite gefunden haben?

Liebe.
die liebe gottes?
Nein, die Liebe einer Frau.
also im paradies?
Nein, wieso im Paradies?
weil es ihnen hier ja verboten ist.
Ja, aber nur im Moment.
ihnen sind also frauen versprochen worden?
Nicht direkt.
aber sex spielt schon eine rolle?
Was soll das denn für eine Frage sein? In jedem Bordell zieht man die Tür hinter sich zu, aber in der Öffentlichkeit reden die Leute immer, als würden sie keine Scham kennen, antworte ich. Das habe ich von Hase.
sie glauben also, wir sind zu freizügig?
Ja.
war das vielleicht auch ein grund zu gehen? die moralische sittenlosigkeit des westens?
Nein, das war kein Grund. Ich bin aus Schmerz gegangen.
weil sie sich hier nicht akzeptiert fühlten?
Nicht geliebt.
sind sie wütend darüber?
Ja, vielleicht ein bisschen. Weil ich ja das Gefühl hatte, das alles gut lief.
und wie sind sie dort aufgenommen worden?
Sehr herzlich. Ich habe zwei Mitbewohner, mit denen ich mich gut verstehe, und die Leute auf der Straße sind auch alle immer freundlich, man kann mit jedem reden.
und ihre mitbewohner denken ähnlich wie sie?
Nein, die sind total unterschiedlich.
wann geht es weiter?
Weiter? Ich bin ja gerade erst angekommen, ich werde noch einige Monate hier bleiben, um zu lernen.
es ist also eine art ausbildungscamp, in dem sie sich befinden?

Ja, wenn Sie so wollen.

und wo in istanbul werden sie ausgebildet, dürfen sie darüber reden?

Überall hier, in der ganzen Stadt.

sie möchten da natürlich nicht präziser werden, ich verstehe. haben sie den eindruck, dass auch die türkei immer stärker islamisiert wird?

Nein, im Gegenteil, das Land erscheint mir christianisiert. An jeder Ecke sind Kirchen, das ganze Jahr über brennt Weihnachtsbeleuchtung.

wie stehen sie zu erdogan?

Er ist echt witzig. Und was er sagt, ist ja die Wahrheit. Das hat ja Muhammad Ali schon gesagt: Meine Art, Witze zu machen, ist, die Wahrheit zu sagen. Ali war der Schwiegersohn von Mohammed, wussten Sie das?

nein. beschäftigen sie sich viel mit dem propheten? gehört das mit zur ausbildung?

Ja, vielleicht. Ich war ja auch beten in der Blauen Moschee.

sind sie glücklich mit dem islam?

Ich glaube, ich war glücklich in der Moschee. Weil ich Gott mein Herz dargeboten habe.

sie sehen sich als gotteskrieger?

Gotteskrieger? Gott ist allmächtig, warum sollte er jemanden haben, der für ihn in den Krieg zieht?

aber sie glauben an die allmacht gottes?

Sonst müsste man ihn nicht Gott nennen.

sie sind bereit, für ihn zu sterben?

Gott braucht niemanden, der für ihn stirbt. Er ist ja kein General.

hat man ihnen beigebracht, wie sie auf solche fragen antworten müssen?

Nein.

finden sie die sache richtig, für die man sie ausbildet?

Vielleicht muss man das manchmal tun, damit die Dinge wieder ins Lot kommen.

sie glauben, dieser terror hat seine berechtigung?

Ich würde es nicht Terror nennen.

wie denn?

Härte.

vielen dank. können sie mir vielleicht ein foto schicken, wo man sie bei ihrer ausbildung sieht? am besten eines mit waffen.

Waffen?

nur wenn es keine umstände macht. damit wir exklusives bildmaterial haben. wir möchten sie aber natürlich nicht in schwierigkeiten bringen. vielen dank für das gespräch!

Bitte, tippe ich noch, danach sitze ich da und sehe mir den Chatverlauf an. Ich verstehe nicht genau, was er wollte. Von welchem Magazin war der jetzt? Der wusste ja nicht mal, wo auf der Tastatur die Großbuchstaben versteckt sind. Ich dachte, er möchte etwas über meine Beziehungskrise und die Sache mit der Identitätssuche erfahren, aber er hat sich mehr für Gott interessiert als für Laura oder für mich.

**Zwölftes Kapitel, in dem alle bekifft sind, Krishna Mustafa über Bauchtanz redet und sein Bild sich im Internet verbreitet**

Später frage ich Emre, ob er sich etwas gekauft hat bei Hase.

Ja, habe ich.

Warst du zufrieden?

Ja. Sehr sogar.

Hase ist ein Guter, sage ich. Er weiß, was er tut.

Absolut professionell, was das angeht. Ich war beeindruckt. Auch von der Auswahl, die er hatte. Und er ist gut organisiert, alles hat seine Ordnung, nichts fliegt in der Gegend herum. Die Welt würde wahrscheinlich anders aussehen, wenn alle Dealer Deutsche wären.

Du darfst bloß nicht damit Zug fahren, da wird man schnell kontrolliert.

Nein, nein, ich rauche nicht mal draußen, wenn überhaupt, dann rauche ich hier. Aber meistens kann ich dann auch gar nichts mehr. Es ist schon komisch, da muss man nach Europa fahren, um so ein Gras zu bekommen. Hier rauchen viel mehr Leute als bei uns, habe ich das Gefühl. Einfach so auf der Straße, in Hauseingängen, im Park. Daniela raucht, deine Mitbewohnerin raucht, deine Mutter raucht auch, oder? Ganz Freiburg ist bekifft.

Ja, meine Mutter raucht. Durch sie habe ich ja Hase kennengelernt. Sie hat mich mit zu Hase genommen, noch bevor ich verstanden habe, womit er sein Geld verdient.

Sie ist zu Hase gegangen und du durftest keine Cola trinken.

Ja. Aber dafür hat sie ja auch eine Regel, sie raucht immer nur zwei Gramm im Monat.

Echt jetzt?

Ja. Da ist sie streng.

Deine Mutter ist echt eine Nummer, Mann.

Die fand es auch schade, dass ich nie angefangen habe zu kiffen. Sie freut sich bestimmt, wenn du mal zusammen mit ihr einen rauchst.

Nein, nein, lass mal, da würde ich mich nicht wohl fühlen.

Ich muss los.

Du bist ja gut beschäftigt. Was hast du denn noch vor?

Ich wollte zum Rückkehrerstammtisch gehen.

Rückkehrerstammtisch?

Ja, da treffen sich türkischstämmige Menschen, die in Deutschland aufgewachsen sind und jetzt in Istanbul leben.

Davon habe ich ja noch nie gehört. Wie bist du denn da drauf gekommen?

Internet.

Ja, sagt Emre, Internet. Ich habe mich auch übers Internet kennengelernt, sonst hätte ich mich nie getroffen.

Er sieht mich an. War ein Witz, sagt er.

Ach so.

Achso, sagt er und lacht.

Ach so, sagt Derya, als ich ihr erkläre, dass ich nicht hierhergezogen bin, sondern nur für ein halbes Jahr in Istanbul bleibe. Dann bist ja schon bald wieder weg.

Sie lebt seit fünf Jahren hier und vermietet Apartments an Touristen und organisiert Reisen.

Warum bist du weg aus Deutschland?, frage ich sie.

Weil du dort zum Türken gemacht wirst und dich nicht wehren kannst, sagt sie.

Und hier, sage ich, wirst du nicht zum Türken gemacht?

Doch, aber nur von Touristen.

Von Touristen?

Ich hatte eine Anfrage einer Gruppe Geschäftsreisender, ob ich die Abende in Istanbul für sie organisiere. Sie wollten irgendwo essen gehen, wo man eine schöne Aussicht auf die Stadt hat und wo es Bauchtanz gibt. Tut mir leid, habe ich gesagt, Bauchtanz ist nicht mein Metier. Suchen Sie sich jemand anderen. Es ist in dieser Stadt schwer genug, ein Restaurant zu finden, das eine schöne Aussicht *und* gutes Essen hat.

Warum?

Ist hier eine Regel. Je besser die Aussicht, desto höher die Preise, desto schlechter das Essen.

Und wer hat diese Regel gemacht?

Die Reichen, die keinen Geschmack haben.

Aber wenn diese Deutschen doch Bauchtanz wollen, sage ich. Wieso sollen sie dann keinen bekommen?

Das ist doch bloß Folklore. Orientalismus. Sie wollen sich gar nicht auf dieses Land einlassen, sie wollen bloß ihre Vorurteile bestätigt haben.

Aber wenn sie doch gerne Bauchtanz sehen ...

Und wenn sie wollen, dass alle Türkinnen Kopftuch tragen und alle Türken Schnurrbart und Käppi tragen, dann sollen wir das auch tun?

Nein, aber wenn jemand Schwarzwälder Kirschtorte essen will, dann bekommt er Schwarzwälder Kirschtorte. Wenn jemand Cola trinken möchte, bekommt er Cola. Wenn jemand Bauchtanz sehen möchte, dann soll er Bauchtanz sehen. Es gibt ja schon Torte, Cola und Bauchtanz, das wird nicht extra für die hergestellt.

Doch. Es gibt hier keinen Bauchtanz mehr. Schon lange nicht mehr. Einfach weil es keine Bäuche mehr gibt. Die Frauen haben nur noch Muskeln, wo früher der Bauch war. Und die Einzigen, die Bauchtanz sehen wollen, sind die Touristen.

Dann sollten sie ihn auch bekommen, sage ich, so viel Bauchtanz, wie sie wollen. Von mir aus eine Bauchtanz-Flatrate. Das ist bestimmt ein gutes Geschäft. Die müssen dann gar nicht mehr raus auf die Straße, die gehen irgendwohin, wo nur Touristen sind, die auch Bauchtanz sehen wollen, und tun einfach den ganzen Abend nichts anderes.

Das passiert schon, sagt sie. Verstehst du das nicht? Die kommen hierher und gehen nicht auf die Straße, die kommen hierher, sehen nichts und fahren dann wieder.

Aber wenn sie doch nichts sehen wollen? Die Menschen wollen ja im Urlaub immer nur das machen, was sie auch zu Hause machen. Nur mehr davon. Ist doch schön, wenn sie außerdem ein wenig Bauchtanz wollen. Die wollen eine Bestätigung, dass sie in einem orientalischen Land sind, dafür sind sie geflogen.

Aber dieser Bauchtanz wird für Touristen gemacht, das ist doch nicht Istanbul, das ist nicht die Türkei.

Wäre es besser, wenn sie nach Antalya fahren und am Strand liegen? Und dann nicht so richtig wissen, ob sie in Spanien sind, in Griechenland oder in Italien? Für die Menschen, die Strandurlaub machen wollen, muss man die Länder ja nicht mehr dazuschreiben in den Angeboten. Lufttemperatur, Wassertemperatur, All-you-can-eat-Buffet, das reicht denen. Also ist es doch schön, dass andere in eine Stadt kommen und auch noch Bauchtanz wollen.

Sag mal, willst du mich verarschen? Die wollen nur glauben, dass sie etwas sehen, die sehen hier nichts als die Bilder, die sie sich vorher gemacht haben.

Die machen Bilder, bevor sie hierher kommen?

Ja, klar.

Übers Internet oder wie?

Von mir aus auch übers Internet. Die sind total gefangen in ihrem Kopf.

Und du willst sie befreien?

Nein, ich möchte nur nicht dazu beitragen, dass sie so bequem in ihrem mentalen Ghetto wohnen können.

Mentholes Ghetto? Eins, in dem es immer frisch ist?

Mental. Mentales Ghetto.

Was soll das denn sein? Eins, in dem man immer nachdenkt?

Eben nicht. Die denken nicht nach.

Aber warum sagst du dann mental?

Ich sage Ghetto, weil die da nicht rauskommen, aus ihrem Denken.

Aber aus dem Ghetto kommt man raus, wenn man gut in Sport ist oder wenn man rappen kann.

Derya guckt mich an, nickt und sagt: Du willst mich verarschen.
Nein.

Du willst mich verarschen, sage ich später zu Emre.
Nein, sagt er, ich habe es eben erst entdeckt, das Bild ist überall. Seit mehreren Tagen schon. Auf Facebook, auf Twitter, auf Nachrichtenportalen. Geh mal auf die Bildersuche bei Google, dann siehst du es.

*Türkisch-deutscher Rapper kauft Waffen, bevor er in den Dschihad zieht,* steht unter dem Bild, das Emre mir geschickt hat. Darauf kann man mich sehen, wie ich lächelnd mit einem Gewehr anlege. In dem Waffenladen, in dem ich vor dem Regen Schutz gesucht hatte.

**Der Chor der Einäugigen erzählt das Märchen der Märchenerzählerin von Elsa Sophia von Kamphoevener**

Zu Beginn müssen wir das Licht ein wenig dimmen. Orientalische Musik setzt ein, wir dimmen weiter, immer weiter, dann taucht aus der Dunkelheit ein Feuer auf, eines im Innenhof einer Karawanserei, im Hintergrund sind Kamele, Pferde, Packesel zu sehen. Um das Feuer herum sitzen Männer in wallenden Pumphosen oder in Kaftanen, fast jeder hat einen Turban und einen mächtigen Schnauzbart. Sie gehören zu Karawanen, die Safran transportieren, duftenden Reis aus dem Himalaja, Nelken, Zimt, türkischen Honig, Minze, Salbei, Kümmel, Ingwer, getrocknete Aprikosen und Feigen, Datteln, Tee, Haschisch, auch juwelenbesetzte Armreife, kostbares Silbergeschirr, goldene Haarnadeln, Sesamöl in Lederschläuchen, Teppiche, von denen einige sogar fliegen können.

Diese Männer glauben, sie würden einem Märchen lauschen, wenn wir jetzt von Elsa Sophia vom Kamphoevener erzählen. Doch der Chor der Einäugigen verbürgt sich: Es ist die Wahrheit und nichts als die Wahrheit.

Elsa Sophia wird am 14. Juni 1878 im Hameln geboren. Ja, in Hameln. Das ist belegt. Merken Sie sich das für später. Vielleicht werden Sie es lustig finden, wenn Sie es mit dieser anderen Geschichte in Verbindung bringen.

Als sie vier Jahre alt ist, wird ihr Vater Louis Kamphoevener Militärberater im Osmanischen Reich, ein Jahr darauf folgt ihm die Familie nach Istanbul. Dort kommt Elsa Sophia auf die deutsche Schule. Sie lernt nicht nur Türkisch und Französisch, das damals die zweite Amtssprache des Osmanischen Reiches ist, sondern von den zahlreichen Dienstboten der Familie auch Armenisch, Arabisch, Griechisch und ein wenig Persisch. Ihre Liebe zur Sprache und zu ihrem Klang trägt dazu bei, dass sie schon früh mit Begeisterung den Märchen der Bediensteten lauscht. Als sie alt genug ist, besucht sie selbstständig die Basare dieser kosmopolitischen Stadt, um traditionellen Märchenerzählern zu lauschen. Sie ist fasziniert von den Geschichten und will immer neue Märchen hören, von Erzählern, denen ihr Ruf im ganzen Land vorauseilt.

Zur jungen Frau herangewachsen, verkleidet sie sich als Mann und reitet so durch ganz Anatolien, getrieben von ihrer Leidenschaft für Märchen, stets auf der Suche nach herausragenden Erzählern, die an den Nachtfeuern der Karawansereien ihre Zuhörer um sich versammeln (Tausende Zuhörer). So lernt sie den berühmtesten aller Märchenerzähler kennen: Fehim. Sie gewinnt sein Vertrauen und reist fortan mit ihm. Eines Abends, als Fehim sehr müde ist, bittet er Elsa Sophia, an seiner statt zu erzählen. Elsa schlägt das Publikum in ihren Bann und darf fortan noch häufiger Fehims Märchen erzählen. So wird aus der Tochter des deutschen Militärberaters ein türkischer Märchenerzähler.

Märchen werden zu jener Zeit von Gilden erzählt, jede Gilde hat ihre eigenen Märchen und darf keine Märchen der anderen Gilden erzählen. Da Fehim keinen rechtmäßigen Erben hat, vermacht er seine Märchen unserer Elsa Sophia, aber nur unter dem Versprechen, diese niemals aufzuschreiben. Merken Sie sich auch das.

Ihre Ehe mit dem 25 Jahre älteren Adolph von Elterlein, der für sie von Erlangen nach Istanbul zieht, scheitert und 1906 verlässt Elsa Sophia ihren Mann, ihren vier Jahre alten Sohn und die Türkei. Zurück in Deutschland, heiratet sie noch drei weitere Male, zieht häufig um und veröffentlicht einige Trivialromane, bis ein verhinderter Kunststudent, der nicht raucht und wenig trinkt, in einer europaweiten Aktion fordert, alle sollten Deutsche werden, und gleichzeitig sagt, dass keiner Deutscher werden könne, der nicht Deutscher sei. Irgendwie so.

Bereits 1933 tritt Elsa Sophia in die NSDAP ein, wird aber zwei Monate später rausgeschmissen. Zwei weitere Anträge, um wieder aufgenommen zu werden, bleiben erfolglos. Doch ihrem Gesuch, deutschen Soldaten an der Front türkische Märchen erzählen zu dürfen, wird stattgegeben. In den vier Jahren, in denen sie im Auftrag der Luftwaffe in Belgien, Holland, Frankreich, Italien und Norwegen deutschen Soldaten Unterhaltung bietet, erlangt sie einige Berühmtheit als *Kamerad Märchen*.

Nach Ende des Krieges erklärt sie den Orient zu ihrer Heimat und wird Anfang der 1950er Jahre vom Radio als Märchenerzählerin entdeckt. 1956 erscheint ihre Märchensammlung *An Nachtfeuern der Karawan-Serail. Märchen und Geschichten alttürkischer Nomaden.* Sie bricht damit ihr Versprechen, das sie Fehim gegeben hat, doch sie möchte diese türkischen Märchen, die nichts gemein haben mit den arabischen oder persischen Geschichten, vor dem Vergessen bewahren. So schreibt sie im Vorwort.

Das Buch wird größtenteils positiv besprochen, bis heute sind fast 400.000 Exemplare verkauft worden.

Moment, Moment, ruft ein Blinder, während wir diese Geschichte erzählen. Dieser Fehim, der war doch sicher Analphabet. Und der hat ihr das Versprechen abgenommen, diese Märchen niemals aufzuschreiben? Und er hat, obwohl sie jahrelang miteinander geritten sind, nie gemerkt, dass sein Lehrling eine Frau ist? War er denn blind?

Halt's Maul, rufen wir, halt bloß deine verdammte Fresse, sonst ist die Pointe weg.

Elsa Sophia veröffentlicht noch zwei weitere Bände mit Märchen, bevor sie 1963 schließlich stirbt.

Stille.

Und?, ruft der Blinde, seid ihr fertig, könnt ihr mir meine Fragen jetzt beantworten?

Na, sagen wir, das war vielleicht eine heimliche Liebesgeschichte zwischen Fehim und Elsa Sophia, und was das Versprechen anbelangt: Fehim war nicht nur ein Märchenerzähler, sondern auch ein schlauer Fuchs. Und gebildet obendrein. Er wusste von den Brüdern Grimm, von Wilhelms willkürlichen sprachlichen Überarbeitungen und den verzerrten Buchmärchen. Ist doch eine schöne Geschichte, oder?

Ja, doch. Bis auf diese Sache mit der NSDAP.

Alle waren damals Nazis, bis auf Georg Elser, Stauffenberg und die Geschwister Scholl. Insgesamt vier. Was soll denn so schlimm daran sein?, fragen wir.

Der Blinde weiß nicht, ob wir scherzen.

Nein, sagen wir, sie hat die Geschichte mit der NSDAP ja auch später nicht erzählt. Das haben wir jetzt der Wahrheit halber hinzugefügt. Sie selber hat gesagt, sie hätte die Aufforderung, in die Partei einzutreten, immer wieder abgelehnt. Aber sonst haben wir alles so wiedergegeben, wie sie es erzählt hat. Obwohl bekannt ist, dass vieles Lügen sind.

Aus der Autobiografie ihres Vaters wissen wir, dass Elsa Sophia nicht reiten konnte. Und wir wissen, dass sie nie in Anatolien war. Wir wissen, dass die Figur Fehims historisch nicht belegt werden kann. Wir wissen, dass die Existenz solcher Märchengilden weithin angezweifelt wird. Wir wissen, dass der ungarische Orientalist Ignác Kúnos eine Sammlung türkischer Märchen herausgegeben hat, die bereits 1905 auf Deutsch erschienen ist. Wir wissen, dass Elsa Sophia viele ihrer Märchen dieser Sammlung entlehnt hat.

Aber sie ist eine Märchenerzählerin, warum sollte sie nicht lügen dürfen? Wir wissen, dass sie die Märchen umgeschrieben hat. Dass sie ihnen religiöse Motive untergejubelt hat, dass sie ihnen eine Moral verpasst hat, dass sie die Märchen trivialisiert und in Kunstmärchen umgeformt hat. Dass sie die Anfangs- und Endformeln weglassen hat. Wir wissen nicht, ob sie möglicherweise selbst daran geglaubt hat, dass sie türkische Märchen erzählt. Aber wir wissen, es waren keine türkischen Märchen. Doch mit den Märchen ist es wie mit den fliegenden Teppichen, sind sie einmal in der Luft, wird es schwer, sie zurückzuholen.

Hä?

Ach, lasst doch den Italienern ihren Wein und ihre Pizza, den Spaniern ihren Stierkampf, den Russen ihren Zaren, den Tibetern ihre roten Gewänder, den Amerikanern ihre außergalaktische Astronomie, den Moslems ihre Burka, den Punks ihre Haarfarbe, den Arabern ihren Frühling, wir aber, wir wenden uns wichtigeren Dingen zu und schließen mit einer Anfangsformel, wie man sie aus türkischen Märchen kennt, einer sogenannten Tekerleme. Das ist eine Art Vormärchen, das den Nonsens zelebriert, um den Alltag aufzulösen und so Platz zu bieten für das eigentliche Märchen.

Schließen mit einer Anfangsformel?

Ruhe!

Es liegt Lasagne in der Luft, singen die Piloten, doch keiner kann sie hören, denn Kamikaze ist eine sterbende Kunstform. Keiner kann die Piloten hören, weil sie leise sein müssen, während sie Pstazien essen und sich wünschen, sie könnten wie Drachen auf Telefonmasten sitzen und Feuer schlucken. Wenn Perrier Schnaps wär', würden sie es trinken wie Wasser. Ein kleiner Hilfspilot schaukelt die Wiege seines Vaters, bis ihm der Kopf abfällt, dann geht er mit dem Kopf auf den Markt und möchte ihn gegen eine Melone eintauschen, doch die Melonen sind groß wie Erbsen und die Erbsen klein wie Melonen, beide sind grün wie die Augen deiner Mutter.
Deine Mutter, sie zog ein Humorlos,
doch es war eine Niete,
sie zog nach Lesbos
und wohnte zur Miete,
sie zog an einem Joint,
der sie sehr liebte,
er zog sich aus,
während sie kniete,
er schob ihn rein,
während sie quiekte,
eine heiße Nummer,
die sie da schiebte.
Muss es nicht schob heißen?
Fresse!

**Dreizehntes Kapitel, in dem wir den ganzen Artikel lesen können, Hase zu rechtlichen Schritten rät und Nesrin wissen will, was denn da in Deutschland los ist**

Mustafa F. war ein ganz normaler Jugendlicher aus einem liberalen Haushalt, einer, der sich die Haare zu Dreadlocks wachsen lässt, einer, der Sozialpädagogik studiert und gut integriert zu sein scheint. Was fährt in solch einen Menschen, wenn er plötzlich fanatisch religiös wird? Was treibt junge Menschen wie ihn dazu, ihr Leben in Deutschland zurückzulassen und über die Türkei nach Syrien zu gehen, um dort ihre Brüder im Kampf gegen die Ungläubigen zu unterstützen? Was treibt junge Männer in den Dschihad, in den heiligen Krieg, unter Einsatz ihres eigenen Lebens? Wie treibt einen aus einem linksalternativen Milieu geradewegs in die Arme einer Terrororganisation?

Wir konnten ein Chat-Interview mit Mustafa F. führen, der sich zurzeit in der Türkei in einem Ausbildungslager des IS befindet. Um seine Kontaktleute in Deutschland zu schützen, hat er über sie keine Auskünfte gegeben. Mustafa deutete aber an, dass ihm Frauen und Sex versprochen worden sind. Nicht erst im Paradies, sondern schon auf Erden.

Dabei glaubt Mustafa, dass nicht nur der Westen viel zu freizügig ist, sondern auch die Türkei. Das Land, das unter Präsident Erdoğan immer weiter Richtung Islam rückt, beschreibt er als zu christianisiert. Den Terror des IS sieht er als Härte, die notwendig sei, um zur neuen Weltordnung der Scharia zu gelangen.

Nichts im Leben dieses jungen Mannes, der in Freiburg zur Waldorfschule gegangen ist, scheint zunächst darauf hinzudeuten, dass er einen solchen Weg wählen könnte. Doch eine schnelle Suche im Internet macht die Zusammenhänge transparent. Mustafa F. ist Rapper und hat einige Tracks veröffentlicht, die thematisch dem Hip-Hop-Kosmos verhaftet bleiben und in denen es hauptsächlich um Frauen und Marihuana geht.

Die offenkundigsten Gemeinsamkeiten zwischen dem Typus des Hip-Hoppers und des Dschihad-Kämpfers liegen in Gesten, Umgangsformen, Körperhaltungen, in der Verkörperung von Männlichkeit. Beide propagieren dasselbe Ideal von körperlicher Kraft und Gestähltheit, einen Kult von Härte und Überlegenheit. Ästhetische Gemeinsamkeiten gehen bis in die Details der Garderobe und der Accessoires: Beide, IS-Kämpfer wie Gangsta-Rapper, tragen die gleichen Uhren, die gleichen Ray-Ban-Sonnenbrillen, die gleichen schusssicheren Westen mit Camouflage-Muster. Die Jeeps, die in Hip-Hop-Videos und den Rekrutierungsvideos des IS als Statussymbole und als Insignien der technischen Aufrüstung und Unverwundbarkeit vorgeführt werden, sind die gleichen. Beide, der IS-Kämpfer wie der Hip-Hopper, legen es in ihrer Selbstinszenierung darauf an, gefühllos, kalt, gnadenlos zu erscheinen. Wirklich interessant wird es, wenn man die Lust am Posieren vergleicht: IS-Kämpfer und Gangsta-Rapper halten auf Fotos gerne Schusswaffen in die Kamera.

Im Interview behauptet Mustafa F., aus Schmerz gegangen zu sein, doch das scheint eine Lüge. Wie kann jemand unsere freiheitlich-demokratische Grundordnung als schmerzhaft erleben? Der Weg vom Hip-Hop zum Islam ist nicht weit, doch die Namen der Menschen, die ihn dazu bewogen haben, ihn zu beschreiten, möchte Mustafa F. nicht preisgeben. Deutschland ist voller Hassprediger, die junge Männer mit falschen Versprechungen in ein Kampfgebiet locken, in dem unvorstellbare Grausamkeit herrscht. Die Bestialität, die der IS bei der Tötung von Ungläubigen an den Tag legt, übertrifft bei Weitem alles, was wir von Al-Qaida gewohnt waren. In einer Region, in der es so viel Blutvergießen gibt, ist die Brutalität dieser Terroristen dennoch ohnegleichen. Sie exekutieren Gefangene. Sie töten Kinder. Sie versklaven und vergewaltigen Frauen und zwingen sie zur Ehe. Sie haben einer religiösen Minderheit mit Völkermord gedroht. Und sie haben in barbarischen Akten Journalisten ermordet.

Heute fahren junge Männer wie Mustafa F. über die Türkei nach Syrien, um ihre Brüder im Kampf zu unterstützen. Wie lange sind wir in Europa noch sicher, wenn solche scheinbar normalen jungen Menschen mitten unter uns leben?

Wer möchte schon als rassistisch oder islamophob bezeichnet werden? Wer möchte in die Ecke von Neonazis gedrängt werden? Wir möchten gerne glauben, dass der Islam eine Religion des Friedens ist und dass islamische Terroristen keine Muslime sind, sondern barbarische Mörder. Das stimmt zwar nicht, aber es ist sicherer, so etwas zu sagen.

Die Enthauptungen im Irak und in Syrien zwingen uns, den Islam neu zu bewerten. Wie das Christentum hat auch der Islam eine Hauptfigur neben Gott. Aber Mohammed ist keine Hippie-Gestalt wie Jesus. Mohammed ist ein Häuptling, ein Mann, der extreme Gewalt wie Massenmord anwendet, um seine Ziele zu erreichen. Eine solche Religion ist ein Hindernis auf dem Weg zur Integration in eine moderne, säkulare westliche Gesellschaft und wir müssen uns fragen, wie wir verhindern können, dass Menschen wie Mustafa F. so eng mit ihr in Kontakt kommen. Wir müssen uns fragen, ob wir unter dem Deckmantel der Toleranz nicht zu lange eine Schlange an unserer Brust genährt haben, eine Schlange, die sich jetzt gegen den Westen richtet und unser aller Freiheit bedroht.

Und wir können nicht sagen, wir hätten von nichts gewusst. Wer den Koran gelesen hat, weiß, es sind die gesammelten Hasstiraden Mohammeds. Es ist eine Unverschämtheit, diese menschenverachtenden Phrasen als Weisheit oder gar als Wort Gottes zu verkaufen. Aus Mohammed spricht der Hass. Dass islamistische Fanatiker zu Terroristen werden, ist kein Wunder. Denn Rache und Gewalt durchziehen die Lehre Mohammeds wie sonst nichts anderes.

Wenn jemand Sklaven hält, Mädchen vergewaltigt und seine Anhänger zu Massenmord und Krieg anstachelt, dann kann er sich noch so sehr Buddhist oder Christ oder sonst irgendetwas nennen, er bleibt ein Sklaventreiber, Kinderschänder und Massenmörder. Und Mohammed war genau das. Wenn ein Massenmörder eine Religion gründet, was ist von dieser Religion anderes zu erwarten als Massenmord?

Mustafa F. ist kein Einzelfall. Laut Angaben des Verfassungsschutzes sind bereits über 400 Menschen aus Deutschland über die Türkei nach Syrien gereist, um dort gegen die Ungläubigen zu kämpfen. Wenn wir verhindern wollen, dass junge Männer und Frauen in die Hände von Salafisten geraten, müssen wir über Maßnahmen nachdenken, die weit über den Entzug des Reisepasses hinausgehen. Könnten wir es wagen, wenigstens offen darüber nachzudenken, ideologische und religiöse Konzepte wie Dschihad und Scharia als ungesetzlich zu erklären, weil sie unvereinbar sind mit unserer Idee universaler Menschenrechte? Wir können nicht zulassen, dass unsere Vorstellung von Toleranz vernichtet wird von einer Religion der Intoleranz.

Hase ruft an. Über Skype. Das macht er sonst nie.

Guten Tag, sagt er, geht es dir gut?

Ja, klar.

Was ist denn da passiert? Komm mal in den verschlüsselten Chat, ich schicke dir den Link.

Hast du den Artikel gelesen?, will er im Chat wissen. Diese Wichser, schreibt er. Diese ehrlosen Wichser. Ich habe dir immer gesagt, du sollst nicht so sorglos mit deinen Daten umgehen.

Hase findet, man soll nicht so viel über sich im Netz preisgeben. Weil die Daten sammeln und auswerten, sagt er, weil man zur Ware wird, weil alles gegen einen verwendet werden kann. Hase ist Dealer von Beruf, der muss so paranoid sein. Ich aber nicht. Er konnte mir nie erklären, warum das gefährlich für mich sein soll. Die wissen alles über dich, sagt er, du bekommst dann personalisierte Werbung.

Aber ich habe nichts zu verbergen und personalisierte Werbung ist nicht schlecht. Bringt ja nichts, wenn die mir Frauenunterwäsche anbieten, Milchschokolade, Nationalhymnen, OCB-Papers, Bier oder Fernseher oder Diätprodukte. Ich möchte nur Werbung für Kaffee und Bitterschokolade. Was soll schon passieren mit meinen Daten, habe ich immer gesagt.

Das hast du jetzt davon, tippt Hase. Weil so viel im Netz über dich steht, konnten die dich anhand dieses Instagram-Fotos identifizieren. Ich habe das recherchiert. Dann sammelt so ein Typ, was es über dich gibt, denkt sich den Rest einfach aus und behauptet, er hätte mit dir gechattet. Ich habe mit einem Anwalt gesprochen, wir sollten das löschen lassen. Sofort.

Er hat mit mir gechattet.

wtf?

Ja. Ich dachte, es geht um Laura.

Aah ... egal, das hast du ja alles so nie gesagt. Löschen lassen.

Ist doch auch lustig.

?

Na, dass der drei kurze Videos findet und glaubt, ich sei Rapper.

Ich war gerade bei Hase, jemand hat mich gefilmt, wie ich Ol' Dirty Bastard auf Deutsch nachgemacht habe. Und weil das alle lustig fanden, haben wir es ins Netz gestellt. Weil ich ja nicht kiffe, habe ich immer Oregano statt Marihuana gerappt, aber das hat der Typ dann wohl falsch verstanden. Ich und Rapper, das ist schon lustig.

Ich höre hauptsächlich Country, Dwight Yoakam, Shania Twain, Randy Travis, Merle Haggard. Von dem Album *Return to the 36 Chambers* hätte ich ohne Hase nie erfahren. Und es ist auch das einzige Hip-Hop-Album, das ich besitze und regelmäßig höre, einfach weil dieser Ol' Dirty Bastard so abgefahren ist.

Früher, mit den Dreadlocks, haben die Leute ja geglaubt, ich würde Reggae hören, aber von diesem Rhythmus werde ich immer nur seekrank. Und Hip-Hop finde ich bis auf dieses eine Album total langweilig. Wahrscheinlich gibt es viel mehr Menschen, die Hip-Hop-Somnie haben als Hymnosomnie.

Ich und Rapper, das ist zum Totlachen.

Das ist nicht lustig, Krishna. Das ist überhaupt nicht mehr lustig. Du wirst jetzt noch viel mehr Interviewanfragen bekommen.

Muss ich ja nicht beantworten.

Ich lasse das löschen für dich. Ist besser, glaub mir.

So ist Laura ja auch immer gewesen. Sie hat geglaubt zu wissen, was gut ist. Meine Mutter auch. Die Menschen tun immer so, als könnte ich nicht auf mich achtgeben.

Nein, sage ich. Ich möchte gerne noch ein paar Tage Rapper bleiben. Das finde ich schön. Hast du mal auf die Klickzahlen geguckt? Von 302 hoch auf 1.000, innerhalb von einem Tag.

Wenn du Rapper bleibst, dann bleibst du auch Dschihadist. Und die verstehen hier nicht, was Dschihad heißt. Die glauben, das wird mit *heiliger Krieg* übersetzt, dabei heißt es in Wirklichkeit *Mühe, Anstrengung*. Es wird anstrengend werden, Dschihadist zu sein. Glaub mir. Glaub mir dieses eine Mal.

Du machst es dir zu leicht, sagt meine Mutter immer. Vielleicht ist es ja gut, wenn es mal anstrengender wird. Vielleicht finde ich dann eher die Wurzeln.

Lass mal, tippe ich.

Es ist nur ein Chat, aber in der Pause, in der Hase nichts schreibt, kann ich fast hören, wie die Bong blubbert. Und danach sieht die Welt schon wieder ein wenig anders aus.

Krishna, halt die Augen offen. Überleg dir gut, was du tust.

Ja, schreibe ich. Und dann tippe ich: Jaja.

Ernsthaft, antwortet Hase. Pass gut auf dich auf. Du kannst immer auf mich zählen, wenn du Hilfe brauchst.

Was ist denn da los bei euch?, will Nesrin wissen.

Wieso, hast du etwa auch den Artikel gelesen?, frage ich.

Ich bin in den Yıldız-Park gefahren, weil ich Nesrin treffen wollte. Schon beim zweiten Mal hat es funktioniert.

Den Artikel?

Na, wo drinsteht, ich sei ein Rapper. Meine Videos haben jetzt schon 9.000 Klicks.

Sie sieht mich an und legt den Kopf schief. Dann schüttelt sie ihn.

Nein, sagt sie, den Artikel über diese Scharia-Polizei, die da bei euch rumläuft.

Scharia-Polizei?

Ja, ein paar Hanseln patrouillieren wohl durch das Rotlichtviertel und wollen die Menschen von Drogen, Alkohol, Glücksspiel und Sex abhalten. Die haben sich so Westen machen lassen.

Westen?

Ja, Westen, auf denen *Scharia-Polizei* draufsteht. Und das kommt bis hierher in die Zeitung.

Warum?

Ja, das frage ich dich.

Vielleicht wegen der Westen, sage ich. Wenn sie die extra machen lassen. Wenn die einfach Bomberjacken angezogen hätten, hätte es niemanden interessiert.

Und wieso sehen die Deutschen ihre Freiheit in Gefahr, wenn man Alkohol, Drogen und Glücksspiel nicht gut findet? Ist das euer Verständnis von Freiheit? Alkohol, Sex, Drogen und Glücksspiel?

Nö, sage ich. Ich spiele nicht, rauche nicht, trinke nicht, nehme keine Drogen, aber ich bin trotzdem frei.

Und was machst du mit dieser Freiheit? Nur Sex? Hast du mit zwölf schon angefangen?

Nein. Wieso mit zwölf?

Na, weil man das hier so sagt. Dass die in Deutschland früh anfangen mit dem Sex. Stimmt das nicht?

Ich war 17.

Na ja, aber du bist ja auch kein richtiger Deutscher, oder? Du bist ja nur da aufgewachsen.

Halb, halb. Meine Mutter ist Deutsche.

Aber du bist dort aufgewachsen?

Bis ich sechs war, haben wir hier in Istanbul gewohnt.

Und dann seid ihr nach Deutschland? Das ist ja total verrückt.

Wieso?

Weil die Priester dort doch immer kleine Jungen missbrauchen. Das steht hier auch in der Zeitung. Da gehe ich doch nicht mit meinem Kind nach Deutschland, wenn ich weiß, dass es gerade in einem gefährdeten Alter ist. In Deutschland geht es eigentlich nur um Sex, oder? Erst wird man vom Priester missbraucht, dann fängt man an, Bier zu trinken und selber Mädchen flachzulegen. Und mit 18 schmeißen einen die Eltern raus, damit man lernt, auf eigenen Beinen zu stehen. Also nicht die Eltern, sondern die Mutter und der Stiefvater, wenn es einen gibt. Die Eltern haben sich bis dahin ja meistens schon getrennt. Sind deine Eltern noch zusammen?

Nein.

Siehst du. Man wird rausgeworfen und hat dann ein paar Jahre für sich, bevor einen die Kinder, die man aufgezogen hat, einfach ins Altersheim stecken. Als Rache dafür, dass man sie rausgeschmissen hat.

Meine Mutter hat mich nicht rausgeschmissen. Sie ist ausgezogen. Woher willst du das alles überhaupt wissen, warst du schon mal in Deutschland?

Nein. Ich war aber schon oft in Amerika. Da ist es so ähnlich. Die frieren ihre eigenen Kinder in den Tiefkühltruhen ein. Oder lassen sie verhungern. Oder frieren sie ein, nachdem sie sie haben verhungern lassen. Passiert das in Deutschland auch?

Ich glaube schon.

Ist es nicht schlimm, in so einem Land zu leben, wo die Eltern die Kinder verhungern lassen? Wo die Eltern die Kinder rauswerfen und die Kinder die Eltern wegsperren? Ein Land, wo alle kalt zueinander sind, egal, wie eng die Verwandtschaft ist?

Nö, sage ich, die Menschen sind ja gar nicht kalt, die sind ganz freundlich. Die reden halt nur weniger als hier. Ich habe viele Freunde dort, die Schokolade schmeckt gut, der Kaffee schmeckt gut. Ich kann besser Deutsch als Türkisch, da ist es klüger, in Deutschland zu leben. Man kann Fahrrad fahren und man ist schnell im Wald. In Istanbul muss man mindestens eine Stunde fahren, bevor es irgendwo Bäume gibt.

Sind das hier keine Bäume?

Nesrin deutet nach oben.

Doch, aber zwischen den Bäumen ist Asphalt. Hier fahren ja sogar im Park noch Autos herum.

Wenn es dir nicht gefällt, was machst du dann hier?

Ich wollte dich sehen.

Wieder legt sie den Kopf schief. Aha?

Ja. Du hast doch gesagt, dass du das Smartphone von dem Iren hier gefunden hast, da dachte ich, du bist vielleicht öfter hier. Weil ja das Istanbul derer, die versuchen, wie Menschen zu leben, sehr klein ist.

Und warum wolltest du mich sehen? Um mich anzugraben? Glaubst du, ich bin so eine, die direkt mit jedem mitgeht? Weil du ja alles flachlegst, seit du 17 bist?

Ich habe gar nicht daran gedacht, dass wir Sex miteinander haben könnten. Eigentlich wollte ich dich besser kennenlernen, weil ich gerne Leute kennenlerne ... und weil du Dreadlocks hast und weil ich bis vor Kurzem auch Dreadlocks hatte. Und weil ich dich interessant finde. Und hübsch.

Du achtest also nur auf Äußerlichkeiten. Machen das alle Deutschen so?

Weiß ich nicht.

Fühlst du dich überhaupt als Deutscher? Oder eher als Türke, weil ein Türke dich gezeugt hat?

Ich weiß nicht, woran man erkennen kann, dass man deutsch ist. Oder türkisch.

Das spürt man einfach, das ist so ein Gefühl von Stolz auf seine Heimat.

Ich weiß ja nicht mal genau, was Heimat ist.

Da, wo du herkommst.

Wir kommen alle von einer Mutter.

Boah ... der Ort, von dem deine Vorväter stammen.

Ich war noch nie in Kars, antworte ich.

Ich überlege.

Ich glaube nicht, dass ich mich als Türke fühle.

Dann fühlst du dich als Deutscher.

Das glaube ich auch nicht. Weißt du, als wir nach Deutschland gezogen sind, da wohnte ein Kind bei uns in der Straße, das hieß Elmar ...

Das Kind hieß Elma? Apfel? Willst du mich verarschen?

Nein, das ist ein deutscher Name. Wirklich. Dieser Elmar war geistig behindert, zurückgeblieben. Ich habe meine Mutter gefragt, ob das schlimm für den ist, und sie meinte nein, der merkt das selber gar nicht. Und dann habe ich mich gefragt, ob ich vielleicht auch so bin. Woher soll man das wissen, wenn man es selber nicht merkt? Und vielleicht ist das mit den Nationalitäten auch so, ich merke das selber einfach gar nicht, aber das ist nicht so schlimm für mich. Nur die anderen finden das komisch.

Geh, sagt Nesrin, geh einfach, du hast doch sicher Besseres zu tun in dieser Stadt, als in Parks Frauen nachzustellen. Geh, es ist eine Qual, sich mit dir zu beschäftigen.

**Vierzehntes Kapitel, in dem Emre einen Akzent hat, die Miete nicht gezahlt wird und Polizisten aus Eiern schlüpfen**

Du willst echt nichts dagegen unternehmen?, will Emre via Skype wissen.

Ne, ich glaube nicht. Obwohl Hase recht hatte, da kommen jetzt dauernd neue Interviewanfragen, ich sage denen, dass das ein Missverständnis war, aber darüber schreibt niemand.

Du musst den Artikel löschen lassen.

Jeden Tag ruft jemand anders aus Deutschland an und sagt, ich soll den Artikel löschen lassen, aber was dann? Es schreibt ja keiner die Wahrheit stattdessen. Und wenn doch, will es keiner lesen. Aber alle wollen die Videos sehen. Ich habe jetzt schon 20.000 Klicks.

Klickzahlen, sagt Emre, die sind weder ess- noch rauch-, noch fickbar.

Ich habe mit diesem Islamistenkram nichts zu tun. Ich kann doch nicht dafür verantwortlich sein, was andere über mich lügen. Warst du übrigens beim Friseur?, wechsle ich das Thema.

Ja, sagt Emre. Die haben geglaubt, ich hätte einen Akzent.

Du hast einen Akzent.

Nein, nein. Ich war beim Türken. Der hat mich gefragt, was für einen komischen Akzent ich habe. Aus Istanbul bin ich, habe ich gesagt, aber das hat er mir nicht geglaubt. Du redest anders als ein Türke, hat er gesagt. Aber wenn er redet, sagt er dauernd *achso* und *doch* und das Wort für Ohrläppchen kannte er auch nur auf Deutsch. Das sind komische Türken, die ich hier treffe, die sprechen ein schlechtes Türkisch, die meisten noch schlechter als du. Alles, was aus ihrem Mund kommt, sind Flüche und Phrasen, die können kaum einen geraden Satz bilden. Und sie haben verlernt, wie man freundlich ist. Die meisten Türken hier sind einfach nur Flegel und für die Deutschen gehöre ich zu denen. Es ist so, als hätte jemand vor dir Durchfall gehabt und das Klo vollgeschissen. Du machst die Tür auf, alles stinkt und überall sind diese Spritzer. Und wenn du dich umdrehst und rausgehst, gucken dich alle an, weil sie glauben, du wärst das gewesen.

Die Türken sind wie die Spritzer in der Kloschüssel?

Nein, die Türken sind die, die das Klo vollgekackt haben.

Das Klo der Deutschen?

Ja, sagt er genervt, das Klo der Deutschen.

Alle Türken haben das Klo der Deutschen vollgekackt?

Nein, nur manche. Aber die Deutschen glauben, alle hätten es gemacht.

Die glauben, die Türken gehen gemeinsam aufs Klo? So wie Mädchen?

Nein. Wenn einer das Klo vollkackt, glauben sie, alle Türken wissen nicht, wie man ein Klo sauber hält.

Aber wieso das Klo der Deutschen? Die haben ja eigene Klos in ihren Wohnungen.

Vergiss es einfach.

Ich mag das nicht, wenn die Leute von Vögeln und Bäumen, von Klos und Scheiße reden und das dann rhetorisch meinen. Und wenn man nachfragt, kommen sie ins Schwimmen und wissen selber nicht so genau, was sie sagen wollten.

Isa meinte, du hast die Miete nicht überwiesen, sagt Emre jetzt.

Nein, sage ich, habe ich nicht.

Warum?

Na ja, weil ich dir ja mein Zimmer für dieses hier gegeben habe.

Aber für dein Zimmer hast du ja auch keine Miete überwiesen.

Ja, aber da wohne ich auch nicht drin.

Also hast du mir nicht dein Zimmer gegeben.

Doch, du bist doch gerade da.

Ja, aber … Er bricht ab. Und fängt noch mal an.

Langsam, Mustafa, langsam. Schau, du musst entweder hier oder dort die Miete zahlen. Sonst funktioniert das mit dem Wohnungen-Tauschen nicht. Erinnerst du dich, wir haben gesagt, jeder kommt selbst für die Miete auf.

Stimmt.

Und du hast nicht gezahlt.

Ja, weil ich dachte, ich habe dir mein Zimmer dafür gegeben.

Aber für dein Zimmer hast du auch nicht gezahlt.

Ja, weil wir gesagt haben … jeder kommt selbst für die Miete auf … Ach so, okay …

Achso. Siehst du?

Ich verstehe. Ich kümmere mich drum.

Nachdem wir das Gespräch beendet haben, rufe ich meinen Vater an. Er ist immer noch an der Ägäis, doch er sagt, dass er nächste Woche zurück sein wird. So lange kann Isa sicher noch warten.

Als meine Mutter ausgezogen ist, habe ich das auch nicht verstanden mit der Miete. Schau mal, hat sie gesagt, du musst hier Miete zahlen.

Ja, aber das musste ich bisher doch auch nicht.

Krishna, bisher habe ich die Miete bezahlt. Und jetzt ist es Zeit, dass du lernst, auf eigenen Füßen zu stehen. Du bist schon 22 und wolltest nicht ausziehen. Ich wollte mal mit anderen Menschen zusammenleben, damit ich an neuen dynamischen sozialen Prozessen wachsen und meinen Horizont erweitern kann. Deswegen habe ich das WG-Zimmer genommen und dir gesagt, du solltest dir einen Mitbewohner suchen. Das ist jetzt deine Wohnung, dann musst du auch die Miete zahlen.

Du hast mir etwas geschenkt, das mich jetzt Geld kostet?

Ich habe dir nichts geschenkt. Ich wollte, dass du auf eigenen Füßen stehst, du bist langsam alt genug.

Ich soll auf eigenen Füßen stehen? Wie damals, als du nicht wolltest, dass ich bei McDonald's arbeite?

Krishna, ich habe dir stattdessen den Job im Bioladen besorgt.

Ja, mit einer Chefin, die beleidigt ist, wenn ich mal nicht kann, und dann tagelang nicht mehr mit mir redet. Das ist mir bei McDonald's nie passiert. Und Geld ist Geld, wo soll denn da der Unterschied sein? Das sieht man den Scheinen ja nicht an, ob sie von jemandem kommen, der schnell beleidigt ist, oder von einem bösen Konzern.

So oder so, Krishna, es ist einfach Fakt: Du bist hier verantwortlich für die Miete. Ich habe dir gesagt, dass du das Geld jeden Monat auf mein Konto überweisen musst. Es ist mir egal, ob du das verstehen willst oder nicht. Es wird gemacht. Punkt.

Weißt du noch, habe ich gesagt, wie ich als Kind den Kühlschrank aufgemacht und die Leberwurst beleidigt habe?

Sie hat nicht gelacht.

Esra kommt ins Wohnzimmer.

Alles gut?, frage ich.

Ja, ich gehe auf eine Demo, sagt sie und nimmt ihr Handy vom Couchtisch.

Wofür?

Gegen Gewalt gegen Frauen.

Ist doch komisch, sage ich, dass Demos immer gegen etwas sind und nie für etwas. Kann ich mitgehen?

Du bist ein Mann.

Ja, und? Das heißt ja nicht, dass ich für Gewalt gegen Frauen bin.

Das ist eine Demo, bei der nur Frauen mitgehen.

Aha. Dann komme ich als Zuschauer mit.

Da gibt es nicht so viel zu sehen.

Ist mir egal, ich habe noch eine Frauendemo gesehen.

Nicht, dass sie dich da für einen Spanner halten. Oder für etwas Schlimmeres.

Nein, ich starre doch nicht. Türkische Frauen gehören doch auch zu meinen Wurzeln. Ich möchte etwas lernen.

Wohin?, fragt Yunus mich, als wir kurz darauf gemeinsam rausgehen.

Ich fahre zur Demo mit, sage ich. Und füge hinzu: Als Zuschauer.

Aha, sagt er nur und geht wieder in sein Zimmer an den Rechner.

Wir fahren zwei Stationen mit der Metro bis Şişhane, Esra sagt die Fahrt über kein Wort, dann gehen wir über die İstiklal zum Tünel-Platz. Dort sind schon Frauen mit Plakaten und Kochtöpfen versammelt. Esra küsst mich auf die Wangen und verschwindet dann in der Menge. Ich stehe am Rand und lese die Plakate, gegen Gewalt, gegen Vergewaltigung, gegen sexuelle Belästigung, gegen Krieg, für Gleichberechtigung, für Frauenrechte, einige Plakate kann ich nicht lesen, ich frage einen Passanten und er sagt mir, dass die auf Kurdisch sind.

Esra sieht kein einziges Mal zu mir, doch sie hat viel bessere Laune als in der Metro und das freut mich. Als die Demonstrantinnen sich in Richtung Galatasaray in Bewegung setzen, fangen die Frauen an, mit Töpfen und Deckeln zu klappern. Ich finde das komisch, die Plakate sind alle in diesem Frauenlila, sie sind für Emanzipation, aber sie kommen mit Töpfen zur Demo.

Am Rand der Demo ist ein Mann, der Trillerpfeifen verkauft. In Istanbul gibt es immer einen Straßenhändler, der verkauft, was man gerade braucht. Bei Demos Trillerpfeifen und Selfie-Sticks, bei Regen Regenschirme, bei Sonne Wasser, wenn einem die Nase läuft, Taschentücher und an jeder Ecke stehen außerdem Geräte herum, an denen man seinen Handy-Akku aufladen kann. Zu essen gibt es auch überall, hier im Zentrum ist Istanbul wie ein Musik-Festival. Man findet alles, was man braucht.

Bis zu drei Millionen Menschen gehen täglich über die İstiklal, sagt Hase. Das ist, als würde man jeden Tag einmal ganz Berlin da durchschieben. Bei der Demo sind so ungefähr 300 Frauen. Und ungefähr 200 Polizisten. Esra hat recht, es gibt immer viel Polizei. Als wäre das ein eigenes Volk. Eines, das sich ohne Frauen fortpflanzt. Ein bisschen so wie die Schlümpfe. Obwohl die ja Schlumpfine haben.

Diese Männer in Schwarz, die immer gegen die Demonstranten sind, wo werden die eigentlich gemacht? Haben die Mütter, Schwestern, Kinder, Frauen? Ich habe in Esras Film gesehen, wie sie schlagen. So schlägt man nicht seine eigenen Leute, Polizisten müssen ein eigenes Volk sein. Vielleicht leben sie in irgendeinem geheimen Dorf unter der Erde, wo auf riesigen Leinwänden Tag und Nacht Polizeifilme gezeigt werden, die in einem Polizistenparadies spielen, in dem alle Menschen ohne schwarze Uniform Verbrecher sind und angeschrien, getreten und verprügelt werden dürfen.

Tief unter der Erde lebt eine große Mutterpolizistin, die mit Gesetzen, Ordnungswidrigkeiten, Verbrechen, Paragrafen, Durchsuchungsbefehlen gefüttert wird und dann schwarze Eier legt (Tausende Eier), aus denen nach zwei Wochen fertige kleine Polizisten schlüpfen. Die spielen dann auf Polizeispielplätzen und haben viel Spaß beim Schaukeln, beim Rutschen, beim Raufen. Sie sind Kinderpolizisten, die total niedlich in ihren kleinen Uniformen auf Klettergerüsten herumturnen und viel lachen. Man erzählt ihnen, dass Pommes mit Tennisschlägern gemacht werden. Sie hören falsch und glauben, es heiße Leistungswasser und Sesamkatze, Schlabanzug, Schlabstock, Mausezeichen und Zivilgarage. Sie glaube, die weißen Tasten am Klavier seien für Hochzeiten und die schwarzen für Beerdigungen, sie glauben, Rauchen sei nicht schädlich, wenn man es vor der Tür tut. Sie sind einfach Kinder, wie ich eins war. Sie trinken gerne Cola und sie lesen Comics, *Lucky Luke*, *Superman*, *Hulk*, die *Fantastischen Vier*. Und sie dürfen Comics lesen und müssen sie nicht, wie ich als Kind, bei Hase verstecken. Und wenn sie größer sind, fällt ihnen vielleicht auf: Komisch, bei Asterix und Obelix geht es eigentlich immer nur darum, den Leuten aufs Maul zu hauen, wenn man auf Drogen ist.

Sie sind süße Kinderpolizisten und als Erwachsene sind sie auch nett. Untereinander. Und da unten. Aber wenn sie unter der Erde hervorkommen, dann glauben sie, alle da draußen sind anders als sie. Und wer anders ist, muss ein Verbrecher sein. Da wird in ihrem Kopf irgendetwas falsch verschaltet.

Mein Kopf ist wieder alleine verreist, und als er zurückkommt, ist die Demo schon vorüber und Esra ist weg.

**Fünfzehntes Kapitel, in dem sich Krishna Mustafa nicht mit seinem Vater trifft, Isa das Haus verlässt und neue Apps aufs Smartphone geladen werden**

Dieses Mal haben wir uns nicht vor dem Starbucks verabredet, sondern am Denkmal der Republik am Taksim. Das ist ein wenig wie die Weltzeituhr in Berlin, also dort, wo sich alle verabreden, weil man es nicht verfehlen kann. Über eine Stunde sitze ich da im winzigen Schatten des Denkmals, sehe die Wasserverkäufer, die Touristen, die Straßenkinder, die reichen Araber, die hier Urlaub machen, die armen Araber, die hier Asyl oder einen Weg nach Europa suchen. Meine Mutter hat mich so oft (Tausende Male) zum Übersetzen aufs Amt geschickt, dass ich die Flüchtlinge ziemlich schnell erkenne. Ihre Augen sehen aus, als wäre Davonkommen ein hässlich verpacktes Geschenk. Und die, die ich hier sehe, scheinen noch nicht ganz davongekommen zu sein.

Mein Vater ruft an. Tut mir leid, sagt er. Das wird nichts. Ich stecke im Stau. Für die letzten zwei Kilometer habe ich fast eine Stunde gebraucht. Ich habe später noch einen Termin auf der Baustelle, ich schaffe es heute nicht mehr. Wir verschieben das noch einmal, okay?

Okay, sage ich.

Als ich nach Hause komme, liegt Isa wie immer im Wohnzimmer auf dem Sofa und Esra sitzt in der Küche. Yunus sei gerade bei einem Kunden, sagt sie, als ich mich zu ihr setze.

Weißt du, wahrscheinlich war er in den letzten Tagen komisch zu dir, erklärt sie mir, aber das musst du nicht persönlich nehmen. Er ist eifersüchtig.

Ich freue mich, als sie das sagt. Ich weiß auch nicht genau, warum. Laura hat es gestört, dass ich nie eifersüchtig war.

Aber ich habe mit ihm geflirtet, hat sie nach einer Party mal gesagt, das hast du doch gesehen.

Ja.

Und da bist du nicht eifersüchtig?

Nein.

Du liebst mich nicht.

Doch, habe ich gesagt und gelacht, aber ich habe keine Angst. Das ist ein Unterschied. Man wird doch nicht aus Liebe eifersüchtig, sondern aus Angst.

Dann habe ich sie in den Arm genommen und so gehalten, dass sie bestimmt gespürt hat, wie ich sie liebe. Ich hatte keine Angst, aber das, wovor ich keine Angst hatte, ist passiert: Laura ist gegangen.

Vielleicht ist man in der Türkei ja eifersüchtiger. Vielleicht ist das eine Wurzel, die Laura gefehlt hat. Vielleicht haben die Menschen hier mehr Angst. Aber wieso sollte ich jemand werden wollen, der mehr Angst hat? Nur, damit ich türkischer bin und näher an meinen Wurzeln? Ich werde meinen Vater fragen nach dieser Sache mit der Angst.

Du hast ihn also schon wieder nicht getroffen?, fragt Isa, als er in die Küche kommt.

Nein.

Bist du nicht angepisst mittlerweile?

Nein. Er kann ja nichts für den Stau.

Und was machst du jetzt?

Keine Ahnung, ich wollte mal nach Eyüp fahren.

Wieso Eyüp?

Ich habe mir so viele deutsche Sachen hier angesehen, ich wollte auch mal wohin, wo Touristen hinfahren, wo es aber nicht so voll ist.

Zum Grab von Abū Aiyūb al-Ansārī.

Von wem?

Du hast keine Ahnung, stellt er fest. Komm, ich begleite dich.

Das Semester hat schon längst wieder angefangen, aber seit ich hier wohne, hat Isa erst zweimal das Haus verlassen: An dem Abend, als ich ankam, war er auf einer Hochzeit, dann war er bei seiner Oma, seitdem geht er nicht raus, nicht mal einkaufen, er lässt mich etwas mitbringen, bestellt per Telefon oder ruft runter zum Kiosk und lässt dann einen Korb aus dem Fenster hinunter.

Gerne, sage ich, so kommst du auch mal raus.

Wir fahren nach Karaköy und von dort mit einer Fähre im Zickzack über das Goldene Horn bis nach Eyüp, weil das schöner ist als mit dem Bus. Das behauptet Isa zumindest. Er nickt immer wieder und sagt Dinge wie: Diese Stadt ist einfach zu voll. Diese Stadt gönnt dir keine Atempause. Istanbul konsumiert Menschen. Er fragt: Wo wollen die denn bei einem Erdbeben Zelte aufbauen? Warum sollte man hier wohnen? Und was bringt es, in dieser Stadt Städteplanung zu studieren? Das ist ja, als würdest du die Bibel lesen, um etwas über Algebra zu erfahren.

In Eyüp gibt es kaum ausländische Touristen, bloß ein paar Araber, der Rest sind Türken, die sich den Friedhof und die Moschee hier anschauen wollen, die Mausoleen und das Grab Eyüp Sultans, wie Abū Aiyūb al-Ansārīs auf Türkisch heißt. Er war ein Weggefährte und Fahnenträger Mohammeds, der bei der ersten muslimischen Belagerung vor den Mauern von Konstantinopel gefallen ist, erzählt Isa mir. Deswegen sehen die Moslems diesen Ort als heilig an, deswegen pilgern sie hierher, deswegen sind hier fast keine Christen. Deswegen ist es hier so ruhig und friedlich, sagt er und lacht. Findest du es nicht auch ruhig?

Ja.

Komm mal mit. Wir gehen einen schmalen Weg zwischen zwei Mauern entlang, es riecht nicht besonders gut, aber ich kann den Geruch nicht einordnen. Schließlich stehen wir vor einem engen Gehege, in dem viele Schafe sind.

Es ist ein heiliger Ort, die Menschen opfern gern ein Lamm hier, sagt er. Möchtest du auch?

Ich? Nein, danke.

Ein junges Pärchen hat sich gerade ein Schaf ausgesucht, das nun mit zusammengebundenen Füßen auf eine Schubkarre gelegt wird. Ein Mann sprüht dem Schaf mit einer Farbdose eine 42 auf das Fell und gibt dem Pärchen einen Zettel, auf dem 42 steht.

Komm, sagt Isa, hier siehst du, was die Touristen meistens nicht sehen.

Wir folgen dem jungen Pärchen in ein Gebäude.

Vielleicht wurde sie nicht schwanger und sie haben gebetet und Gott versprochen, ein Lamm zu opfern, wenn sie ein Kind bekommen sollten, sagt Isa so leise, dass sie uns nicht hören.

Ich könnte Gott bitten, mich wieder mit Laura zusammenzubringen. Wenn es klappt, komme ich wieder und opfere auch ein Lamm, sage ich.

Du glaubst, Gott steht auf diese Art von Tauschgeschäften?

Ich sehe ihn an. Er hat recht. Wieso sollte Gott sich auf Tauschgeschäfte einlassen?

Nein, sage ich, es gehört ja sowieso alles ihm. Das wäre dann ja, wie sich einen Geldschein von der einen in die andere Tasche zu stecken.

Du bist gar nicht so dumm, sagt Isa und lacht wieder.

Die Leute glauben ja manchmal, ich sei dumm. Und die Dummen sind zu dumm, um zu merken, dass sie dumm sind, sagen sie. Wenn ich mich also dumm finden würde, wäre ich klug, weil ich erkennen könnte, dass ich dumm bin? Oder reden die Leute, die sich für klug halten, nur Unsinn? Aber vielleicht weiß ich wirklich nicht, wie und wer ich bin. Darum bin ich ja hierher, um mich suchen. Wenn ich zurück bin, bevor ich mich finde, soll ich dann auf mich warten?

Zu unserer Linken sehen wir einen langen Tisch, auf dem Telefone stehen und davor Stühle. Vom Tisch bis zur Decke ist eine riesige Glasscheibe. Es sieht ein wenig so aus wie in einem Gefängnisfilm. Wir sind auf der Besucherseite. Auf der Insassenseite ist ein kleiner Schlachthof, mit Abfluss für das Blut und mit Haken, an denen tote Tiere von der Decke baumeln. Dazwischen stehen Menschen mit Schlachterschürzen und Gummistiefeln. An einer Säule im Schlachthof sind ebenfalls zwei Telefone.

Das Paar setzt sich an den Tisch und hält den Zettel mit der Nummer ans Fenster. Das Telefon vor ihnen klingelt.

Was ist hier los?, sage ich. Warum sind hier Telefone?

Die erteilen dem Schlachter die Vollmacht, das Schaf in ihrem Namen zu opfern.

Das geht per Telefon?

Ja.

Eigentlich müssten sie dann gar nicht hierher kommen.

Sie wollen das Fleisch ja mitnehmen.

Ich erinnere mich an meine Idee, in Deutschland einmal die Woche Opferfest zu feiern. Man könnte auch so eine Art Hotline einrichten, wo man einfach anruft und ein Lamm schlachten lassen kann. Eine gebührenpflichtige Hotline. Und weil Gewinnspiele so beliebt sind, bekommt jeder hundertste Anrufer eine Fleischrente, fünf Kilo jede Woche bis an sein Lebensende. Fleischrente. Das ist doch ein schönes Wort. Und jeder tausendste Anrufer bekommt eine Allfleischflat, Huhn, Rind, Schwein, Lamm, was immer man möchte, so viel man essen kann. Zwei Euro pro Anruf. Das müsste doch funktionieren.

Mein Bruder, sagt jemand und fasst mir dabei sanft an die Schulter, während Nummer 42 die Kehle durchgeschnitten wird. Als ich mich umdrehe, sehe ich einen kleinen, dunkelhäutigen Mann mit langem schwarzem Bart und schwarzem Käppi auf dem Kopf.

Dich habe ich doch in der Blauen Moschee beten sehen, sagt er, vor ein paar Wochen. Das warst du doch.

Ja, sage ich. Ich habe dort gebetet.

Bruder, sagt er, darf ich erfahren, wie du heißt?

Krishna Mustafa.

Mustafa, sagt er, das ist aber ein schöner Name.

Krishna Mustafa, sage ich.

Ich heiße Ali, sagt er.

Siehst du, sagt Isa und lacht.

Wir geben uns die Hand.

Du sprichst aber gut Türkisch, sage ich.

Mein Bruder, sagt Ali, du interessierst dich für das Gebet?

Ja, ich bin auf der Suche nach meinen Wurzeln.

Da wird dir der Islam helfen. Du wirst zu dir selbst finden und zu Gott, dem Barmherzigen. Hast du ein Smartphone, mein Bruder?

Ja, sage ich.

Mein Bruder, sagt Ali, mein Glaubensbruder, ich habe gesehen, dass du guten Willens bist, aber noch nicht richtig beten kannst. Es gibt Apps, mit denen du richtig beten lernen kannst. Salah 3D ist eine App, die ich empfehlen kann. Lade dir die doch herunter, sie kostet nichts Und dann brauchst du noch Muslim Pro, die App erinnert dich immer an das Gebet, auch wenn du mal nicht in der Nähe einer Moschee sein solltest. Muslim Pro ist zuverlässiger als der Muezzin. Ich habe gesehen, dass du guten Willens bist, Bruder, aber mit Gott ist nicht zu spaßen. Er sieht und hört alles. Ich will dich gar nicht bedrängen, ich sage das nur zu deinem Besten.

Ein Mensch, der auf der Suche nach seinen Wurzeln ist, wird nur bei Gott fündig.

Der Weg zu Gott führt über das Handy?, sage ich.

Nein, er hört alles, sagt Ali, dafür braucht Gott kein Telefon. Muslim Pro und Salah 3D, diese Apps werden dein Leben verändern, Bruder. Gott ist groß. Möge er dich auf dem rechten Weg weiterführen. Verstehe mich nicht falsch, ich möchte dich nicht belästigen, du hast den Ruf Gottes vernommen, aus mir spricht nur die leise Stimme seines Dieners. Gottes Segen auf deinen Wegen.

Grüße Mohammed schön von mir, ruft Isa ihm hinterher.

Wird gemacht, sagt Ali und Isa lacht.

Vergessen wir mal, dass du gebetet hast, sagt Isa zu mir. Aber sagst du immer *Du kannst aber gut Türkisch*, wenn du jemanden kennenlernst?

Ja.

Warum?

Weil man das so macht.

Nein, das macht man nicht so.

Laura hat auch immer behauptet, man würde keine Komplimente über die Sprachkenntnisse machen. Aber ich glaube das nicht. Wenn die Leute mich kennenlernen, sagen sie doch auch immer: Du kannst aber gut Türkisch.

Ja, das sagen sie, weil du es eben nicht richtig gut kannst.

Aha. Und in Deutschland sagen sie immer: Du kannst aber gut Deutsch.

Weil du es wahrscheinlich richtig gut kannst.

Hier sagen sie es, weil ich es nicht kann, und dort, weil ich es kann? Das soll ich dir jetzt glauben? Du willst mich doch verarschen. Nein, das macht man einfach so, wenn man sich kennenlernt.

Isa schüttelt den Kopf.

Gott gehen die Verrückten nie aus.

Nein, sage ich, sie gehören ja alle ihm.

Zurück zu Hause, lade ich mir die beiden Apps herunter, die Ali mir empfohlen hat.

Ich sollte nicht mehr rausgehen, sagt Isa, das führt zu nichts. Ich will dir zeigen, wie bekloppt diese Religiösen sind, und schon gibt es einen Moslem mehr auf der Welt. Ich gehe nicht mehr raus, das gibt jedes Mal ein Unglück.

**Sechzehntes Kapitel, in dem der Internetverkehr verschlüsselt wird und wir etwas über Pornos, Harem, Hierarchie und Hegemonie erfahren**

Yunus hat mir über die Schulter geschaut, als ich mir die Apps heruntergeladen habe.

Mit denen kann dir nicht viel passieren, sagt er, aber ich weiß ja nicht, wo du dich sonst so rumtreibst im Netz, vielleicht solltest du deinen Internetverkehr verschlüsseln.

Jetzt fängt er auch schon an wie Hase. Dabei habe ich ja nichts zu verbergen. Ich verstehe die ganze Aufregung nicht. Meine Mutter hat mich jetzt schon dreimal angerufen. Dabei sind wir jetzt bei 300.000 Klicks. Das wird immer lustiger, ich werde Jahre, nachdem die Videos aufgenommen sind, nachträglich noch zum Rapper. Aber meine Mutter meinte, dass gerade das das Problem ist. Irgendwie wollte sie mir erklären, dass, je mehr ich zum Rapper werde, desto mehr Menschen glauben, ich sei Dschihadist. Oder so ähnlich. Wie gesagt, ich verstehe es nicht. Ich glaube, meine Mutter stört es, dass ich jetzt selber entscheiden kann, wann ich ein Gewehr in die Hand nehme. Sie glaubt, ihre Erziehung sei fehlgeschlagen.

Ich mache nichts Verbotenes im Internet, sage ich.

Es geht gar nicht um dich, sagt Yunus, was wollen sie dir schon. Wenn es hart auf hart kommt, holen die Deutschen dich aus dem Knast hier. Aber dieser Internetanschluss läuft auf meinen Namen, und vielleicht besuchst du Seiten, die kein gutes Licht auf mich werfen. Daran hätte ich eigentlich schon früher denken sollen. Ich installiere dir das, du musst dich um nichts kümmern. Und dann kannst auch auf die zensierten Seiten.

Welche zensierten Seiten?

Alter, es sind über 60.000 Seiten nicht erreichbar. Sag mir nicht, du bist noch auf keine davon gestoßen?

Nein.

Guckst du keine Pornos?

Nein.

Echt nicht?

Nein.

Egal. Hier war Soundcloud schon zensiert, Twitter, YouTube, alle Blogspots, Vimeo, das Yoga Journal, viele Seite sind ständig nicht erreichbar. Man weiß oft nicht so genau, ob die ein Land regieren oder ein Internetcafé betreiben.

Er macht eine Pause.

Von Mann zu Mann, du guckst nie Pornos?

Doch, ich habe schon mal ein paar gesehen, aber das gefällt mir nicht.

Echt nicht?

Es sieht aus wie Sport. Und ich gucke nie Sport. Kein Fußball, kein Ringen, kein Gewichtheben, kein Basketball. Ich habe überhaupt keinen Fernseher.

Du hast keinen Fernseher? Und was machst du dann abends?

Ich finde schon jemanden zum Reden. Oder ich baue. Sultan Ahmet ist ja echt schön geworden, aber jetzt versuche ich mich an der Şakirin-Moschee, die in Üsküdar.

Er sieht mich lange an, dann sagt er: Hier gibt es ja nur diese verfickten Kanäle, auf denen man nicht informiert wird. Die haben alle nicht über Gezi berichtet, als es losging. Aber bei euch ... da muss es doch gute Sender geben.

Kann sein. Aber ich bin kein guter Empfänger.

Er schüttelt den Kopf.

Am nächsten Tag sitze ich mit Isa allein im Wohnzimmer, wie immer läuft der Fernseher nebenbei und er sagt: Du guckst wirklich keine Pornos?

Nein.

Aber dein Gerät funktioniert, oder?

Ich habe keinen Fernseher.

Dein Gerät, Mann, das hier.

Er packt sich in den Schritt.

Das ist nicht meins, sage ich, das ist deins.

Ja, aber deins funktioniert, oder?

Ja, es funktioniert.

Harem?, sagt er. Fantasierst du über Harems?

Nein, wieso Harems?

Als es noch nicht so viele Pornos gab, haben die im Westen ja über Harems fantasiert. Wie viele Frauen es dort gibt, wie sie sich den ganzen Tag nackt und eingeölt auf Liegen räkeln, so orientalisch-lasziv, wie sie in Ziegenmilch baden, diese Frauen, die nichts gelernt haben außer Ficken und die sich für nichts anderes interessieren. Immer bereit, immer gefügig, immer feucht. Harems waren der Porno des Westens, bevor es Fotografie und Film gab. Schau mal, wie viele Bilder von Harems es gibt, obwohl die Maler nie dort waren: Tausende Bilder. Und hier gehen die Touristen ja immer noch in den Topkapı-Palast und zahlen dann extra, um auch den Harem zu sehen. Doch Harems gibt es nicht mehr. Deswegen gehen jetzt alle so ab auf die 72 Jungfrauen im

Paradies. Weder gibt es diese Zahl im Koran, noch ist gesagt, dass diese Huris überhaupt menschliche Wesen sind, aber wen schert das schon?

Die Welt wird regiert von Schwänzen. Und jede Frau, die das versteht, regiert mit. Wann hat der Untergang des Osmanischen Reiches begonnen? Mit dem Aufkommen der Fotografie. Auf einmal war der Harem nicht mehr das ultimative Objekt der Männerfantasien, es waren Fotografien nackter Frauen, die nicht aus dem Harem der Osmanen stammten. Wer über die Masturbationsfantasien der Männer bestimmt, der hat die Macht. So einfach ist das. Schau dir an, wo die größte Pornoindustrie sitzt: Amerika. Wer ist das mächtigste Land? Amerika. Wer hat damals VHS durchgesetzt, obwohl Betamax das bessere System war? Die Pornoindustrie. Wer hat das Internet so groß gemacht? Porno. Porno ist die Weiterführung des Harems. Da haben wir Türken den Anschluss verpasst, da sind wir hängengeblieben.

Es muss immer ein Schwanz an der Spitze stehen. Deswegen sind die Gezi-Proteste gescheitert. Weil es keinen Führer gab. Weil es demokratisch war und nicht hierarchisch. Es muss immer ein Schwanz an der Spitze stehen, ob das der Sultan ist, Atatürk, İnönü, Demirel, Evren, Özal, Erdoğan, das ist egal. Da muss jemand sein, dem man seine Potenz glaubt. Und es muss welche geben, die unter ihm stehen. Die Osmanen hatten das verstanden. Der Harem war kein Ort sexueller Lustbarkeiten, das ist er erst in der Fantasie des Westens geworden. Der Harem war in erster Linie ein streng hierarchisch gegliedertes System.

Das verstehe ich nicht. Wieso war der Harem hierarchisch?

An der Spitze stand die Sultansmutter, die sich als Ehemalige gut auskannte. Die hatte das Sagen. Direkt unter ihr waren die Prinzessinnen, die Töchter des Sultans.

Dann erst kam seine Hauptfrau, nach ihr seine Favoritinnen, nach den Favoritinnen die Gözdes, die, auf die er ein Auge geworfen hatte. Die Gözdes suchte meistens nicht der Sultan selber aus, sondern seine Mutter, die immer darauf bedacht war, dass keine der Frauen zu viel Macht über den Sultan gewann. Unter den Gözdes standen die Haremsdienerinnen, die Arbeitssklavinnen, die ganz unten auf der Leiter waren. Keine dieser Frauen war Moslem.

Die Sultane hatte dann immer eine Ungläubige als Mutter?

Ja, aber eine Ungläubige, die zur Schule gegangen war. Denn das war der Harem, eine Schule.

Wo man ficken lernen konnte, hast du schon gesagt.

Nein, im Harem lernte man lesen und schreiben, singen und tanzen, die Frauen im Harem gehörten zu den wenigen, die Zugang zu Bildung hatten. Doch im Westen sah der Harem halt aus wie Privatbordell der Luxusklasse und das wurde gemalt, was das Zeug hielt. Das beflügelte die Fantasien der Männer. Und dann kam halt die Fotografie und die Männer fingen an, zu anderen Bildern zu wichsen.

Wer die Wichsfantasien beherrscht, der beherrscht die Welt. Warum sind hier denn die ganzen Pornoseiten gesperrt? Doch nicht wegen der Moral, sondern weil die Mächtigen das wissen. Wer bestimmt, was der Mann denkt, wenn er seinen Schwanz in der Hand hat, der steht an der Spitze. Die Kirschen aus Nachbars Garten schmecken besser, vor allem die, die man nie bekommt. Und mit diesen Kirschen kann man Menschen lenken, das ist kein Geheimnis. Warum fahren denn so viele Europäer und Amerikaner nach Südostasien in den Urlaub? Nicht wegen der Strände und des Klimas und des Essens. Wegen der engen Muschis, die sie in Pornos gesehen haben. Die wollen das nicht mal ausprobieren, das passiert unbewusst, dass sie dorthin wollen. Porno fickt deinen Kopf und deswegen regiert Porno die Welt. Und wenn du nicht mitguckst und nicht mitmachst bei dieser globalen, demokratischen Wichsentscheidung und auch nicht ganz rückschrittlich über einen Harem fantasierst, dann ...

Er lacht.

... dann ist man so wie du. Denkst du an Laura, wenn du es dir machst?

Ja, auch.

An wen noch? Ist auch eine Türkin dabei?

Ich nicke.

Gut, sagt er, aus dir kann noch ein Osmane und Moslem werden.

Du glaubst, es ist eine Frage der Identität, an wen man beim Wichsen denkt?

Ja, natürlich, sagt er. Deine Wünsche und Fantasien sind Teil deiner Identität. Was denn sonst?

Ich überlege. Manchmal gucke ich nur auf meinen Schwanz und freue mich, dass ich mir so viel Vergnügen bereiten kann.

Isa lacht wieder.

Warum redest eigentlich immer so viel und gehst nie raus?, frage ich.

Er stockt.

Ja, sage ich, und als wir gemeinsam draußen waren, da hast du zwar auch geredet, aber weniger als hier drinnen.

Diese Stadt ist verrückt geworden, sagt er, ich kriege schlechte Laune, wenn ich rausgehe. Aber dich, dich mag ich. Du bist ein guter Junge. Aus dir könnte echt alles werden, Moslem, Christ, Buddhist, Jude, Wichser.

Wie meinst du das?

Du bist ein Guter, scheiß drauf, besser, wenn du es nicht weißt.

**Siebzehntes Kapitel, in dem Krishna Mustafa mit Laura redet, Emre mit der Antifa Bier trinkt und es wieder um Schokolade geht**

Du bist ein Guter, das hat Laura auch immer gesagt. Doch es scheint kein weiter Weg zu sein von *ein Guter* bis *Du weißt selbst nicht, wer du bist*. Die Menschen wollen sich immer entscheiden. Erst fand Laura es gut, dass ich Kartoffeldruck mag, später fand sie es kindisch. Erst fand sie es doof, dass ich mich im Zug ausgezogen habe, weil sie meinte, dass ich mich damit zum Affen mache. Dann fand sie es cool, weil es funktioniert hat.

Wenn wir im Restaurant gegessen haben, saß sie stundenlang vor der Karte und wusste nicht, was sie nehmen sollte. Wenn sie sich eine neue Winterjacke gekauft hat, hat das sechs Wochen gedauert. Sie fand komisch, dass ich mir die erstbeste Jacke kaufe, die mir passt. Oder dass ich oft einfach das esse, was auf Seite drei etwas oberhalb der Mitte steht.

Wenn Hase sich einen neuen Rechner kauft, dauert das drei Monate, wenn meine Mutter ihre Kosmetikmarke, ihren Biomarkt oder ihren Friseur wechseln möchte, den Stromanbieter oder die Bank, dann braucht sie ein ganzes Jahr, bis sie weiß, was sie möchte. Sie vergleicht Emissionen und den Zeitaufwand, das Personal, die Effizienz, die Moral, die Kundschaft, das Logo, das Kleingedruckte, das Persönliche, die Chemie, die Inhaltsstoffe und was weiß ich noch alles.

Es sieht so aus, als könnte sie sich nicht entscheiden. Aber ich glaube, das ist nicht so. Die Menschen wollen sich entscheiden, total zwanghaft. Sie wollen klar auf einer Seite stehen. Entweder Schnitzel mit Pommes und Cola oder Tofuburger mit Countryecken und Apfelschorle. Sie können nicht einfach irgendetwas essen. Oder irgendetwas anziehen. Die Menschen wollen sich entscheiden. Und jeder entscheidet sich anders. Wenn mein Deutschlehrer das Buch las, entschied der, dass *Buddenbrooks* große Literatur war. Wenn ich es las, war es öde und ich schaffte keine zehn Seiten. Es kommt einfach nur darauf an, von wo man guckt. Die Menschen wollen sich entscheiden. Und vielleicht ist das mit der Identität auch so. Die Menschen wollen sich für eine entscheiden, eine, die sie nicht im Stich lässt, die zuverlässig ist, an der sie sich gut festhalten können, eine, die im Winter warm hält und im Sommer kühlt, die einen guten $CO_2$-Fußabdruck hat, ein gutes Preis-Leistungs-Verhältnis, eine, die fair gehandelt ist, ökologisch vertretbar, die gut zu ihren übrigen Klamotten passt und die Umwelt nicht verpestet. Sie wollen nicht irgendeine, das ist ihnen zu wenig, davon werden sie nicht satt. Dabei ist es völlig egal, was man sich aussucht, denn hinterher entscheiden die anderen, ob die Wahl affig ist oder cool, langweilig oder große Literatur, türkisch oder deutsch, morgenländisch oder abendländisch, christlich oder islamisch.

So arbeitet mein Kopf wieder alleine, während ich an Şakirin baue. Dann klingelt es auf Skype. Laura. Laura ruft an. Nachdem sie über drei Monate lang jeglichen Kontaktversuch ignoriert hat.

Hallo Krishna, sagt sie, schlägt dann aber die Hand vor den Mund. Das sieht ja echt krass aus ohne Haare.

Wieso ohne? Die sind ja noch dran. Nur kürzer.

Wieso hast du das gemacht?

Es war so heiß hier. Und ich wollte eine Veränderung. Damit ich meine Identität finden kann.

Wie geht es dir? Hast du Freunde gefunden?

Mir geht es gut, ich tingle so durch die Stadt, die ist ja riesig, ich lerne dauernd neue Menschen kennen. Und ich baue ein bisschen.

Hast du deinen Vater schon getroffen?

Nein, wir haben uns immer irgendwie verpasst.

Ich sehe, wie ihr Gesicht sich verändert.

Verpasst?

Ja. Es gibt vier Starbucks in der Fußgängerzone, und irgendwie war es immer der falsche.

Ihr verabredet euch vor Starbucks? Du bist seit fast vier Monaten dort und hast deinen Vater noch nicht gesehen?

Der war auch ein paar Wochen nicht in der Stadt.

Du hast dich kein bisschen verändert, oder?

Doch, ich habe mir die Haare geschnitten und bete fünfmal am Tag.

Du betest jetzt?

Ja, weil ich eine App habe, die mich daran erinnert.

Du bist Moslem geworden?

Nein, ich mache es ja jeden Tag. Wenn man es jeden Tag macht, wird man nicht Moslem davon.

Sie lacht nicht, sondern sagt: Hä?

Ja, das ist so wie mit der Weihnachtsbeleuchtung hier. Wenn die das ganze Jahr über brennt, dann wird man nicht Christ davon.

Sie atmet tief ein.

Krishna, sagt sie.

Ich mag es, wenn sie hilflos aussieht. Als wäre die Welt zu groß. Früher war das immer schön, dann haben wir sie zusammen erkundet. Ich finde es ja toll, dass die Welt so groß ist.

Krishna, Hase hat schon mit dir geredet, deine Mutter hat mit dir geredet, aber ich glaube, du verstehst nicht, wie ernst die Sache ist. Gestern waren zwei Leute vom Verfassungsschutz bei mir und haben mir das Foto gezeigt.

Das Foto aus dem Internet?

Ja, das, wo du ein Gewehr anlegst.

Das habe ich doch schon allen erklärt. Da hat es geregnet und ich bin in den Waffenladen, weil ich nicht nass werden wollte.

Und warum hattest du so eine Gebetskappe auf? Mit Kappe und Bart siehst du aus wie ein Islamist.

Das habe ich auch erklärt. Die Sonne hat so heruntergebrannt, deshalb habe ich mir das Käppi gekauft.

Die Beamten wollten wissen, ob ich deinen genauen Aufenthaltsort kenne und seit wann du dich für den Islam interessiert. Ich habe geantwortet, dass ich nicht weiß, wo in Istanbul du wohnst, und dass du mit Religion nichts am Hut hast. Aber das scheint ja nicht mehr zu stimmen. Krishna, ich glaube, du bist in die falschen Kreise geraten.

Hier sind keine Kreise. In dieser Stadt ist alles eckig. Überall ist Beton.

Laura lacht nicht.

Warum betest du denn auf einmal?, fragt sie.

Das gibt dem Tag so eine schöne Struktur, sage ich. Und auf den Apps singen die auf Arabisch, den Koran und so Gebete, das höre ich im Moment noch lieber als Ol' Dirty Bastard oder Country. Und manchmal kann ich sogar Gott hören.

Du kannst was?

Ich kann Gott hören.

Bist du dir sicher, dass du noch ganz gesund bist?

Wenn jemand betet, ist er dann gleich krank?

Nein.

Beten heißt zu Gott sprechen, das finden alle normal, aber wenn Gott antwortet, ist man auf einmal nicht mehr gesund?

Krishna, sagt sie, die Sache ist ernst.

Ja, sage ich, ich hätte nass werden können.

Sie lacht schon wieder nicht.

Nein, wirklich. Das ist der Verfassungsschutz.

Ich habe nichts getan. Aber hast du diesen englischen Artikel gelesen, wo es heißt, ich hätte eine vielversprechende Karriere zugunsten des Islam aufgegeben? Ein talentierter Rapper sei ich, steht da. Ich schick dir mal den Link, das ist zum Totlachen. Ein talentierter Rapper. Ich möcht als Spielmann reisen, weit in die Welt hinaus, und singen meine Weisen und gehn von Haus zu Haus, rappe ich die Worte meiner Mutter im Ol'-Dirty-Style.

Das ist nicht lustig, Krishna. Wirklich nicht. Du musst die Sachen ernst nehmen, wenigstens dieses eine Mal. Sonst endet das böse. Wirklich. Du musst aufpassen. Tu mir den Gefallen. Halt dich am besten von allem fern, was wie gläubige Moslems aussieht.

Ja, gut, sage ich einfach.

Laura ist schon mit neun Gramm Gras von der Polizei erwischt worden, sie musste den Führerschein abgeben und ihr Arbeitgeber darf das nie erfahren, sonst verliert sie ihre Stelle. Hase hat ein Jahr im Knast gesessen. Meine Mutter musste ganz viel GEZ nachzahlen, obwohl wir seit Jahren keinen Fernseher mehr hatten. Ich habe die mal aus Versehen reingelassen. Ich dachte, es ist der Pizzabote, und habe einfach die Tür auf gelassen und die sind herein und haben den Computer gesehen. Die haben gesagt, dass man auch mit dem Computer fernsehen könnte, und wir mussten zahlen. Meine Mutter meinte, das sei alles meine Schuld gewesen, weil ich die Tür auf gelassen hatte, aber ich glaube, wir hätten so oder so zahlen müssen. Schließlich wussten die, dass wir genug Geld hatten, um uns einen Fernseher zu kaufen oder einen Computer, dazu mussten sie gar nicht erst reinkommen. Und das reichte. Mutter wurde ja bestraft, weil sie theoretisch hätte fernsehen können. Also hätte es sicher auch gereicht, wenn sie theoretisch genug Geld für ein Empfangsgerät gehabt hätte. Sie musste zahlen für einen Konjunktiv oder wie das heißt.

Ich soll immer gut auf mich aufpassen, aber mir ist noch nie etwas passiert. Außer dass Laura mich verlassen hat.

Schokolade ist keine Lösung, sagen die Leute, aber das ist ein Apfel ja auch nicht. Alle wissen immer, was keine Lösung ist, Alkohol ist keine, Drogen sind keine, Essen ist keine, Schokolade ist keine, Religion ist keine, Sex ist keine. Die Welt ist voll von Dingen, die keine Lösung sind. Aber die Welt ist ja auch keine Mathe-Aufgabe. Ich gehe Schokolade kaufen.

Ich muss in drei Supermärkte, bevor ich eine dunkle Schokolade finde, die ich mir mit meinen letzten Lira leisten kann und die ich noch nicht probiert habe. Eine von Nestlé. Die muss ja gut sein, denke ich. Ich breche mir einen großen Riegel ab und schiebe ihn in den Mund.

Vielleicht verstehe ich den Kakao in der Türkei falsch, vielleicht spricht er eine andere Sprache. Vielleicht möchte er mir sagen, dass er lecker ist, weich, rund, mild, voller Aromen, doch ich verstehe nur körnig, langweilig, bitter und klebrig. Ich spucke aus. Ich weiß nicht, warum die Schokolade in der Türkei eine Sprache spricht, die ich nicht verstehe.

Schokolade spricht. Das ist nicht so wie mit Bäumen und Vögeln, Schokolade spricht wirklich. Sie tröstet Menschen. Schau, sagt sie, das Leben ist schön, solange es mich gibt. Aber diese hier hat irgendetwas an den Stimmbändern oder ich verstehe sie nicht. Dabei ist die Sprache der Schokolade doch international. Vielleicht haben die Kakaobohnen, die in die Türkei kommen, eine andere Identität. Die sind eine Randgruppe, die sich nicht verständlich machen kann. Und die Türkei ist so etwas wie das Ghetto der Kakaobohnen, die sich ausgeschlossen fühlen.

Ich gehe nach Hause und skype Emre an. Ich bin es leid. Er soll mir Schokolade kaufen und schicken.

Hör mal, sagt er, ich war hier mit ein paar Leuten Bier trinken, die sich Antifa nennen.

Ja, und?

Was für eine Marke Bier trinken Nazis eigentlich?

Wieso?

Na ja, weil ich den Unterschied nicht erkennen konnte.

Welchen Unterschied?

Zwischen den Nazis und dieser Antifa. Innerhalb der Gruppe ziehen sich alle gleich an, die Mitglieder der anderen Gruppe finden sie dumm und würden ihnen am liebsten aufs Maul hauen. Die Nazis beschäftigen sich zwanghaft mit Ausländern, auch wenn keine da sind, die Antifa beschäftigt sich zwanghaft mit Nazis. Wenn es gar keine Nazis mehr gäbe oder keine Ausländer, dann wüssten die doch alle nicht, wohin mit sich.

Die Antifa hat doch noch mehr Gegner.

Ja, stimmt. Die sind auch noch gegen die Polizei, gegen den Staat, gegen den Kapitalismus, gegen Ausbeutung, gegen Imperialismus, die werden nicht so schnell arbeitslos, denen fällt immer etwas ein, das sie scheiße finden können. Die Nazis suchen halt weniger. Aber eigentlich sind hier alle so, ob Nazi oder Antifa oder Normalbürger, die wollen immer alle recht haben. Die rufen einem hinterher, wenn man über Rot geht, wenn man mit dem Fahrrad über den Bürgersteig fährt oder falsch durch die Einbahnstraße, wenn man sich einen besseren Platz in der Schlange sucht, da ist immer jemand, dem du nicht schadest, der sich aber angegriffen fühlt. Es sieht aus wie eine Demokratie hier, aber es ist ein Regime der Rechthaberei. Rechthaben ist wichtiger als Verständnis, wichtiger als gute Laune, wichtiger als Freundlichkeit, wichtiger als Witz. Nazis wollen recht haben und Antifa will recht haben, der Mann, der dir hinterherruft, dass du über ein Stoppschild gefahren bist, wo ist denn da der Unterschied? Vielleicht in der Biermarke, habe ich gedacht. Es scheint hier ja von großer Bedeutung zu sein, was man trinkt. Man kann in der Kneipe nicht einfach ein Bier bestellen, man muss schon sagen, welches genau. Und für die Antifa muss es diese oder jene Marke sein, es muss die lokale Wirtschaft unterstützen und billig sein. Und nach Reinheitsgebot gebraut. Aber das wollen die Nazis doch sicher auch. Da habe ich mir gedacht, dass sie vielleicht dasselbe Bier trinken. Wäre doch lustig.

Ich kenne gar keine Nazis, sage ich, ich weiß nicht, was die trinken. Eigentlich komisch, dass ich gar keine Nazis kenne. Ich werde das ändern, wenn ich zurück bin.

**Achtzehntes Kapitel, in dem Krishna Mustafa endlich seinen Vater trifft, Schokolade geschenkt bekommt und Feministinnen Maria Vorschriften machen**

Er hat nur ganz kurze Stoppeln auf dem Kopf, trägt Jeans und eine Motorradjacke, obwohl es immer noch heiß ist. Ich sehe ihn, bevor er mich entdeckt, und merke, wie ich mich freue.

Bist du aufgeregt?, hat Esra gefragt, bevor ich aus dem Haus bin.

Nein, habe ich gesagt.

Und die letzten Male, die ihr euch treffen wolltet?

Da war ich auch nicht aufgeregt.

Du siehst deinen Vater nach zwölf Jahren zum ersten Mal wieder und bist nicht aufgeregt? Das ist schwer zu glauben.

Vielleicht ist das seine deutsche Seite, hat Isa gesagt, die haben es nicht so mit Familie, hört man immer.

Früher bin ich im Sommer immer in die Türkei gekommen, habe ich gesagt, aber dann hat mein Vater noch mal geheiratet und hatte weniger Zeit für mich.

Esra und Isa haben sich angeschaut, dann haben sie mir viel Glück gewünscht und ich bin zur Metro gegangen.

Mein Vater kommt lächelnd auf mich zu, er breitet seine Arme aus und umarmt mich. Umarmt mich richtig. Manchmal berühren sich ja nur die Schultern und die Menschen kippen bloß ihren Oberkörper nach vorne und strecken ihren Hintern nach hinten raus, damit man sich nicht so viel berührt. Es soll nur aussehen, als würde man den anderen in die Arme schließen. Die Menschen lügen mit ihren Armen. Das heißt, sie lügen auch mit ihrem Herzen, denn die Arme sind ja die Verlängerung des Herzens. Als Laura mich das erste Mal umarmt hat, als wir noch nicht zusammen waren, da hat sie mich gleich richtig umarmt. An den Umarmungen kann man sehen, ob Menschen nur so tun oder ob sie einen wirklich mögen.

Mein Vater und ich drücken uns ganz fest, und als wir loslassen, ist da Platz für ganz viel Freude.

Ich habe dich nicht sofort erkannt, du hast dir die Haare schneiden lassen, sagt er.

Ja, sage ich.

Steht dir gut. Ehrlich. Mustafa, es tut mir leid, dass wir uns jetzt erst sehen. Ich wohne ja drüben in Kanlıca, ich wollte dir nicht zumuten, bis dahin zu fahren. Wenn ich hier bin, habe ich immer viel zu tun, diese Stadt ernährt sich von Menschen und Zeit, sie frisst einfach all deine Stunden auf ihren Straßen, deswegen habe ich mir jetzt das Motorrad gekauft. Damit ist man einfach schneller in diesem Verkehr. Nicht Joggen verlängert hier das Leben, sondern Motorradfahren. Hast du Hunger? Komm, lass uns gehen. Worauf hast du Lust? Fisch oder Fleisch? Oder Vorspeisen? Du magst ganz gerne kalte Speisen, oder?

Ja, sage ich.

Wir gehen in einen Laden in einer Seitenstraße der İstiklal, und nachdem wir uns hingesetzt haben, gibt mein Vater mir eine kleine Papiertüte, die er die ganze Zeit in der Hand hatte.

Ein kleines Geschenk für dich.

Es sind acht verschiedene Tafeln dunkle Schokolade. Keine einzige türkische ist dabei.

Er sieht mich an, lehnt sich zurück und sagt: Es ist leicht, Menschen eine Freude zu machen.

Woher wusstest du das?

Ich bin dein Vater, sagt er und lacht.

Magst du auch dunkle Schokolade?

Nein, nein, um Gottes willen. Aber jetzt erzähl mal, wie läuft es so, wie geht es dir hier, gefällt es dir?

Ja, sage ich, es gefällt mir ganz gut, es gibt viel zu sehen. Das letzte Mal, als ich hier war, war ich ja noch ein Kind. Du hast in Bakırköy gewohnt und ich habe mit Emre draußen Basketball gespielt. Ich wusste gar nicht, wie groß die Stadt ist.

Die war damals kleiner, sagt er. Aber du, du bist groß geworden ... ein Mann. Aber dein Türkisch ist schlechter geworden.

Sonst loben mich die Leute immer für mein Türkisch.

Die wissen nicht, wie du früher gesprochen hast.

Wenn man Komplimente macht, ist es besser, wenn man weiß, wie jemand vorher gesprochen hat?

Kann sein, sagt er.

Der Kellner kommt mit einem riesigen Tablett voller kleiner, mit Frischhaltefolie überzogener Schüsseln. Das ist die Speisekarte, da kann man sich aussuchen, was man haben möchte, und bekommt es dann kurz darauf frisch an den Tisch.

Du trinkst nicht, oder?, fragt mein Vater.

Ich schüttle den Kopf. Er bestellt sich einen Rakı.

Warum eigentlich nicht?

Es schmeckt mir nicht, sage ich.

Kein Bier, kein Wein, kein Likör, kein Schnaps?

Nein.

Das fühlt sich auch dann gut im Kopf an, wenn es nicht schmeckt. Hast du das mal ausprobiert?

Ja. Mir wurde nur schwindelig und ich hatte keine Lust mehr, mit Menschen zu reden. Das hat mir nicht gefallen.

Trinken kostet hier ohnehin ein Vermögen, sagt er, ist wahrscheinlich ganz gut, dass du nicht trinkst.

Wo wir grade dabei sind, sage ich. Ich kann meine Miete nicht zahlen.

Warum?

Na, weil ich kein Geld habe.

Was ist mit deinem BAföG?

Das habe ich schon ausgegeben. Ich dachte, ich muss keine Miete zahlen, wenn ich Emre meine Wohnung gebe.

Er lächelt.

Ich habe kein Bargeld dabei, sagt er, aber ich ziehe gleich was.

Das mit dem BAföG weiß er, weil wir dafür einen Einkommensnachweis von ihm brauchten. Meine Mutter hat damals gesagt: Der dreht das schon irgendwie, das sieht dann so aus, als würde er keinen Cent verdienen.

Wie geht es deiner Mutter?, fragt er.

Gut, sage ich. Sie hat gerade aufgehört zu rauchen, da war sie oft gereizt, deswegen habe ich sie in letzter Zeit seltener besucht. Sie will jetzt auch weniger konsumieren, sie kauft nur noch Lebensmittel und Kosmetika, sonst nichts.

Streitet ihr denn viel?

Nein, sage ich. Ich streite mich selten. Ihr habt euch viel gestritten, oder?

Hier nicht, sagt er, aber in Deutschland schon.

Warum eigentlich?

Ach, in Deutschland haben die Feministinnen angefangen, Maria Vorschriften zu machen.

Sie sagt immer, du hättest ihr Vorschriften gemacht. Du wärst in Deutschland zum Pascha mutiert.

Quatsch, sagt er, in der Türkei hat sie mir Tee gemacht, ohne dass wir je darüber diskutieren mussten. In Deutschland war Teekochen auf einmal ein Instrument zur Unterdrückung der Frau. In Deutschland gab es keine Arbeitsteilung mehr, da musste alles diskutiert werden, und egal, was ich sagte, ich war der Macho. Und ihre ganzen feministischen Freundinnen haben ihr genau vorgeschrieben, was sie mir alles nicht durchgehen lassen darf. In Deutschland ist Krieg zwischen den Geschlechtern und da hat sie mich mit reingezogen. Ich war noch jung, ich war überrascht von dieser Kultur.

Sie sagt, du hättest von ihr verlangt zu kochen, obwohl du den ganzen Tag zu Hause warst.

Ich kann nicht kochen, sagt er. Immer noch nicht. Kannst du kochen?

Nein, sage ich, mir ist nicht so wichtig, was ich esse. Außer bei Schokolade.

Macho, sagt er.

**Der Chor der Einäugigen redet über Literatur, über optische Enttäuschungen und über einen einsamen Elefanten**

Wenn zwei Vögel über Flügel sprechen, ist das etwas anderes als bei Pianisten. Wenn Edison heute berühmter ist als Tesla und fast niemand mehr Swan kennt, dann hilft die Lautstärke des Chors nicht. Wenn man heute bei dem Namen Jack Johnson an einen Sänger denkt und nicht an einen Boxer, dann kann sich der Chor der Einäugigen heiser grölen, ohne dass es einen Unterschied macht.

Doch wir wissen, dass es mit der Wahrheit ist wie mit dem Wetter: Sie ändert sich ständig und man kann sie nicht kaufen, locken, fordern, man kann ihr nicht schmeicheln und sie gütig stimmen, man kann nicht Wiedergutmachung fordern für kalte Winter oder verregnete Sommer. Auf die Wahrheit hat man einfach keinen Einfluss.

Darauf erst mal einen Schnaps.

Es soll um Orhan gehen, den Literaten.

Alle kennen ihn. Ob sie ihn gelesen haben oder nicht. Alle wissen, was er schreibt, auch wenn sie noch nie eines seiner Bücher in den Händen gehalten haben. Selbst wenn sie weder lesen noch schreiben können. Orhan ist berühmt. Weltberühmt der eine Orhan, der schreibt, als würde man durch eine Wüste von Watte gehen, überall, wo man hinguckt, sieht man nur Watte, weiße Watte, wohin das Auge reicht, jedes Mal Hunderte Seiten Watte, Watte, Watte, dass man am Ende gar nicht mehr weiß, war das jetzt Caesar, der Brutus umgebracht hat, oder war das umgekehrt? Hat Istanbul diese besondere Form der Melancholie hervorgebracht oder hat die Melancholie Istanbul geboren? So viel Watte, überall nur Watte, dass die meisten es gar nicht wagen, die Bücher zu Ende zu lesen, und lieber das Museum der Drogen besuchen. Am Ende weiß niemand mehr, ob die Erde eine Kugel ist, und wenn ja, ob es die war, mit der Kennedy erhängt wurde. Dafür hat dieser Orhan einen Nobelpreis bekommen.

Der andere Orhan ist in der Türkei berühmt. Alle kennen seine Gedichte, er hat die Sprache des Volkes in die Gedichte seines Landes hineingetragen, er hat die Sehnsucht, die Trennung, den Humor besungen, er hat die türkische Poesie aus ihrem Korsett befreit, bevor er in eine Baugrube gefallen und gestorben ist.

Orhan bedeutet *der Führer*, *der Herrscher*. Doch bei der herrschenden Meinung über ihn kann er nicht mitreden. So ist das ja mit Meinungen, immer dieselbe Geschichte: Zuerst ist da eine kleine, abwegige Meinung, die ein bisschen schüchtern ist und verschämt zu Boden blickt, aber irgendwann kommt die Meinung in die Pubertät. Sie wird laut und reizbar, sie lehnt sich auf und fühlt sich groß. Und wenn eine Meinung sich groß fühlt, dann wächst sie und wirft einen Schatten, dass so einiges im Dunkeln bleibt. Und so kommen selbst kleine, völlig abwegige Meinungen manchmal an die Macht und fangen an zu herrschen. Wenn sie herrschen, glauben die Meinungen, sie seien die Wahrheit. Dabei ist es mit den herrschenden Meinungen so wie mit den Sultanen: Wenn der eine geht, kommt der nächste, und wenn der letzte geht, kommt eine ganz neue Meinung und glaubt, sie sei die Wahrheit.

Jahrhundertelang hielt man es für richtig, die ganze Welt zu christianisieren, dann war man sich nicht mehr so sicher, ob das alles so stimmte, und Gott war nicht mehr die Wahrheit, die für alle galt. Dann wurde der Verstand für Gott eingewechselt und später wurde für den Verstand die Demokratie ins Spiel gebracht und alle hielten das für eine kluge Entscheidung. Die Demokratie schoss ein Tor nach dem anderen, die Zuschauer jubelten und glaubten, die Welt wäre ein besserer Ort und es würden immer die Richtigen gewinnen, wenn in jeder Mannschaft eine Demokratie mitspielte. So wie der Mensch ja auch immer glaubt, die Welt wäre ein besserer Ort, wenn nur alle so wären wie er. Aber es kann nicht nur Gewinner geben. Oder nur Orhans.

Darauf erst mal einen Schnaps.

Leben wie ein Baum, einzeln und frei und brüderlich wie ein Wald, das ist unsere Sehnsucht, hat Hikmet geschrieben. Das ist derjenige der drei Orhans, der Nâzım heißt. Kommen wir hier mit den Namen und Zahlen durcheinander? Oder ist es wie bei den Heiligen Drei Königen, die eigentlich nur zwei waren, nämlich Balthasar?

Egal. Der Baum. Der Wald. Die Vögel, die man fragen muss und die ihren Weg nicht in Hikmets Zeilen gefunden haben. Die Zeilen aber den Weg in alle Münder.

Es ist wie bei den optischen Enttäuschungen, die man kennt. Die Linien, die kürzer und länger wirken und dann tatsächlich nicht gleich lang sind. Die drei Zweiecke, die genauso viele Ecken zu haben scheinen wie zwei Dreiecke. Die Kreise, die von der einen Seite wie Eisenkugeln aussehen und von der anderen wie Gefängnisse.

Darauf erst mal einen Schnaps.

Trinken Sie heute nicht etwas viel und reden wirr?, fragt der Blinde.

Nein, singen wir, nein, nein, nein, nein, zehn kleine Negerlein. Das ist nur eine weitere optisch-akustische Enttäuschung.

In diesem Land, das anscheinend Baummetaphern anzieht, ist Istanbul die größte Stadt. Eine Stadt, in der es kaum Bäume gibt. Komisch, nicht? In diesem Land sind die Menschen nicht brüderlich wie ein Wald, sie sind verbunden mit Sätzen. Sie sind verschwistert mit Geschichten. Sie sind verwoben mit Melodien. Sie treffen sich in Gefühlswelten. Sie können sich einigen auf Namen. Egal, welche Schicht und welches Alter. Die Jungen lehnen die Kultur der älteren Generation nicht ab, sie kennen alle dieselben Filme, dieselben Sänger, dieselben Schauspieler, und sie lieben sie. Sezen Aksu. Barış Manço. Kemal Sunal. Cüneyt Arkın. Aber auch Aziz Nesin. Sie teilen alle ein Erbe an Musik, an Film, an Literatur.

Die Helden überdauern ihre Generation und werden weitergereicht an die nächste und kommen nicht aus der Mode. Die, die aus der Mode kommen, werden weitergereicht ans Ausland.

Darauf trinken wir unverzüglich.

Alle in der Stadt ohne Bäume kennen Nasreddin Hodscha und seine Geschichten. Die drei Viertel der türkischen Bevölkerung, die nicht in Istanbul leben, kennen die Geschichten auch. Und noch viel mehr. Nasreddin Hodscha ist im gesamten zentralasiatischen Raum bekannt, eine Schelmenfigur mit philosophischem Tiefgang.

Till Eulenspiegel, ruft der Blinde.

Ja, ja, sagen wir, aber wie oft kommt der im Alltag vor? Hier sagen die Leute jeden Tag: Wie bei Nasreddin Hodscha. Alle kennen die Geschichten und Anekdoten. Allgemein. Gut.

Darauf erst mal einen Schnaps, Krishna Mustafa weiß gar nicht, was er verpasst, herrlich, dieser Feigenschnaps. Schnaps, Schnaps, Schnaps. Ah.

Timur hatte der Stadt einen Elefanten geschenkt, fangen wir nach dem letzten Schnaps an zu erzählen. Der Elefant fraß den Händlern das Obst und Gemüse weg und verwüstete dabei den gesamten Marktplatz. Die Menschen fürchteten sich vor ihm. Sie gingen zum Hodscha und fragten, was zu tun sei. Wir müssen zu Timur und ihn bitten, den Elefanten zurückzunehmen, sagte der Hodscha. Wenn wir alle zusammen gehen, wird er sehen, dass es ein Problem gibt, und nicht wütend werden, weil wir sein Geschenk ablehnen.

So machte sich die gesamte Stadtbevölkerung mit dem Hodscha an der Spitze auf zu Timur, um den Elefanten wieder loszuwerden. Doch die Leute fürchteten sich vor Timur.

Moment, sagt der Blinde, wer ist dieser Timur?

Der Mann, der Wikipedia geschrieben hat, weisen wir ihn unwirsch zurecht. Der Alkohol macht uns fröhlich, aber nicht freundlich.

Weil sie sich fürchten, fahren wir fort, verdrücken sich auf dem Weg einige von ihnen und denken, dass ja immer noch genug da sind, um Timur die Wichtigkeit des Anliegens zu verdeutlichen. Die Gruppe schrumpft immer weiter, und als der Hodscha zu Timur vorgelassen wird, sagt er: Lieber Timur, dieser Elefant, den du uns in deiner Freundlichkeit geschenkt hast …

Er dreht sich noch mal um und sieht, dass keiner mehr hinter ihm steht. Keiner. Er ist allein vor dem Herrscher.

Jaa …?, sagt Timur.

... er fühlt sich so allein, sagt Hodscha, wir wollten fragen, ob wir nicht noch einen zweiten haben können.

Und das soll lustig sein?, fragt der Blinde.

Trink doch einen mit, sagen wir. Weißt du, eines Nachts wurde beim Hodscha eingebrochen, und als er es am nächsten Morgen bemerkte, erzählte er es den Nachbarn. Und alle seine Nachbarn hatten eine Meinung dazu. Aber Hodscha, dein Fenster war ja auf über Nacht. Aber Hodscha, du hättest nicht überall herumerzählen sollen, dass du ein gutes Geschäft gemacht hast. Aber Hodscha, warum hast du das Geld nicht unter deinem Kopfkissen versteckt? Aber Hodscha, was hast du denn für einen Schlaf, dass du nicht merkst, wenn ein Dieb ins Haus kommt? Aber Hodscha, bist du denn nicht versichert?

Ach, sagte der Hodscha, wenn ich euch richtig verstehe, dann trifft den Dieb nicht die geringste Schuld.

Victim blaming, sagt der Blinde, alter Hut.

Er bekommt einen müden Seitenblick und wir gießen uns den Nächsten nicht ins Glas, sondern setzen die Flasche an. Dann singen wir das bekannte und beliebte Lied *Dicke Eier, Weihnachtfeier*, gefolgt von der *Ballade des Reinstecke Fuchs, Stoß fester an Silvester*.

Der Text? Ist doch nur Schweinkram, lieber Leser, wenn du dich dafür interessierst, gib doch einfach *Warum liegt hier überhaupt Stroh rum?* in die Suchmaschine ein. Oder etwas schmuckvoller, Prinz Albert oder KVV und KVH. Das Leben ist schließlich kein Pornohof.

**Neunzehntes Kapitel, in dem gewohnt und gewaschen wird, Yunus und Esra den Film fertigstellen und Krishna Mustafa im Menschenmeer schwimmt**

Ich gebe Isa das Geld für die Miete.

Dein Leichenhemd sei gesegnet, sagt er.

Ja, sage ich, man soll das Geld ausgeben, solange man noch lebt.

Ist doch komisch, sagt er, dass man für das Wohnen so viel Geld ausgibt. Und dann sagen alle, wir würden in einer Konsumgesellschaft leben. Das stimmt gar nicht. Wir leben in einer Wohngesellschaft. Häuser kann man nicht konsumieren und alle wollen wohnen, deshalb geht es der Wirtschaft hier gut. Beim Auto, beim Fernseher, beim Handy, da kann sich ja jeder dagegen entscheiden, aber obdachlos möchte niemand sein. Und dann tun die so, als würde man ihnen die Häuser wegkonsumieren, und nehmen Geld dafür. Deshalb träumen ja so viele von einem eigenen Haus, damit sie diese Miete nicht mehr zahlen müssen. Damit sie das Gefühl loswerden, sie würden dafür bezahlen, Wände zu konsumieren, die sich nie abnutzen.

Ich versuche ihm zu erklären, wie ich mich vertan habe mit der Miete.

Bei dir weiß man manchmal nicht so genau, sagt er.

Was?

Ob du ein Fuchs bist oder eine Kuh. Ich weiß, ich weiß, wehrt er sofort ab. Du bist kein Tier und du magst keine Tiervergleiche. Aber du bist kein Türke, so viel kann ich dir sagen. Wir sind nämlich Füchse. Alle. Also wir halten uns für pfiffig. Und wir prahlen damit. Weißt du, als ich beim Militär war, da waren die Duschen in einem anderen Gebäude und wir durften nur einmal in der Woche dorthin. Und das waren auch nicht so Duschen, wie du sie kennst, sondern das waren Einzelkabinen mit Becken wie im Hamam, in die hat man Wasser gefüllt und sich das Wasser dann mit einer Schale übergegossen. In manchen Becken haben die Stöpsel gefehlt. Einige meiner Kameraden haben dann stattdessen ihre Unterhose reingestopft. So clever ist hier jeder. Aber die richtig Cleveren haben einfach Stöpsel mitgenommen. Dann weißt du, dass du nächstes Mal auf jeden Fall einen Stöpsel für das Waschbecken hast. Und die ganz Cleveren wie ich haben jeden Stöpsel, den sie finden konnten, mitgenommen. Und beim nächsten Duschen habe ich dann Stöpsel vermietet. Waschen ist ja wie wohnen, jeder will es. Die ersten Male habe ich ein paar Zigaretten für einen Stöpsel genommen, Zigaretten sind eine gute Währung beim Militär und im Knast. Aber ich dachte: Nein, ich bin Geschäftsmann. Also habe ich nur gegen Geld vermietet. Und als ich ein wenig Geld zusammenhatte, habe ich das Geschäft erst richtig aufgezogen. Ich habe mir von draußen Stöpsel mitbringen lassen. Die habe ich mit Gewinn verkauft. Das war schon mal Geld, aber Angebot und Nachfrage regeln den Markt. Also habe ich zwei Männer dafür angestellt, dass sie Stöpsel mitgehen lassen, wo immer sie sie finden, so konnte ich einen Kreislauf generieren. Ich konnte denselben Stöpsel wieder und wieder und wieder verkaufen. Die anderen sind ja nicht doof, aber ich war gewitzter. Ich habe zwei andere Männer dafür bezahlt, dass sie die Stöpsel bei sich verstecken, und als ich angeschwärzt wurde, haben die bei der Durchsuchung nichts gefunden. Als alles lief, habe ich expandiert und in jeder Kompanie einen angestellt, der Stöpsel verkauft. Wir waren eine richtige Stöpselmafia. Ich bin Chef geworden. Pate. Ich musste selbst gar nicht mehr arbeiten. Die Zeit beim Militär war nicht schlecht, man musste nicht für das Wohnen bezahlen, dafür war es schwer, zu telefonieren und zu ficken. Kein so schlechter Tausch. Die Zeit beim Militär war nicht schlecht, aber die hat irgendetwas mit meinem Kopf gemacht. Wir haben nichts gelernt da drinnen, 18 Monate Stillstand im Kopf, und ich dachte hinterher, ich müsste unbedingt an die Universität und mein Hirn fordern. Dabei war ich ja schon klug genug. Je mehr ich später gelernt habe, desto mehr habe ich verstanden, und je mehr ich verstanden habe, desto mehr habe ich mich geekelt. Weißt du, heute kommt es mir asozial vor, was ich damals gemacht habe. Es ist einfach besser, wenn ich nicht rausgehe. Es ist besser, daheim und dumm zu sein und Miete zu zahlen. Findest du das nicht auch asozial, was ich damals gemacht habe?

Ich weiß nicht, sage ich. Wir sind in den Sommerferien mal nach Köln gefahren, zu Zora, einer Freundin meiner Mutter aus ihrer Studienzeit. Zora war dick und hat dauernd so süße Sachen vom Bäcker gegessen, die sie Teilchen nannte und die ich ihr nicht wegessen durfte. Ich muss in der ersten oder zweiten Klasse gewesen sein, mein Vater war dabei und wir übernachteten zu dritt auf einem ausziehbaren Sofa in Zoras Wohnzimmer. Sie wohnte nicht weit weg von einem Wildpark, wo es Automaten mit Futter für die Ziegen und die Ponys gab. Das erste Mal, als wir alle vier zusammen dort waren, waren die Automaten leer. Alle fünf oder sechs, die es gab. Es muss ein Sonntag gewesen sein. Danach bin ich fast jeden Tag mit meinem Vater dorthin, während Zora und Mutter irgendetwas anderes gemacht haben. Ich durfte immer so viel Futter an die Tiere verfüttern, wie ich wollte, das Wetter war gut und ich durfte auch durch den Bach laufen. Und dann haben sich meine Eltern gestritten.

Und ich dachte, du kümmerst dich um den Jungen, hat Mutter in Zoras Küche geschrien.

Tue ich ja, hat Vater gesagt.

Du bist dort, um Geschäfte zu machen. Der Junge ist nur dein Vorwand.

Und wenn es so wäre. Erst bekomme ich monatelang zu hören, dass ich nicht arbeite und nur auf der faulen Haut liege, aber wenn ich arbeite, ist es dir auch nicht recht.

Das ist keine Arbeit.

Ach, nein? Seit wann ist An- und Verkauf keine Arbeit? Du hast noch nie verstanden, wie Wirtschaft funktioniert, du lässt dich lieber ausbeuten und nennst es Freiheit.

Das ist asozial, hat meine Mutter gesagt.

Nachdem ich die Geschichte zu Ende erzählt habe, sagt Isa: Dein Vater hat morgens die Futterautomaten leergekauft und dann das Futter zum doppelten Preis an die Leute verschachert? Einer von uns, kein Zweifel.

Das ist nicht asozial, hat mein Vater damals gesagt. Es ist asozial, Automaten zu haben und sich nicht darum zu kümmern, dass sie stets gefüllt sind. Er sei sozial, hat er gesagt, weil er dafür sorgt, dass jeder, der möchte, auch Futter kaufen kann. Und dass die vom Ordnungsamt sich mal nicht so anstellen sollen. Und was das denn für eine freie Marktwirtschaft sein soll, wo jede private Initiative verboten ist.

Isa nickt.

Und was soll mir diese Geschichte sagen? Dass der Kopf der Türken nun mal so tickt? Dass man sich weniger asozial fühlen muss, wenn alle so sind? Dass soziales Verhalten abhängig vom finanziellen Gewinn ist? Ich habe mich geändert.

Findest du es sozial, zu Hause zu sitzen und nie rauszugehen und immer nur mit mir zu reden?

Isa schüttelt den Kopf.

Nein, sagt er, aber wenigstens bin ich nicht mehr stolz darauf. Aber du bist stolz darauf, jetzt als Rapper zu gelten, oder?

Stolz nicht, sage ich. Aber ich finde es lustig, die Videos haben mittlerweile fast eine halbe Million Klicks.

Rap doch mal, sagt er und fängt an zu beatboxen.

Ich imitiere Ol' Dirty auf Deutsch, erst improvisiere ich etwas mit Oregano und Frauen und Harems und schließe dann mit Worten meiner Mutter: Oh, Stern und Blume, Geist und Kleid, Lieb, Leid und Zeit und Ewigkeit.

Wow, sagt Isa, Respekt. Pass auf, dass du nicht berühmt wirst.

Esra und Yunus möchten nicht berühmt werden. Sie sind fertig mit der Dokumentation über Gezi und haben sie ins Netz gestellt. Anonym und mit Passwort geschützt. In den letzten Wochen haben sie immer wieder kleine Sequenzen gezeigt, mit denen sie zufrieden waren, aber heute sehe ich den Film zum ersten Mal in voller Länge. Es sind fast zwei Stunden geworden.

Aber ich habe doch Videos von den Gezi-Protesten im Internet gesehen, habe ich zu Laura gesagt, als sie mir vorgeworfen hat, ich würde mich nie mit meiner Identität auseinandersetzen.

Ja, aber nur, weil Hase das cool findet, hat sie entgegnet.

Man darf sich auch nicht aus den falschen Gründen mit seiner Identität beschäftigen, denn dann ist es nichts wert. Es stimmt ja, ich habe angefangen, die Clips auf YouTube zu gucken, weil Hase so begeistert war, aber sie haben mir dann wirklich gefallen. Die Energie habe ich tatsächlich gefühlt.

Bei Esras Film sehe ich, was ich alles nicht wusste. Mir war nicht klar, wie klein das alles angefangen hat, mir war nicht klar, wie lange die Proteste andauerten, vor dem Rechner kam es mir vor wie eine Woche, aber es war fast ein Monat. Mir war nicht klar, wie voll der Taksim-Platz war auf dem Höhepunkt der Proteste. Bei Aufnahmen von oben kann man keinen Millimeter Beton sehen, der ganze Platz ist schwarz vor Menschen. Und dann sieht man das Schwarz vor lauter Tränengas nicht mehr. Ich wusste nicht, dass die Polizei Tränengas in die Wasserwerfer gefüllt hat. Ich wusste nicht, dass sie Tränengasgranaten in das Deutsche Krankenhaus hineingeschossen haben. Ich wusste nicht, wie viele Verletzte in der Dolmabahçe-Moschee behandelt wurden. Und wie schwer sie verletzt waren. Bei manchen Bildern habe ich weggeschaut und mir gewünscht, sie würden eine Hymne spielen.

Ich wusste nicht, dass hinterher behauptet wurde, in der Moschee sei Alkohol getrunken worden. Ich wusste nicht, dass der Muezzin das als Lüge bezeichnete und daraufhin versetzt wurde. Ich wusste nicht, dass die Polizisten tagelang am Stück im Einsatz waren. Sie waren so müde, dass sie den Demonstranten vorschlugen, dass alle nach Hause gehen und sich mal ausruhen. Morgen könne man sich ja wiedertreffen. Ich wusste nicht, dass es besonnene Diskussionen zwischen Polizisten und Demonstranten gab. Aber ich habe auch nicht gesehen, mit welcher Brutalität die Polizisten zuschlugen. Und ich habe nicht gewusst, dass Starbucks sich geweigert hat, den Demonstranten Zuflucht zu gewähren. Starbucks.

Ich habe nicht gewusst, wie viele Tote es gab, wie viele Verletzte, wie viele Menschen ein Auge verloren, wie viele festgenommen wurde, wie viele Polizeifahrzeuge während der Proteste zerstört wurden. Die Zahlen habe ich schon vergessen, als sie ausgeblendet werden. Was ich mir merken kann, ist, dass während der Gezi-Proteste in der Türkei mehr Tränengas eingesetzt wurde als sonst im ganzen Jahr weltweit.

Ich könnte weinen, als der Abspann läuft, ich könnte weinen, aber gleichzeitig habe ich das Gefühl, ich müsste aufstehen und etwas tun. Als würden die Bilder, die ich gesehen habe, irgendetwas in mir bewegen, verschieben, und ich muss dann raus und die Welt geraderücken.

Und?, sagt Esra.

Ist toll geworden, sage ich. Das letzte Mal, dass ich so bewegt war, war nach diesem Film über Jesus, den ich gesehen habe, als ich klein war.

Jesus? Wer ist denn Jesus?

Das war eine Art Arzt, der hat Menschen geheilt, die unheilbar krank waren, und auch ein Art Koch, der mit zwei Fischen und drei Broten irgendetwas gemacht hat, dass ganz viele Menschen satt geworden sind. Er war wie Kanye West, er hielt sich für den Größten und hat gesagt: Ich bin das Licht der Welt. Und er ist immer aufgetreten, egal wie sehr die Römer versucht haben, das zu verhindern. Er hat Wein getrunken, ist aber nie aggressiv geworden. Und wenn er gegessen hat, haben sich immer alle auf seine Seite des Tisches gesetzt. Es gibt ganz viele Bilder davon. Ich fand ihn cool, und obwohl ich wusste, wie es ausgeht, konnte ich vor lauter Aufregung kaum hingucken. Jedes Kind weiß ja, dass er am Kreuz endet und die Römer gewinnen, aber ich wollte trotzdem, dass Jesus gewinnt. Und jetzt war es auch so. Ich wollte die ganze Zeit, dass die Demonstranten gewinnen. Nur dass ich jetzt 24 bin und nicht mehr 7.

Ach, *der* Jesus, sagt Yunus und lacht. Hoffentlich wird dein Türkisch nie besser. Dieser Jesus hat ja gewonnen. Er hängt überall im Westen. Und die Römer, wo sind die Römer heute? Sind alles Christen geworden. Also werden wir auch gewinnen.

Er nimmt Esras Hand, die beiden sehen sich an und lächeln und ich muss an Laura denken. Obwohl es nicht sehr weh tat, als wir geskypt haben, ist es jetzt wieder, als würde ein Stück von mir fehlen.

Ich will rausgehen, sage ich. Ich will irgendetwas machen. Mich bewegen. Menschen umarmen, Gesichter sehen, die Arme ausbreiten, springen ...

Tanzen, sagt Esra. Du möchtest tanzen, zu der Musik, die wir sind.

Sie sieht Yunus an. Er kann die Liebe sehen, sagt sie, er kann die Liebe sehen in dem Tränengasnebel zwischen all den Knüppeln und Wasserwerfern. Er kann die Musik hören in dem Lärm und Geschrei. Nur für ihn hat sich der Film schon gelohnt. Kein Glaube gleicht der Religion der Liebe. Gezi war ein Gedicht, geschrieben von Millionen Herzen. Gedichte sind nur das Gekritzel zu der Musik, die wir sind. Wir waren alle gleich. Und die, die uns für verrückt gehalten haben, für deren Ohren ist diese Musik nicht geschaffen. Seit Jahrhunderten hat alles hierher geführt. Nicht Politik ist die Antwort, nicht Wirtschaft, nicht Geld, nicht Sex, nicht Drogen. Liebe. Der Winter ist vorbei. Es ist an der Zeit, von der Liebe zu schreiben, egal, ob der Stift bricht oder das Papier reißt. Wir werden irgendwann auf diese Tage zurückblicken und sagen: Dort hat es angefangen, dort hat die Liebe uns überrollt. Wir haben es geschafft, Yunus. Wenn Mustafa das sehen kann, dann kann jeder es sehen, der ein Herz hat.

Sie hat Tränen in den Augen. Ich auch. Ich glaube, es könnte etwas ganz Neues anfangen. Dabei fand ich das Alte ja gar nicht schlecht. Aber jetzt bin ich hier und fühle mit Esra.

Yunus macht Musik an. Ska. Im Refrain heißt es, dass alles schön wird. Wir tanzen im Zimmer. Esra und ich. Yunus sitzt da und bewegt nur den Kopf zur Musik.

Wir tanzen.

Wir tanzen.

Und dabei weine ich ein wenig. Und dann kommt ein neues Stück türkischer Ska, in dem es heißt, dass müde werden nicht gilt und dass es immer weitergeht. Wir tanzen. Ich schließe die Augen. Die Welt ist groß. Was soll ich mit einer kleinen Identität?

Nach dem Stück lasse ich die beiden allein und gehe raus. Tanzen reicht mir nicht, ich möchte draußen sein. Allein. Und doch nicht allein. Ich bin ein Teil von einem Menschenmeer. 17 Millionen Menschen in dieser Stadt und ich schwimme mit ihnen auf den Straßen, ich schwimme im Geräusch der Motoren und Hupen und Hubschrauber, ich schwimme im Baulärm, in den Rufen der Straßenhändler, ich schwimme in diesen deutschen Sprachfetzen, die man an fast jeder Ecke hört, in den arabischen, ich schwimme in der Sprache, auf dem Beton, ich schwimme zwischen Sesamkringeln und frischen Obstsäften, ich schwimme zwischen Gebetsrufen und Kirchen, zwischen Betonmischmaschinen und halbfertigen Hochhäusern, ich schwimme durch diese Stadt, als könnte ich jahrelang durch ihre Straßen treiben und glücklich dabei sein.

Mein Kopf ist ganz durcheinander und denkt komische Sachen, aber irgendetwas in mir fühlt sich groß an. Viel größer als mein Kopf. Ich würde gerne jemanden küssen, aber ich brauche niemanden.

Kein Glaube gleicht der Religion der Liebe.

Gedichte sind nur das Gekritzel zu der Musik, die wir sind.

Das hat Esra schön gesagt.

**Zwanzigstes Kapitel, in dem Gott spricht, Katzenfutter seinen Weg zu den Katzen findet und Emre erklären muss, warum er kein Bier trinkt**

Das waren nicht meine Worte, sagt Esra, als ich ihr ein paar Tage später erzähle, wie schön ich den Satz mit den Gedichten und der Musik fand und wie lange ich mit dem Gefühl dieses Satzes einfach durch die Stadt gelaufen bin, von Mecidiyeköy nach Beyoğlu von dort runter nach Karaköy von da nach Eminönü, wo ich in der Yeni Cami gebetet habe, von dort bis zur Universität und dann zum großen Bazar.

Die Worte stammen von Mevlana, einem muslimischen Mystiker aus dem 13. Jahrhundert, dem Gründer des Sufi-Ordens, dessen tanzende Derwische sich die Touristen heute so gerne anschauen. Des Ordens, dem auch Esras Vater angehört.

Was ist eigentlich ein Mystiker?

Jemand, der die Erfahrung gemacht hat, dass alles eins ist. Jemand, der eine tiefe Verbundenheit mit Gott gespürt hat, mit der Natur, mit allen Menschen. Jemand, der von Liebe erfüllt ist und keine Grenzen kennt. Vielleicht ein bisschen so, wie du dich gefühlt hast, als du durch die Straßen gelaufen bist.

Aber warum glaubt man denen, dass sie so eine Erfahrung gemacht haben und nicht bloß irgendetwas erzählen?

Weil sie das ausstrahlen.

Man weiß, was dieser Mevlana vor Hunderten von Jahren ausgestrahlt hat?

Ja. Hätte er nicht diese Liebe empfunden, hätte er nicht die Schönheit gesehen und die Wonne erlebt, hätte er nicht so darüber schreiben können.

Alles ist eins?, sage ich. Davon redet Hase manchmal auch. Dass wir uns als getrennt von der Welt erleben, aber in Wirklichkeit ist alles mit allem verbunden. Aber Hase strahlt das nicht aus. Und ich glaube auch nicht, dass das so ist.

Wieso?

Wenn alles eins wäre, gäbe es keine Musik.

Wie?

Na, man braucht ein Instrument und jemanden, der es spielt. Man braucht eine Stimme und jemanden, der sie benutzt. Man braucht einen Tonträger und etwas, das ihn abspielt. Egal, was man machen will, es muss doch immer zwei geben. Das Spiel und den Spieler. Wenn es nur eins gibt, passiert nichts.

Richtig, sagt Esra. Aber es gibt einen Ort, wo alles eins ist. Oder ein Gefühl. Man kann das selber nicht erleben. Nicht mit dem Ich, das man zu sein glaubt, denn an diesem Ort löst sich das Ich auf. Wie ein Tropfen in einem Ozean.

Das heißt, ich habe auch keine Identität dort?, sage ich.

Richtig, sagt sie. Identität ist ja sowieso nur eine Geschichte. Wir sagen, es gab einen persischen Mystiker namens Mevlana, der in Afghanistan geboren wurde und in der Türkei gestorben ist und nach dem ein Orden benannt ist, aber das ist nur das, was man bei Wikipedia lesen kann, nicht das, was wichtig ist. Letztlich war da nur Liebe. Du bist ein Tropfen in einem Ozean, aber gleichzeitig bist du der ganze Ozean in nur einem Tropfen. Wir erzählen eine Geschichte über Mevlana, damit die Liebe fassbar wird. Die Geschichte ist egal, sie ist nur das Gefäß. Es gibt keine Identität, es gibt kein Ich.

Ich verstehe das nicht. Es gibt mich ja. Krishna Mustafa.

Ja, du bist so und so groß, hast schwarze Haare, bist 24 Jahre alt und magst keine türkische Schokolade. Du hast Hymnosomnie und dein Türkisch ist ein bisschen seltsam. Das ist das Gefäß. Aber du bist Liebe. Wie alle anderen auch. Du bist hier, weil es Liebe gibt. Die war vor dir hier, die wird nach dir hier sein.

Wenn ich Liebe bin, warum hat Laura mich verlassen?

Das kann ich nicht wissen, ich kenne Laura nicht. Aber ich glaube, sie wollte mit jemandem zusammen sein, der das Leben ernster nimmt. Sie will Liebe, aber sie möchte, dass sie anders aussieht.

Ich will gar nicht anders aussehen.

Ich weiß, sagt Esra und lächelt.

Wenn sie lächelt, ist auf ihrer linken Wange ein Grübchen. Dort würde ich gerne mal wohnen. Da muss man auch keine Miete zahlen. Vielleicht versteht Esra wirklich etwas von Liebe. Wenn ich länger mit ihr rede, fühle ich mich tatsächlich wie ein Gefäß, wie eines, das gerade gefüllt wird.

Aber was ist dann das, was die Menschen Identität nennen?, frage ich.

Eine Geschichte mit weil, sagt Esra. Ich bin so aufbrausend, weil ich Türke bin. Ich bin so melancholisch, weil ich Türke bin. Ich bin so pünktlich, weil ich Deutscher bin. Ich arbeite so viel, weil ich Deutscher bin. Das ist Identität, ganz viele Weils, die logisch klingen. Ich bin schüchtern, weil ich Türke bin, das klingt nicht so logisch. Oder ich bin so faul, weil ich Deutscher bin. Trotzdem gibt es schüchterne Türken und faule Deutsche. Stell es dir vor wie einen Spaziergang am Strand. Überall ist Sand. Wer dort nach Identität sucht, der betrachtet die einzelnen Sandkörner und erklärt, warum sie dort sind und was sie von anderen Sandkörnern unterscheidet. Jedes Korn ist einzigartig auf seine Art, aber was letztlich zählt, ist doch nur der Sand.

Das verstehe ich nicht. Es gibt ja Länder, die haben gar keinen Strand.

Esra lacht.

Man findet immer das, was man sucht, sagt sie.

Das verstehe ich auch nicht. Ich habe meine Identität ja nie verloren, warum sollte ich sie dann suchen? Und was ist mit Wurzeln? Was hat meine Identität mit Wurzeln zu tun?

Hast du schon mal einen Baum im Flugzeug gesehen?

Nein, wieso?

Menschen fliegen in Flugzeugen, sie haben keine Wurzeln. Wurzeln sind die falsche Metapher.

Hm, das ist also rhetorisch und stimmt gar nicht ... Gott hat mir gesagt, dass Laura nicht die Richtige für mich ist. Aber ich glaube ihm nicht. Warum tut es denn immer noch weh, wenn ich an sie denke?

Gott hat mit dir gesprochen?

Ja.

Wirklich? Er spricht mit dir? Seit wann?

Seit ich die Apps habe und versuche, jeden Tag fünfmal zu beten.

Sie lacht nicht.

Was genau hat er gesagt?

Er hat es nicht gesagt, als würde er in mein Ohr sprechen. Es war mehr, als könnte ich ihn irgendwie anders hören. Wie eine Stimme in mir, die aber nicht meine ist. Gott hat gesagt, dass Laura vielleicht nicht die richtige Frau für mich ist.

Wie lange bist du jetzt noch hier?

Bis Ende Februar.

Er möge dir beistehen, dass du bis dahin nicht in Schwierigkeiten gerätst. Erzähl niemandem, dass Gott mit dir gesprochen hat. Da kommst du bloß in Teufels Küche.

Wieso?

Weil die Menschen dann glauben, dass du sie nicht mehr alle hast. Bestenfalls. Oder dass du Gott lästerst.

Wenn ich mit Gott rede, dann nennt man das Gebet, und wenn Gott mit mir redet, dann ist es Gotteslästerung?

Nicht in der Öffentlichkeit nackt ausziehen und nicht über den Islam sprechen, nicht über deine Apps auf dem Handy reden, niemandem erzählen, dass du in Deutschland für einen Dschihadisten gehalten wirst. Immer deinen deutschen Ausweis dabeihaben.

Hast du nicht ein bisschen zu viel Angst?

Sind das nicht ein paar zu viele Polizisten, die du jeden Tag siehst?

Man hört den Schlüssel in der Tür, das muss Yunus sein. Er wird schneller eifersüchtig, wenn Esra und ich über Themen reden, die für ihn ernste Themen sind. Das hat Esra mir verraten.

Hier laufen überall Katzen herum, sage ich deshalb rasch. Aber ich habe noch nie jemanden kennengelernt, der eine Katze besitzt.

Ja, sagt Esra, die meisten Katzen, die du siehst, sind Straßenkatzen.

Aber die Katzen ernähren sich nicht von Abfällen, sondern von gekauftem Katzenfutter.

Ja, und?

Die Menschen kaufen hier Katzenfutter, um es auf die Straße zu schütten?

Ja.

In Deutschland streuen die Menschen höchstens im Winter Salz auf die Straße, wenn es friert. Doch diese Stadt ist wie ein riesiges All-you-can-eat-Katzenbuffet. Unten an der Galata-Brücke ist so ein komischer Kerl, der füttert jeden Abend dreißig Katzen mit Fleischresten, die er beim Metzger besorgt. Vielleicht ist das hier der Katzenhimmel. Die guten Katzen, die woanders sterben, werden hier wiedergeboren. Hier sind sie frei, werden gestreichelt und gefüttert und niemand außer den Touristen fotografiert sie, um sie ins Internet zu stellen. Die Menschen kaufen etwas im Laden, um es auf die Straße zu kippen, das finde ich toll.

Dann sehe ich Esra an. Und dann ist mein Mund schneller als mein Kopf.

Das ist ja auch ein Zeichen von Liebe, sage ich.

Ich merke, wie Yunus sich versteift. Er bekommt schlechte Laune, wenn ich so ein Wort wie Liebe in den Mund nehme, wenn Esra im Raum ist.

Jetzt habe ich ganz vergessen, dass ich noch Emre anrufen muss, sage ich und ich stehe auf.

Boah, sagt Emre, das ist echt anstrengend hier. Es ist ein gutes Land zum Biertrinken, aber es ist ein schlimmes Land, um nichts zu trinken. Ich wollte mal eine Pause machen, mir reicht es gerade mit dem ganzen Bier. Aber so einfach ist das nicht. Wenn du hier nichts trinkst, wollen immer alle wissen warum. Man kann nicht einfach nur nein sagen, man muss auch noch eine Begründung liefern. Als ginge das irgendjemand etwas an. Die haben kein Schamgefühl.

Ich kenne das, sage ich. Ich muss auch immer erklären, warum ich nicht trinke. Aber ich sage dann immer: Ich bin schon betrunken, sonst wäre ich nicht hier. Das ist mir mal eingefallen, weil Hase ja meint, dass ich naturstoned bin.

Ach, sagt er, wenn die sich nicht schämen zu fragen, schäme ich mich auch nicht, schnippische Antworten zu geben.

Was sagst du denn?

Ich bin schwanger. Selbst dann sagt der andere noch: Aber du bist doch ein Mann. Diese deutsche Redensart: Den Wink mit dem Zaunpfahl nicht verstehen, das gibt es bei uns ja nur umgekehrt: Leb demeden leblebiyi anlamak, Sachen verstehen, bevor sie jemand ausgesprochen hat. Hier reicht ein Zaunpfahl nicht, du könntest mit dem ganzen Garten winken und ihnen mit einem Baumstamm eins über den Kopf ziehen, die würden es immer noch nicht merken. Die Deutschen reden wahrscheinlich deshalb so wenig, weil sie sich eh nicht verstehen. Mann, ich habe schon gesagt, ich bin schwanger, dann halt doch einfach mal das Maul.

Sag doch, du seist Moslem.

Ich könnte auch sagen, dass ich Kinderschänder bin, das hat ja einen ähnlich guten Ruf. Es ist ja auch egal, was du antwortest, hinterher musst du dir anhören, wie viel der andere trinkt und warum. Die reden, weil sie sich selber zuhören wollen, die interessiert gar nicht, was ich sage. Integration funktioniert in diesem Land über Alkohol. Deswegen mögen sie keine Moslems. Wenn du nichts trinkst, gehörst du nicht dazu. Das war in England auch schon so. Ohne Alkohol kein Gemeinschaftsgefühl, nirgends. Die halten Alkohol für einen atheistischen Gott. Und dabei wissen sie gar nicht, dass das Wort aus dem Arabischen kommt.

Aus dem Arabischen?

Ja. Egal, wem ich das hier erzähle, alle glauben, ich rede Unsinn. Außer Hase natürlich. Al Qaida, Al Jazeera, Alhambra, Algebra, das kennen sie alle, aber dass Alkohol aus dem Arabischen kommen soll, glaubt niemand. Von Al kuhl, was ein Pulver war, um sich die Augenlider zu färben, und später verschob sich die Bedeutung zu Essenz. Die holen ihr Smartphone raus, gucken bei Wikipedia, und wenn sie es dort nicht finden, gehen sie davon aus, dass der Ausländer Unsinn redet. Warum sollte so ein großer abendländischer Gott einen arabischen Namen haben?

Na, Alkohol geht ja noch. Stell dir vor, sie hätten es Mohammed oder Ali genannt.

Mohammed oder Ali?

Ja, weil doch alle Araber so heißen. Das wäre doch lustig. Ich trinke keinen Mohammed. Wieso? Weil ich Mohammedaner bin. Oder: Die Drogenbeauftragte der Bundesregierung gab bekannt, dass der Konsum von Ali im letzten Jahr rückläufig war. Sie führt das auf die Aufklärungskampagnen der Bundesregierung zurück. Und auf die erhöhte Anzahl von Konvertiten.

Ich lache mich kaputt, Emre sieht mich nur kopfschüttelnd an. Das ist immer so. Nicht nur mit Emre. Wenn ich einen Witz mache, lacht keiner. Aber wenn ich die Wahrheit sage, dann lachen die Leute. Ich lache immer über die Witze der anderen. Auch wenn sie behaupten, sie hätten keinen gemacht. Sie machen ja doch Witze, dauernd. Sie sagen, dass sie arbeiten gehen, aber dann sitzen sie acht Stunden vor einem Monitor und schieben nur Zahlen hin und her und füllen Tabellen aus, drücken Strg v und Strg c und nennen das Arbeit. Das ist ja keine Arbeit, das ist etwas, das sie machen müssen, um Geld zu verdienen. Meine Mutter geht arbeiten, Laura geht arbeiten, Polizisten gehen arbeiten, Hase sitzt zu Hause und arbeitet, aber Yunus tippt nur auf Tasten herum. Die meisten, die nur vor Monitoren sitzen, können gar nicht mehr sehen, dass das lustig ist.

Ich verstehe Emre. Außer meinem Vater wollte hier noch niemand wissen, warum ich nicht trinke, aber das ist mir bisher gar nicht aufgefallen. Passen die Schuhe, vergisst man die Füße, sagt Hase immer. Und das ist nicht rhetorisch, er meint ja wirklich die Schuhe und wirklich die Füße, das ist nicht wie mit Vögeln und Bäumen, mit Ameisen und Grillen und so.

Vielleicht ist das ja Identität, sage ich. Man findet sich normal und manchmal ist man irgendwo, wo die anderen einen auch normal finden, dann muss man die Identität nicht suchen. Manchmal ist man aber irgendwo, wo die anderen einen nicht normal finden, dann sagen sie, man soll seine Identität suchen. Wahrscheinlich damit man normal wird. Dabei ist man die ganze Zeit über normal. Aber es reicht eben nicht, wenn man nur für sich normal ist, man muss auch für die anderen normal sein.

Emre lacht.

**Einundzwanzigstes Kapitel, in dem Krishna Mustafa sich mit seinem Vater über Tierfutter, die GEZ und das Geldverdienen unterhält**

Wir sitzen in einem Café an der Promenade in Beşiktaş, mein Vater bestellt einen doppelten Espresso und ich einen Cappuccino. Die letzten Tage hat es viel geregnet und es ist kälter geworden, doch heute scheint die Sonne, mein Vater hat eine verspiegelte Pilotenbrille auf. Als er einen Schluck von seinem Espresso genommen hat, ruft er den Kellner.

Was hast du unterwegs gemacht?, sagt er. Mein Espresso ist kalt. Nimm den hier mit und bring mir einen neuen. Heiß, als hättet ihr ihn auf dem Höllenfeuer gekocht. Los, los! Kalter Kaffee, sagt er, als der Kellner verschwunden ist, und schüttelt den Kopf.

Ich habe mich die Tage daran erinnert, wie wir zusammen in Köln waren, sage ich.

Bei Zora. Die war ja auch eine Type. Die hat geglaubt, die Männer haben Angst vor ihr, weil sie Feministin ist und weiß, was sie will. Die ist nicht auf die Idee gekommen, dass die Männer Angst davor haben, sich in ihren Fettschichten zu verlieren.

Weiß ich das noch richtig, dass du damals die Tierfutterautomaten leergekauft hast und dann das Futter an die Besucher verkauft?

Ja, sagt er, zum doppelten Preis. Das war fast so eine gute Gewinnspanne wie ...

Er unterbricht sich, und als er weiterspricht, senkt er die Stimme und wechselt ins Deutsche. Hat dir deine Mutter erzählt, womit ich mein Geld verdient habe, bevor wir uns kennengelernt haben?

Du hast Haschisch an Touristen verkauft.

Ja. Das war das einzige Mal, dass ich eine höhere Gewinnspanne hatte als bei diesem Tierfutter.

Rauchst du denn noch?, frage ich.

Schon lange nicht mehr, sagt er. Wenn man Erfolg haben möchte, darf man nicht stehenbleiben und zufrieden sein. Und Haschisch macht zufrieden. Haschisch ist gut, um Leute wie deine Mutter ruhigzustellen, sonst würde die noch viel mehr Rabatz machen. Wenn die nicht geraucht hätte, hätten wir uns wahrscheinlich schon früher getrennt. Und Haschisch ist gut, um Leute wie Hase beschäftigt zu halten, die glauben, dass sie dadurch etwas Subversives machen und gegen das System ankämpfen. Wenn Hase keine Drogen verkaufen würde, würde er vielleicht irgendwo Bomben legen.

Aber Tierfutter verkaufen war auch illegal, sage ich.

Ja, sagt er, aber woher hätte ich das wissen sollen? Ich wollte ja bloß ein paar Mark verdienen und konnte die Marktlücke sehen. In Deutschland ist geregelt, wie viele Packungen Tierfutter man aus dem Automaten ziehen darf. In Deutschland gibt es für alles eine Regel. Woher soll man denn wissen, dass man schon wieder eine bricht? Unwissenheit schützt vor Strafe nicht, sagen sie dann einfach.

Aber ist doch komisch, sage ich. Hier kaufen die Leute Tierfutter, um es auf die Straße zu kippen, und in Deutschland hast du Tierfutter gekauft, um es teuer weiterzuverkaufen.

Das Futter für die Katzen meinst du? Das war ja früher nicht so. Früher waren die Straßenkatzen hier abgemagert und hässlich und jeder hat ihnen statt Futter einen Fußtritt gegeben. Dann haben die Leute irgendwann ihre Tierliebe entdeckt. Weil sie die Menschen nicht mehr so lieben. Familien brechen auseinander, Brüder kämpfen gegeneinander, Kinder trachten nach dem Geld der Eltern, alle werden egoistischer und materialistischer, die Menschen vereinsamen, jeder sucht nur seinen Vorteil, keiner kennt mehr seinen Nachbarn, geschweige denn liebt ihn. Aber da ist immer noch Liebe in den Menschen, und weil keiner da ist, dem sie sie geben wollen, schenken sie ihre Liebe den Straßenkatzen.

Aber du bist doch auch hinter dem Geld her, oder?

Ja. Aber das war ich schon immer, sagt er. Es ist nicht schlimm, reich zu sein. Es ist nur schlimm, Geld über alles zu stellen.

Der Espresso kommt. Mein Vater sieht den Kellner an und sagt: Ist der wenigstens frisch geröstet oder warum hat das so lange gedauert?

Er ist heiß, mein Herr, sagt der Kellner.

Davon gehe ich aus, sagt mein Vater und reißt eine Packung Zucker auf, um sie in die Tasse zu rühren.

Dann wendet er sich wieder an mich.

Arm zu sein bedeutet nicht automatisch, einer von den Guten zu sein, sagt er. Ich weiß nicht, was deine Mutter versucht hat dir beizubringen, aber es ist nichts falsch daran, reich zu sein. Diese Welt dreht sich um Geld. Das ist ein Fakt. Und wer sich selbst nicht wertschätzt, der wird auch nie viel Geld verdienen. Geld zeigt nur nach außen, was du dir selbst wert bist.

Arme Leute sind selber schuld?

Nein, sie sind vielleicht nicht selber schuld, aber sie sind nicht die Guten. Die Geschichte von Unterdrückung und Ausbeutung ist eine Geschichte von Opfern. Man kann selbst entscheiden, ob man lieber Opfer oder lieber Täter sein möchte. Man kann Verantwortung für sein Leben übernehmen. Und damit auch für sein Bankkonto. Anstatt immer nur zu suchen, wo Schuldige sind, auf die man mit dem Finger zeigen kann. Der da, der kocht seinen Tee nicht selbst, das ist ein Macho, der da nimmt ehrlichen Menschen das Tierfutter weg, der ist asozial. Wenn du kein Geld hast, glaubst du immer, du hättest alles richtig gemacht und die anderen wären schuld.

Er nimmt einen Schluck von seinem Espresso und nickt lächelnd. Geht doch, sagt er und fährt dann fort: Siehst du, in Deutschland darf ich mit dem Kellner nicht so reden. In Deutschland bin ich dann unfreundlich und überheblich, in Deutschland wird so getan, als wären alle gleich. Aber das ist nicht so. Ich bin der Gast, er ist der Kellner. Was habe ich davon, zahlender Gast zu sein, wenn ich so tun muss, als wären der Kellner und ich gleichberechtigt. Er muss arbeiten und ich nicht. Ich kann mit dir hier sitzen und Kaffee trinken, während er schuften muss. In Deutschland muss man so tun, als gäbe es keine Hierarchien. Aber es gibt sie trotzdem, sie sind nur besser versteckt. Warum soll man sich die Mühe machen, die Wahrheit zu verstecken?

Ich ziehe die Schultern hoch.

Die Wahrheit ist wie Wasser, sagt er. Sie findet immer einen Weg. Die Wahrheit ist, diese Welt ist rund und man muss ein wenig geschmeidig sein, wenn man sich mitdrehen möchte. Deine Mutter und Hase sind stolz darauf, dass sie eckig sind. Dass sie nicht reinpassen. Sie glauben, sie könnten den Lauf der Dinge blockieren, sie könnten die Welt aus dem Tritt bringen. Aber nicht nur die anderen stoßen sich an den Ecken, sie selber stoßen sich auch. Dann sind sie stolz darauf, dass es weh tut. Weil sie ja noch etwas merken, während die anderen gedankenlos mitlaufen. Sie sind stolz auf ihren Schmerz und glauben, dass er sie aus der Masse erhebt. Ich bin stolz auf mein Geld, weil es mich auch aus der Masse erhebt. Ich laufe mit, aber nicht gedankenlos. Ich verstehe nicht weniger als diese ganzen Linken, die sich für klug halten. Vielleicht verstehe ich sogar mehr.

Sieh mal, dieser Schein.

Er holt einen Hunderter hervor.

Der kennt kein Gut und kein Böse. Jeder darf ihn anfassen. İtri ist auf der Rückseite. Frag mal, wie viele Leute wissen, wer das ist. Buhurizade Mustafa İtri. Frag mal, wer weiß, dass er ein Komponist war, der dem Mevlana-Orden angehörte.

Ah, Mevlana, sage ich.

Ja, sagt er. Sie drucken einen Anhänger Mevlanas auf einen Geldschein. Das Geld wehrt sich nicht, die Mevlana-Anhänger wehren sich nicht, die Gläubigen wehren sich nicht, die Ungläubigen wehren sich nicht. Es geht nicht um Gut und Böse hier in der Welt. Es geht darum, den Wert der Dinge zu erkennen.

Er lehnt sich zurück.

Lange Predigt, sagt er. Du bist mein Sohn. Jeder Vater möchte seinem Sohn etwas mitgeben.

Mutter sagt, du hast dich vor der Verantwortung gedrückt.

Vor welcher Verantwortung?

Dich um mich zu kümmern.

Er nickt.

Ich habe noch mal geheiratet, sagt er. Ich hatte auf einmal eine neue Familie, um die ich mich kümmern musste. Ich war weit weg.

Cihanfer und Afitab sind meine Halbschwestern, doch ich habe sie noch nie gesehen.

Aber weißt du, wer sich zuerst gedrückt hat? Deine Mutter. Am Anfang wollte sie ja hier bleiben, sie hat mich geheiratet, wir haben gemeinsam beschlossen, in Istanbul zu leben. Aber als es darum ging, dass du in die Schule kommst, wollte sie auf einmal unbedingt nach Deutschland. In dieses Land, über das sie vorher immer nur schlecht geredet hat. Weil das Schulsystem hier so autoritär ist, weil es keine Selbstständigkeit fördert, weil es auf Auswendiglernerei basiert. Als es darum ging, den vollen Preis dafür zu zahlen, dass sie hier lebt, hat sie gekniffen. Da war die Waldorfschule im verhassten Deutschland dann doch besser. Ich bin ja auch hier zur Schule gegangen, sagt er, aus mir ist auch etwas geworden.

Aber du hast dich nicht um mich gekümmert in den letzten zwölf Jahren, sage ich.

Meine Mutter und Laura sagen das immer, und ich möchte wissen, wie mein Vater darauf reagiert.

Ich hatte keine Lust, in dieses Land zu fahren, in dem mich alle für dumm halten, sagt er. Und ich hatte keine Lust, dich hierherzuholen und den ganzen Tag mit meiner Frau allein zu lassen, die sowieso immer eifersüchtig auf deine Mutter war. Frauen sind ja so, völlig ohne Logik verloren in Raum und Zeit. Sind eifersüchtig auf Frauen, die du nie kennengelernt hast, eifersüchtig auf Frauen, von denen du dich längst getrennt hast, eifersüchtig auf Frauen, die du kennenlernen könntest. Als du dann 2006 dein Facebook-Profil eingerichtet hast, konnte ich ja immer sehen, was du so machst, und ich hatte nicht den Eindruck, dass du meine Hilfe brauchst. Und die Arbeit hat mich natürlich auch sehr viel Zeit gekostet.

Was arbeitest du eigentlich genau?

Baubranche.

Nein, ich meine genau, was genau ist deine Arbeit?

Ich bekomme Aufträge und baue Gebäude.

Er trinkt noch einen Schluck. Ich lasse sie bauen, sagt er dann. Ich beaufsichtige die Baustellen, ich beaufsichtige die Bauleiter, ich delegiere die Aufgaben, ich ziehe die Aufträge an Land. Ich kenne die richtigen Leute, ich weiß, wie man mit ihnen reden muss, das zahlt sich aus. Das habe ich auch Erdoğan zu verdanken, ohne ihn würde es diesen Bauboom nicht geben. Im Ausland reden sie alle schlecht von ihm, er sei ein Despot, ein Islamist, ein Autokrat und was nicht alles. Aber niemand redet von Leuten wie mir, die endlich mal die Gelegenheit bekommen haben, ein paar Scheine zu machen. Natürlich ist er ein Führer, aber dieses Land liebt Führer, das war schon immer so. Und natürlich klauen und lügen die Führer. Aber wenn Erdoğan klaut, bleibt noch genug für andere übrig, das ist der Unterschied zu den vorherigen. Er schafft das Geld nicht nach draußen, es bewegt sich in der Türkei. Und islamistisch, ich bitte dich, wo soll der denn religiös sein, das ist nur Augenwischerei für die armen Leute. Erdoğans Welt dreht sich um Geld. Er hat den osmanischen Minderwertigkeitskomplex nicht in dieses Jahrtausend herübergerettet und das gefällt dem Westen natürlich nicht.

Er nimmt noch einen Schluck von seinem Espresso. Er wollte ihn heiß haben, aber er hat nur einen winzigen Schluck davon genommen, als er noch heiß war.

Apropos Eifersucht: Laura fand es komisch, dass ich nie eifersüchtig war. Yunus, mein Mitbewohner, ist schrecklich eifersüchtig. Deine Frau ist eifersüchtig. Ist das etwas typisch Türkisches, diese Eifersucht, ist das Teil meiner Identität?

Ach, sagt er, da wird hier mit zweierlei Maß gemessen. Wenn eine Frau hier eifersüchtig ist, dann ist sie eine Nervensäge, wenn ein Mann eifersüchtig ist, dann will er nur seine Frau und seine Ehre beschützen. Aber in Wirklichkeit ist Eifersucht nichts anderes als die Angst, den Partner zu verlieren, und wer gibt schon gerne zu, dass er Angst hat. Es gibt nur eine Sache, vor der die Menschen mehr Angst haben, als ihren Partner zu verlieren, und das ist, ihr Geld zu verlieren. Hat deine Mutter dir mal erzählt, wie sie wegen mir GEZ bezahlen musste?

Wegen dir auch?

Du kennst die Geschichte nicht?

Nein.

Da hat dieser Mann an der Tür geklingelt. Du warst in der Schule, deine Mutter war arbeiten.

Guten Tag, ich komme wegen dem Fernseher, hat er gesagt.

Wemwegen?, habe ich gefragt.

Weswegen heißt das, hat der mich korrigiert.

Dann müsste es ja *Ich komme wegen des Fernsehers* heißen, habe ich gesagt, aber das hat der nicht verstanden. Die Deutschen.

Sie erlauben, dass ich kurz reinkomme, hat er gesagt und dann war er auch schon drin und hat den Fernseher gesehen. Niemand hatte mir erzählt, dass da Denunzianten an der Tür klingeln, die die Grammatik ihrer eigenen Sprache nicht beherrschen und deren größtes Glück es ist, wenn sie einen nicht registrierten Fernseher finden, nachdem sie sich am Hausherrn vorbei in die Wohnung gedrückt haben, ohne auch nur die Schuhe auszuziehen. Was hat deine Mutter sich aufgeregt, obwohl die Sache mit ein paar hundert Mark geregelt war. Und ein halbes Jahr später wirft sie mir vor, ich sei asozial, weil ich Tierfutter verkaufe.

Den Fernseher hatten wir nur wegen deines Vaters, damit er türkische Sendungen gucken kann, hat Mutter gesagt, als wir den verkauft haben. Das war kurz nachdem

Vater in die Türkei war. Ich habe geweint und gebettelt und versprochen, dass ich auch nur türkische Sendungen schauen würde, aber sie war nicht umzustimmen. Doch das war dann doch nicht so schlimm, denn bald darauf habe ich mich mit Kevin angefreundet. Der hatte nicht nur einen eigenen Fernseher, sondern auch eine Spielkonsole.

Siehst du, sagt er, sie hat versucht, dich von diesen Dingen fernzuhalten, sie hat dir eine Welt geboten, die sie für dich zusammengestellt hat. Das nennt sie Erziehung zur Selbstständigkeit. Ich habe das nicht gemacht. Auch nicht, als ich noch da war.

**Zweiundzwanzigstes Kapitel, in dem Isa und Krishna Mustafa zu McDonald's gehen, dort Nesrin treffen und sich über Frisuren unterhalten**

Wenn ich rausgehe, geschieht bestimmt ein Unglück, sagt Isa. Wir können doch auch liefern lassen.

Ja, wir können auch liefern lassen. Aber ich habe Lust, hinzugehen.

Warum eigentlich am frühen Morgen?

Weiß ich nicht. Die haben keine Schokolade, der Kaffee schmeckt nicht besonders, aber ich bin aufgewacht und hatte Lust, zu McDonald's zu gehen. Jetzt komm doch einfach mit.

Wenn es dir nichts ausmacht, würde ich lieber hierbleiben.

Ich mag Isa gerne, doch in den letzten Tagen redet er kaum noch und sieht selbst beim Fernsehen unglücklich aus. Ich glaube, es wäre ganz gut, wenn er mal vor die Tür käme.

Tu mir doch den Gefallen, sage ich, kränk mich nicht wegen so einer Kleinigkeit.

Das habe ich hier gelernt. In Deutschland würde das nicht funktionieren, aber hier können die Menschen einem keinen Wunsch abschlagen, wenn man sie so bittet.

Du lernst, sagt Isa. Du lernst.

Er macht den Fernseher aus und steht umständlich auf.

Eine Viertelstunde später sitzen wir im McDonald's, Isa hat ein türkisches Frühstück mit Oliven, Schafskäse, Gurken, Tomaten, Ei, während ich McMuffin mit Knoblauchwurst esse.

Ist doch komisch, dass es bei McDonald's türkisches Frühstück und Knoblauchwurst gibt, sage ich und Isa nickt einfach nur. Egal, mit welchem Thema ich anfange, das ihn interessieren müsste oder zu dem er eine Theorie haben könnte, er schweigt.

Findest du es gut, dass wir hier sind?

Du wolltest hierher.

Was ist los mit dir?

Was soll mit mir sein?

Du hast nicht gerade gute Laune.

Es regnet, der Winter kommt, RTE hat sich einen Palast bauen lassen, Ak Saray, hast du das mitgekriegt im Naturschutzgebiet, ohne Genehmigung, größer als der Buckingham-Palast, 275 Millionen Euro soll das gekostet haben oder 490, je nachdem, wem man glauben möchte, wie sollen wir das herausfinden und macht es überhaupt einen Unterschied? Jeden Tag sterben Arbeiter auf Baustellen, jeden Tag erfahren Menschen in diesem Land Gewalt, bei den Protesten im Osten sind in den letzten Monaten viel mehr Menschen gestorben als bei den Gezi-Protesten, aber niemanden schert es. Sieh dich um, sagt er, sieh dich um, siehst du irgendetwas, weswegen ich gute Laune haben sollte? Du bist lange genug hier, sieh dich um. Es gibt keine Zukunft hier, es gibt kein Leben, warum sollte ich gute Laune haben?

Aber das war auch alles schon so, als deine Laune noch nicht so schlecht war.

Ja?

Ja. Was dich runterzieht, sagt doch etwas über dich aus und nicht über die Welt, in der du lebst.

Sag das mal den Arbeitern, die in der Mine in Soma gestorben sind. Und dann sagt dieser Erdoğan, es sei normal, dass man in Minen stirbt, und zitiert Zahlen aus England aus dem 19. Jahrhundert. Und gibt einer Waisen seine Telefonnummer und sagt: Wenn du mal das Bedürfnis hast, Papa zu jemandem zu sagen, kannst du mich gerne anrufen. Wenn mich das runterzieht, sagt das nichts über die Welt aus, in der ich lebe? Für dich ist doch alles gut, du kannst wieder zurückfahren in dein Deutschland. Es rettet mich ja nicht, dass ich nicht vor die Tür gehe. Du wirst gefickt, so oder so. Auch in deinen eigenen vier Wänden. Sieh dich um, was siehst du?

Ich bin froh, dass er mehrere Sätze hintereinander sagt und sich aufregt. Ich bin froh und ich weiß, er meint das rhetorisch, wenn er sagt: Sieh dich um. Doch ich sehe mich trotzdem um. Und entdecke Nesrin, wie sie sich gerade mit einem Frappé in der Hand von der Kasse wegdreht.

Hallo, rufe ich und sage zu Isa: Da ist Nesrin, ich habe dir von ihr erzählt.

Die mit den schlechten Manieren, flüstert er.

Sie hat mich gesehen und kommt auf unseren Tisch zu.

Guten Morgen, sagt sie, der Mann, der national behindert ist, aber es nicht weiß.

Morgen, sage ich und ich stehe auf und lege erst links und dann rechts meine Wange an ihre.

Das ist mein Mitbewohner, Isa, sage ich. Isa, das ist Nesrin. Die, die ich immer zufällig treffe in dieser Stadt.

Isa steht auf und gibt ihr die Hand.

Willst du dich nicht zu uns setzen?, frage ich.

Nesrin holt ein iPhone aus ihrer Jackentasche, sieht drauf und sagt: Ich habe aber nicht viel Zeit.

Du wohnst also mit ihm zusammen, sagt sie zu Isa, dann kennst du ihn ja besser als ich. Ist er eher ein Türke oder eher ein Deutscher?

Vielleicht bin ich wie dieser McDonald's, sage ich, weil Isa sie ansieht, aber nicht antwortet. Der ist amerikanisch, aber das Frühstück ist türkisch. Der McDonald's hat sich angepasst. Wenn man irgendwohin ins Ausland geht, dann wird man immer ein wenig anders und bleibt gleichzeitig derselbe. Man muss nicht das eine oder das andere sein.

McDonald's ist amerikanisch, sagt Isa. Die Knoblauchwurst ist nur Augenwischerei. Wir hätten überall anders ein besseres und billigeres türkisches Frühstück bekommen.

Und warum seid ihr dann hier?, fragt Nesrin.

Mustafas Beharrlichkeit, sagt Isa. Ich bin das erste Mal hier.

In diesem McDonald's hier?

Nein, ich bin das erste Mal in meinem Leben überhaupt bei McDonald's.

Echt?

Ja.

Das ist ja ungeheuerlich. Es ist 2014, seit über zwanzig Jahren gibt es McDonald's im Land, du bist jung, du lebst in Istanbul, wie kann man sich so vor der Welt verschließen? Großer Gott, sieh dir diesen Mann an … war noch nie in seinem Leben bei McDonald's.

Isa schaut Nesrin an, dann sieht er zu mir und schüttelt schließlich den Kopf.

Meine Mutter geht nie zu McDonald's und Hase auch nicht. Sie sagen, dass das ein böser Konzern ist, dass sie die Mitarbeiter ausbeuten und das Essen die Menschen krank macht. Aber die Menschen essen das ja freiwillig und ich fand meinen Job bei McDonald's besser als den im Bioladen. Hase stopft den ganzen Tag Weingummi in sich rein und ich weiß nicht, ob Haribo ein guter Konzern ist, der seine Mitarbeiter vorbildlich behandelt. Meine Mutter hat früher jede Woche drei Päckchen geraucht und hustet jeden Morgen. Aber sie freut sich, weil sie schlank ist, niemals Burger bei Fastfoodketten isst und ihr Tabak keine Zusatzstoffe enthält.

Warum?, frage ich Isa. Warum warst du noch nie bei McDonald's?

Es ist teuer, sagt er. Man bekommt an jeder Ecke besseres und billigeres Essen. McDonald's ist für so Menschen wie deine Freundin hier, die es schick finden, herzukommen. Menschen, die gerne protzen, egal, ob sie Geld haben oder nicht. Menschen, bei denen es so leer im Kopf ist, dass sie sich erzählen lassen, McDonald's sei der Fortschritt, Menschen mit einem iPhone 6, die glauben, das Land hätte keine anderen Probleme als schlechten Empfang. Der einzige Pluspunkt an McDonald's ist, dass sich Pärchen hier ungestört treffen können, ohne dass irgendjemand sie sieht und das sofort ihren Eltern weiterstrascht.

Ah, sagt Nesrin, so eine Gelegenheit hast du wohl nie gehabt.

Wieso seid ihr denn so hart?, frage ich. Wir sind alle im selben Laden, warum auch immer, wir kennen uns, und das Einzige, wo wir uns nicht einig sind, ist die Frage, warum man zu McDonald's geht.

Es geht um mehr, sagt Isa.

Es geht immer um mehr, sage ich, wenn man die Leute fragt, geht es immer um mehr. Man kann nicht einfach Nudeln essen oder Burger, Sushi oder Suppe, es muss immer gleich eine Philosophie dahinterstehen. Meine Philosophie ist, dass man schön zusammensitzen könnte, wenn man sich schon mal hier getroffen hat. Alle wissen immer, wie man sich am besten Sorgen macht um Dinge, aber niemand weiß, wie man einfach nur zusammensitzt und lacht.

Er hat recht, sagt Isa, tut mir leid, lass uns Frieden schließen. Wir sind Kinder dieses Landes, wir sind alle Geschwister.

Der da ist aber ein Stiefbruder, sagt Nesrin.

Sie ist nicht besonders freundlich, sagt Isa. Weder zu dir noch zu mir.

Sie meinte das als Witz, sage ich.

Nesrins Telefon klingelt, sie geht dran.

Ich habe mir gerade bei McDonald's noch einen Frappé mit weißer Schokolade gekauft, die sind ja so viel besser als die von Starbucks, tausendmal besser, sagt sie, während sie schon aufsteht, ich bin in drei Minuten da.

Sie winkt uns, lächelt, nimmt ihren Becher und geht telefonierend davon.

Die Haare, sagt Isa, die Haare täuschen dich.

Ja, sage ich, das kann gut sein. Die Haare täuschen immer alle. Wenn sie bunt sind, glauben die Leute, du bist Punk, wenn sie verfilzt sind, glauben sie, du kiffst und hörst Reggae, bis du seekrank bist, wenn sie kurz sind und du einen Bart hast, glauben sie, du bist Moslem. Oder Hipster. Wenn die Haare lang sind, glauben sie, du bist schwul oder du hörst Heavy Metal. Die Haare sagen nicht die Wahrheit. Das sollte ich wohl wissen.

Was findest du denn an ihr?, fragt Isa. Sie ist eine verwöhnte reiche Schnepfe.

Ich mag sie, sage ich. Sie ist anders als die meisten hier. Sie sagt immer direkt ihre Meinung. Und ich treffe sie immer wieder. Das ist ja kein Zufall.

Wir schweigen. Isa isst weiter, aber ich habe das Gefühl, es schmeckt ihm nicht und er wäre lieber zu Hause.

McDonald's behauptet Identität nur, sagt er schließlich. Ich war noch nie außer Landes, aber ich habe viel gelesen. McDonald's ist in jedem Land anders. In Russland anders als in Deutschland, in Deutschland anders als in Thailand, in Thailand anders als in Ägypten. Es ist ein Unternehmen, das Geld verdienen will, alles andere ist egal.

Er hat überall dieselbe Frisur, sage ich.

Wer?

McDonald's. Das täuscht die Leute.

Ich will nach Hause, sagt Isa.

**Dreiundzwanzigstes Kapitel, in dem Krishna Mustafa Taxi fährt, ins Aquarium geht und sein Vater versucht, ein ernstes Wort mit ihm zu reden**

Eigentlich wollte mein Vater mich mit dem Motorrad abholen, doch es ist ein verregneter Tag und er ruft an und sagt, ich solle mir ein Taxi nehmen. Er bezahlt.

Was willst du allein im Aquarium?, fragt der Taxifahrer.

Ich treffe mich mit meinem Vater dort.

Du gehst mit deinem Vater ins Aquarium?

Ja.

Ich bin schon oft dorthin gefahren, sagt der Fahrer, Tausende Male, aber ich war noch nie drin. Was gibt es in einem Aquarium schon zu sehen? Meistens fahre ich Araber dorthin. Aus welcher Provinz kommst du?

Kars.

Ich stamme aus Hatay, ich bin nah an der syrischen Grenzen aufgewachsen, ich kann ganz gut Arabisch, da vertrauen einem die Leute schnell, wenn man ihre Sprache spricht. Was ich schon Araber übers Ohr gehauen haben, die ins Aquarium wollten. Die kommen alle aus der Wüste, natürlich wollen die ins Aquarium, aber was willst du denn da? Kauf dir eine Angel, stell dich auf die Galata-Brücke und dann schau, was so am Haken hängt.

Er lacht.

Da haben sie dieses riesige Ding gebaut, wo sich Leute Tiere angucken, die auf den Grill gehören. Soll jeder machen, wie er es für richtig hält, aber ich finde es verrückt. Ein Aquarium direkt am Meer. Als hätten wir nicht genug Wasser in dieser Stadt. Aber die Welt ist voller Araber, die zu viel Geld in den Taschen haben. Die würden auch während der Sintflut dafür bezahlen, sich ein Glas Wasser anzusehen, wenn man es ihnen nur richtig verkauft. Was arbeitest du?

Ich bin Student.

Gut, sagt er, gut. Wenn man viel lernt, kann etwas aus einem werden. Sieh mich an, den ganzen Tag fahre ich Taxi, von morgens sieben bis abends sieben, sieben Tage die Woche. Ich habe drei Söhne, der Älteste ist 15, den habe ich gar nicht richtig aufwachsen sehen und auf einmal war er größer als ich. Der studiert hoffentlich auch mal, wenn Gott es erlaubt. Was soll er auch sonst tun, der kann kein Wort Arabisch, der ist hier geboren und aufgewachsen.

Und mich haust du nicht übers Ohr?, sage ich, als ich später bezahle.

Wir sind mit Taxameter gefahren, sagt er, wie soll ich dich denn da übers Ohr hauen?

120 Lira, sagt mein Vater.

Mit Taxameter, sage ich.

120 Lira von Mecidiyeköy bis zum Aquarium. Wie lange bist du schon in der Stadt?

Vier Monate.

Und da weißt du nicht, was es ungefähr kostet von dir bis hierher?

Woher soll ich das wissen, ich fahre sonst nie Taxi.

So ein ehrloser Arsch, sagt mein Vater.
Wie viel würde es denn kosten?
50, allerhöchstens 60, der hat dich abgezogen.
Er schafft das Geld ja nicht nach draußen, es bewegt sich in der Türkei.
Wenigstens lächelt er.
Genau, er nimmt es ja auch nicht von den Armen. Scheiß drauf. Lass uns einen schönen Tag machen. Aber du musst lernen, cleverer zu werden.

Im Eingangsbereich des Aquariums sind hauptsächlich Araber.

Die sind hier, weil es regnet, sagt mein Vater, wir haben ein wenig Pech mit dem Wetter. Sonst ist es unter der Woche eher leer. Aber wenn es regnet, dann weichen die von der Touristenroute auf das Aquarium aus.

Und was machen die Europäer, wenn es regnet?

Keine Ahnung. Hierhin kommen die nicht. Aquarium ist halt nichts Orientalisches, da ist keine Schnittstelle zwischen Orient und Okzident, wenn man sich Fische hinter Glas anschaut.

Woher weißt du eigentlich, dass ich gerne ins Aquarium gehe?, frage ich, nachdem unsere Karten kontrolliert worden sind.

Und woher weiß ich, dass du gerne Schokolade isst und dass du gerne Kaffee trinkst? Wir sind Facebook-Freunde. Ich weiß alles über dich, was man aus dem Internet wissen kann.

Aber das letzte Mal, dass ich etwas über ein Aquarium gepostet habe, ist bestimmt drei Jahre her.

Ja, über das Aquarium in Lissabon, ich weiß.

Du weißt auch, dass ich Rapper bin?

Ich habe die Videos gesehen. Ich habe mich gefreut, weil ich gerne Wu-Tang Clan gehört habe, als ich in deinem Alter war. Ich war auch ein wenig überrascht, dass du Ol' Dirty Bastard kennst.

Würde ich ja eigentlich gar nicht kennen, wenn es Hase nicht gäbe. Der findet Country schrecklich.

Ach, Hase. Was versteht der denn schon?

Eine Menge.

Ja?

Ja, er sagt immer kluge Sachen.

Wenn er klug wäre, wäre er reich. Der arbeitet seit Jahrzehnten in einem Bereich, in dem es immense Gewinnspannen gibt, aber er muss wahrscheinlich immer noch sparen, wenn er eine Waschmaschine braucht oder einen neuen Computer.

Aber Geld ist ja nicht alles.

Nein, sagt mein Vater, es gibt wichtigere Dinge als Geld. Zum Beispiel dein ganzes Leben mit Endkonsumenten zu tun zu haben und nie auf die Idee zu kommen, das Risiko zu verringern und den Gewinn zu erhöhen.

Das ist nur der Ehrgeiz der Leistungsgesellschaft, sagt Hase.

Aber nicht in den Knast zu wollen ist nicht der Ehrgeiz der Leistungsgesellschaft. Und eine geile Bong zu haben auch nicht.

Hase will keine Bong mehr rauchen, er möchte lieber einen Vaporizer haben, der das Gras ganz schonend bei niedriger Temperatur verdampft. Etwas mit digitalem Temperaturkontrollsystem oder wie das heißt, so einen Deluxe-Apparat halt.

Und warum kauft er keinen?

Der kostet 500 Euro.

Und die hat er nicht? Der Mann ist jetzt über sechzig und träumt wie ein Kind von einem Gerät, das 500 Euro kostet und das er mehrmals täglich benutzen würde. Auf ein Jahr gerechnet würde ihn das etwa 1,40 pro Tag kosten. Hase kann klug reden, ja, aber er ist nicht klug. Es gibt einen Unterschied zwischen denen, die reden, und denen, die tun.

Warum hackt ihr eigentlich immer alle auf Hase herum?

Wieso alle?

Emre auch schon. Ich mag Hase. Er ist immer gut drauf, es ist gemütlich bei ihm zu Hause und er sagt Sachen, die klug sind. Manche Menschen unterhalten halt mit Worten und nicht mit Taten, was soll denn daran schlecht sein?

Willst du mal so leben wie Hase? Immer Angst vor der Polizei, nie genug Geld und zu jedem Dreckskiffer, der in deine Bude kommt, freundlich sein.

Er kann den ganzen Tag machen, was er will.

Nein, sagt mein Vater, er muss Gras verkaufen. Und er macht es nicht besonders gut.

Und du hast es besser gemacht?

Ja, ich habe dabei deine Mutter kennengelernt. Und ich habe gut verdient. Sehr gut.

Das Geld ist ja in der Türkei geblieben, sage ich.

Richtig, sagt er.

Ein Weihnachtsbaum, sage ich.

Ein Neujahrsbaum, sagt er.

Ein Weihnachtsbaum, sage ich, was macht denn ein Weihnachtsbaum im Aquarium? Feiern die Fische hier Weihnachten?

Es ist ein Neujahrsbaum, sagt mein Vater.

Es sind Kugeln dran und Lametta und alles, sage ich, es ist ein Weihnachtsbaum, nur weil er unter Wasser steht, wird kein Neujahrsbaum draus.

Das ist ja nicht, weil er unter Wasser steht. Solche Plastikbäume stehen auch in vielen Wohnungen in Istanbul. Es gibt so eine Sehnsucht nach dem Westen, nach der Moderne. Früher hat man Filme mit Humphrey Bogart geguckt, heute stellt man sich einen Neujahrsbaum in die Wohnung.

Habt ihr auch einen?

Ja.

Ich glaube nicht, dass es in irgendeinem christlichen Land im Aquarium zu Weihnachten Weihnachtsbäume unter Wasser gibt.

Neujahrsbäume.

Einmal im Jahr, sage ich.

Ja, sagt er, sonst hieße es ja nicht Neujahrsbaum.

Aber wenn man es nur einmal im Jahr macht, dann wird man Christ davon.

Wer hat dir das denn erzählt? Das ist ursprünglich ein heidnischer Brauch, den die Christen vereinnahmt haben. Wir befreien ihn aus seinem christlichen Korsett.

Aber die Weihnachtsbeleuchtung auf der İstiklal ist das ganze Jahr über an, sage ich. Damit man nicht Christ davon wird.

Das ist die Türkei, sagt mein Vater. Wem es nicht gefällt, der kann gehen. Hier machen nicht die Regeln das Leben, sondern das Leben macht die Regeln und die macht es, wenn man sie braucht. Und sonst nicht. Denk nicht so deutsch. Die Dinge sind nicht starr, sie sind flexibel. In Deutschland will man, dass alles so bleibt, wie es ist. Keine Experimente. Adenauer, Kohl, Merkel, guck mal, wie lange die immer regieren, Tausende Jahre.

Er zieht die Augenbrauen zusammen und holt Luft.

Die Drogenpolitik dieses Landes ist nur bekifft zu ertragen. Kommt dir das bekannt vor?

Ja, das sagt Hase immer.

Den Witz macht er seit Jahrzehnten. So geregelt verläuft sein Leben. Hier wirft das Schicksal die Würfel jeden Morgen aufs Neue. Schau, ich habe als Dealer gearbeitet, als Lehrer, als Tierfutterverkäufer, ich habe einen Mietwagenverleih besessen, ich war Geschäftsführer in einem Laden für Molkereiprodukte, ich habe mit Krankenhausbedarf gehandelt, jetzt bin ich in der Baubranche. Welcher Deutsche hat so einen Lebenslauf? In all der

Zeit hat dein Hase nichts anderes gemacht, als grammweise Gras zu verkaufen und zwischendurch mal dafür im Knast zu sitzen. Das Leben hier ist wie der Verkehr auf den Straßen: Es gibt Regeln, ja, aber niemand beharrt auf seinem Recht. Ich hatte aber Vorfahrt. Aber du hast mich geschnitten. Du hast mit offenen Augen geträumt. Du bist falsch abgebogen. So sind wir hier nicht. Du bist frei, dich zu bewegen. Wenn du weiterkommen möchtest, musst du drängeln und schlängeln und auch mal die Regeln brechen. Wir gucken, was die Situation erfordert, nicht was die Regeln erfordern. Die Probleme, die deine Mutter und ich damals hatten, hätte man vielleicht lösen können, aber welche Möglichkeiten hatte ich in Deutschland? Deutschland ist eine Einbahnstraße.

Die Menschen hier sind doch nicht frei, entgegne ich. Esra und Yunus haben Angst, weil sie einen Film über die Gezi-Proteste gemacht haben. Man kann seine Meinung nicht sagen. Ich soll mich nicht nackt ausziehen, ich soll niemandem sagen, dass Gott mit mir spricht, überall ist Polizei, ich soll immer vorsichtig sein. In Deutschland raten die Leute mir auch immer alles Mögliche, aber es ist egal, ich kann machen, was ich will, ohne dass ich in Gefahr gerate.

Das glaubst du, sagt er. Komm, lass uns da vorne einen Kaffee trinken.

Das Aquarium ist schöner als das in Lissabon und auch schöner als das in Paris, aber der Kaffee schmeckt nicht. Das ist komisch, wie sich der Kaffee und die Schokolade zusammengetan haben, um in der Türkei nicht zu schmecken. Die Menschen sagen ja immer, italienischer Kaffee würde gut schmecken und Schweizer Schokolade, dabei wächst in Italien kein Kaffee und in der Schweiz kein Kakao. Es gibt aber guten Kaffee in Portugal und in Spanien und leckere Schokolade auch in Frankreich. Die Menschen tun immer so, als würden sie verstehen, wie die

Welt funktioniert, dabei kann nicht mal jemand erklären, nach welchen Kriterien die Schokolade und der Kaffee in den einzelnen Ländern gut oder schlecht schmecken.

Deine Mutter hat mich angerufen, sagt mein Vater.

Sei froh, dass es nicht Stevie Wonder war.

Hä?

Der ruft immer nur an, um zu sagen, dass er einen liebt.

Lass die Scherze. Es ist ernst. Deine Mutter hat mich seit Jahren nicht mehr angerufen.

Was wollte sie denn?

Dass ich mit dir rede.

Ihr habt über mich gesprochen?

Ja.

Weißt du, neuerdings sprechen viele über mich, habe ich das Gefühl, aber kaum jemand redet mit mir.

Sie hat es wohl versucht.

Nein, sage ich, sie hat versucht, über das zu sprechen, was über mich geredet wird, aber sie hat nicht versucht, mit mir zu sprechen. Sie hat mir überhaupt nicht zugehört.

Mein Vater nickt und nimmt noch einen Schluck von seinem Kaffee.

Was ist das?, fragt er. Warum haben die keinen ehrlichen türkischen Kaffee, sondern nur so eine Plörre?

Dann beugt er sich vor und legt die Unterarme auf den Tisch. Deine Freiheit, sagt er, deine Freiheit in Deutschland ist eine Imitation. Eine bessere Imitation, als wir sie hier herstellen, sehr viel besser, das stimmt. Aber trotzdem nur eine Imitation. Eine Fälschung. Du kannst nicht machen, was du willst. Der Verfassungsschutz war bei deiner Mutter, das hat sie dir wohl gesagt. Die Lage ist ernst. Du musst etwas tun.

Ja, sage ich, Laura hat mir gestern über WhatsApp geschrieben, ich soll wenigstens einen Brief an den Verfassungsschutz schreiben, in dem ich den Sachverhalt erkläre, um nicht in Schwierigkeiten zu geraten. Sie stellt sich monatelang tot, antwortet nicht auf SMS, nicht auf WhatsApp, nicht auf Skype, aber jetzt, wo sie kluge Ratschläge geben kann, ist sie am Start. Ich hatte noch so viele Anfragen für Interviews, aber die verlieren alle das Interesse, wenn ich erzähle, was passiert ist. Die wollen nur dann mit mir reden, wenn ich so bin, wie es ihnen passt. Warum sollte sich jetzt ausgerechnet der Verfassungsschutz für die Wahrheit interessieren? Was wollen die mir denn? Ich habe nichts getan, ich habe mir die Haare schneiden lassen und eine Gebetskappe aufgesetzt und ein Gewehr in die Hand genommen. Nichts davon ist verboten.

Richtig. Aber das wissen die nicht.

Die wissen nicht, was verboten und was erlaubt ist?

Nein, die wissen nicht, wie es zu diesem Foto kam. Deine Mutter macht sich Sorgen. Die verstehen keinen Spaß, wenn es um den Islam geht. Schau dir nur Pegida an.

Pegida?

Pegida, in Dresden.

Ich war noch nie in Dresden.

Ich auch nicht. Aber du hast auch nichts davon gehört?

Nein.

Pegida. *Patriotische Europäer gegen die Islamisierung des Abendlandes*, sagt er auf Deutsch. Die marschieren da jeden Montag, das weiß sogar ich. Tausende. Gegen die Islamisierung des Abendlandes. Dresden, obwohl da kaum Moslems sind, haben die Leute Angst. Die verstehen keinen Spaß mehr. Glaub mir.

Weil, sage ich.

Bitte?

Weil es da kaum Moslems sind, haben die Angst, oder? Das ist wie mit dem Alkohol. Wenn man viel trinkt, dann verträgt man viel. Heißt ja dann auch Toleranz. Mit Moslems ist das genauso. Oder mit den Ausländern. Dort, wo es keine gibt, haben die Leute Angst. Aber wenn genug da sind, verträgt man sie auch besser. Oder mit der Frisur. Wenn die Hälfte der Deutschen Dreadlocks hätten, würden die Polizisten nicht dauernd in meinen Haaren suchen. Vielleicht sollte ich nach Dresden ziehen ...

Du willst mich verarschen, sagt mein Vater.

Nein, sage ich. Vor mir braucht man ja keine Angst zu haben.

Er lehnt sich wieder zurück und schaut mir in die Augen. Lange. Dann nickt er.

Vielleicht sollte ich dir links und rechts eine knallen, sagt er. Aber das würde wohl auch nicht helfen. Pass auf, ich habe deiner Mutter versprochen, mit dir zu reden, und ich habe es getan. Jetzt sage ich dir noch etwas als dein Vater: Wenn du feststellen solltest, dass du Probleme bekommst, dass dieses Foto dein Leben in Deutschland behindert, kannst du jederzeit hierherkommen. Ich kümmere mich um dich, wir finden dir eine Wohnung, wir finden dir eine Arbeit, du hast immer noch eine zweite Chance, wenn du merken solltest, dass du gegen die Wand gelaufen bist.

Eine Arbeit?

Wir finden etwas bei mir in der Firma.

Ich möchte nicht in der Baubranche arbeiten.

Ich sollte dir wirklich links und rechts eine scheuern, sagt er. Aber davon würden deine Füße auch nicht den Boden berühren.

Er schüttelt den Kopf.

Diese Geschichte mit dem Foto wäre echt was für Aziz Nesin.

Für wen?

Aziz Nesin.

Wer ist das?

Aziz Nesin? Der Mann, der das Land vergeblich zum Lachen gebracht hat.

Er sieht mich an. Ich hebe die Schultern.

Du musst noch viel mehr lernen als Taxi fahren, sagt er.

**Vierundzwanzigstes Kapitel, in dem Krishna Mustafa sich Gedanken über Weihnachten und Pegida macht, lernt, was Haschisch auf Türkisch heißt, und Esra verschwindet**

Vielleicht gab es sie vorher auch schon und sie fallen mir erst jetzt kurz vor Weihnachten auf, aber seit einigen Tagen sehe ich Menschen, die in der Fußgängerzone kostenlos Bibeln verteilen.

Ich möchte keine Bibel, ich habe schon eine, sage ich zu einem jungen Mann, der mich anlächelt und mir ein in rotes Kunstleder gebundenes Buch entgegenstreckt. İncil, steht drauf. Bibel auf Türkisch. İnci dagegen heißt Perle. Mit nur einem L wird aus der Perle eine Bibel.

Sie sind Christ?, fragt der Mann und ich schüttle den Kopf.

Ich habe eine Bibel zur Kommunion geschenkt bekommen, will ich sagen, aber ich weiß nicht, was Kommunion auf Türkisch heißt. Also sage ich einfach, dass ich eine von meiner Oma habe. Und frage ihn, ob er weiß, wie das auf Türkisch heißt, wenn man als Kind das erste Mal in der Kirche Wein und Brot bekommt.

Er schüttelt den Kopf, doch seine Augen sagen, dass er sich freut.

Lebst du denn auch deinen Glauben?, fragt er. Liest du in deiner Bibel?

Jetzt erst höre ich, dass er einen Akzent hat, sein Türkisch klingt schief und er stolpert über die Silben. Er klingt ein wenig wie ein Deutscher, aber dann auch wieder nicht.

Nein, sage ich, das ist ja gar nicht mein Glaube, das ist der von meiner Oma, die hat es schon nicht geschafft, ihn meiner Mutter weiterzugeben. Meine Mutter glaubt an Shiva, Hanuman und Kali und so. Meine Bibel ist auch gar nicht hier, die ist in Deutschland in meinem Regal. Ich lese nicht darin. Soweit ich weiß, hat das ja alles jemand aufgeschrieben, der gar nicht dabei war. Wie heißt du?, frage ich.

Michael, sagt er. Er spricht es englisch aus.

Michael, sage ich, ich heiße Krishna Mustafa. Du sprichst aber gut Türkisch.

Danke, sagt er. Ich habe ein Jahr gelernt, bevor ich hierhergekommen bin.

Woher kommst du?

Aus den Vereinigten Staaten, aus Kansas.

Und was machst du hier?

Ich verbreite das Wort unseres Herrn. Hier sind so viele Kirchen, dieses Land hat so eine reiche christliche Geschichte, hier leben so viele Menschen, die noch nicht das Wort unseres Herrn und Erlösers vernommen haben. Mit denen möchte ich sprechen, denen möchte ich erzählen von dem Licht, das ich gefunden habe. An die Christen hier hat schon Petrus einen Brief geschrieben, dass sie die Auserwählten sind, denen Gott seinen Frieden und seine Gnade schenken wird.

Einen Brief, sage ich.

Ja.

An die Menschen von Istanbul?

Nein, an die Menschen in ganz Kleinasien.

Aber was machst du dann hier in Europa?

Hier kommen alle Menschen zusammen, hier kommt jeder vorbei, hier sind überall Kirchen, hier atmet alles den Geist des Christentums, sagt er. Er spricht jetzt langsam, setzt die Worte in Zeitlupe zusammen.

Er hat einen Brief geschrieben, wiederhole ich und überlege, dass ich vielleicht Laura auch einen schreiben sollte.

Die Menschen hier haben ja schon eine Religion, sage ich dann.

Er schlägt seine Bibel auf und liest vor: *Niemand kommt zum Vater denn durch mich.* Das heißt, es gibt keinen anderen Weg ins Paradies. Das soll jeder wissen.

Aha, sage ich, du musst den Menschen also erst erklären, dass sie verloren sind ohne die Bibel, und dann kannst du sie mit der Bibel retten?

Ich möchte das Wort des Herrn verkünden. Der Herr schenkt denen Frieden, die sich zu ihm bekehren.

Also mehr Frieden als der Islam? Oder zu einem besseren Preis? Oder beides? Du meinst, dein Gott hat das bessere Angebot? Deswegen verschenkst du die Bibel?

Er sieht mich an durch die runden Gläser seiner Brille.

Die Hoffnung der Christen bewirkt, dass sie trotz der Prüfungen, unter denen sie leiden müssen, voller Freude sind. Die Prüfungen dienen zur Bewährung des Glaubens.

Jetzt spricht er wieder schneller.

Ja, aber schau mal, sage ich, die Kirchen sind leer, da sind nur Touristen, aber die Moscheen, es gibt auch ein paar Moscheen hier in der Nähe, auch wenn ich sie am Anfang nicht gefunden habe, die Moscheen sind voll. Ich glaube, die Leute sind ganz zufrieden mit ihrer Religion. Warum gehst du nicht irgendwohin, wo die Leute keine Religion haben? Da sieht es dann vielleicht besser aus mit Angebot und Nachfrage. Wie viele Bibeln verteilst du denn bis zum Abend?

Zwei oder drei, sagt er. Die Prüfungen dienen zur Bewährung des Glaubens, wiederholt er.

Das ist ja schön, sage ich, da kannst du dich immer freuen, wenn es nicht gut läuft.

Er sieht mich an, als wollte ich ihn verschaukeln, dabei meine ich das ernst. Vielleicht ist das Christentum doch attraktiv. Man muss nicht fünfmal am Tag beten und jedes Mal, wenn es schwer wird, kann man sich freuen, weil Gott einem eine neue Aufgabe gibt. Aber irgendwie ist das nichts für mich, glaube ich. Fünfmal beten reicht mir als Aufgabe, ich will es gar nicht schwerer haben als notwendig.

Du machst hier also Werbung für den Erlöser?

Ja, sagt er, so kann man es nennen.

Aber warum drehst du dann nicht einen Werbeclip, frage ich, dann musst du nicht den ganzen Tag hier herumstehen.

Wichtig ist der persönliche Kontakt, sagt er.

Du kennst dich also aus mit dem Christentum, du bist eine Art Experte?

Ich habe mich in die Hand des Erlösers begeben.

Es gibt da eine Sache, über die ich in letzter Zeit ab und zu nachgedacht habe, sage ich, weil Isa, mein Mitbewohner, das mit den 72 Jungfrauen im Paradies der Moslems erzählt hat. Eine Nonne ist doch eine Braut Christi?

Dein Mitbewohner heißt Isa?

Ja.

Ist er Christ?

Ich glaube nicht, warum?

Isa. Das ist die türkische Version von Jesus.

Jesus heißt doch überall Jesus.

Nein, in der Türkei heißt er Isa.

Es gibt eine Version extra für die Türken? Ein Jesus, der kein Schweinefleisch isst und keinen Alkohol trinkt? Warum machst du nicht Werbung für den?

Es ist derselbe Jesus, er heißt nur anders.

Aber Isa isst kein Schweinefleisch und trinken tut er auch nicht. Nur ist er schlecht drauf zurzeit, er redet fast gar nicht mehr und hat auch aufgehört fernzusehen, er liegt eigentlich nur noch im Bett.

Er heißt ja auch nur Isa, er ist es ja nicht.

Hä? Du hast doch gefragt, ob er Christ ist, weil er so heißt. Ein Christ, der keinen Alkohol trinkt und kein Schweinefleisch isst, wäre sicherlich eine gute Werbung für deinen Glauben. Und eigentlich wollte ich auch etwas anderes wissen. Ist eine Nonne eine Braut Christi?

Ja, das sagt man so.

Und wenn eine Nonne stirbt, dann kommt sie als Jungfrau in den Himmel und kann die Ehe mit Jesus endlich vollziehen?

Nein, also …

Michael sucht nach Worten.

Also gibt es im christlichen Paradies viel mehr als 72 Jungfrauen, sage ich, und der Unterschied zum islamischen ist, dass nur einer randarf, nämlich Jesus.

Nein, sagt Michael, nein. Das ist anders gemeint … Auch die Kirche ist ja die Braut Jesu … Also die Bedeutung … Also, das ist nicht … Man darf nicht auf die Worte schauen …

Er stottert, sein Türkisch reicht wahrscheinlich nicht mehr, ich sehe, er wird ein wenig rot und atmet zu schnell.

Isst du Schokolade?, frage ich ihn.

Ja, sagt er etwas irritiert.

Bitterschokolade?

Nein, sagt er, Vollmilch.

Gut, sage ich, warte auf mich. Wenigstens deine Schokoladenprüfung ist dann nicht so schwer.

Ich kaufe ihm eine Tafel Milchschokolade und schenke sie ihm, weil er mir leidtut, wie er dort steht, Bücher verteilt, die niemand haben möchte, und wie die türkischen Silben in seinem Mund zu Kieselsteinen werden und er nicht weiß, in welcher Reihenfolge er sie ausspucken soll.

Während ich weitergehe, fällt mir die Weihnachtsdekoration in den Schaufenstern auf. Die Neujahrsdekoration. Ich weiß gar nicht, wann die angefangen hat, aber ich glaube, ich weiß, warum sie mir heute erst auffällt. Wegen der Bäume unter Wasser im Aquarium und wegen der Bibel. Weil ich darauf achte. Wahrheit ist immer nur da, wo man gerade hinguckt.

Dass Weihnachten naht, merkt man eigentlich nicht an der Dekoration. Und auch nicht daran, dass es im September Spekulatius im Supermarkt gibt. Im September sind die Menschen nämlich noch ganz normal. Vor Weihnachten strömen sie dann in die Fußgängerzonen und werden hektisch. Sie müssen zu Weihnachtsessen und zu Terminen, sie müssen noch Geschenke kaufen oder jedem erklären, warum sie das dieses Jahr nicht tun. Sie planen und organisieren und überlegen, wer was bekommt, was sie kochen werden und was sie noch beim Metzger bestellen müssen, sie müssen aufräumen, planen, basteln, kleben, einpacken, sie müssen viel mehr machen, als sie sonst tun, und dann geht ihnen ziemlich schnell die Luft aus. Dass Weihnachten wird, merkt man daran, dass sie gestresst sind. Selbst Hase ist dann weniger entspannt, weil er sicherstellen will, dass alle Kunden ihren Feiertagsvorrat einkaufen können. Und meine Mutter ist auch nicht locker, weil sie immer Pakete packt für Kinder in Rumänien und andere Pakete für Kinder im SOS-Kinderdorf. Fast alle haben Weihnachtsgeld bekommen und müssen es schneller also sonst ausgeben und das ist nicht immer ganz leicht. Segen deinem Leichenhemd. Weihnachten hat nichts mit der Dekoration zu tun, sondern mit Zeitdruck und Hektik.

Und mit Schokoladengottheiten. So wie die anderen christlichen Feste auch. Mit Nikoläusen, mit Weihnachtsmännern, mit Osterhasen, nur Jesus gibt es nicht als

Schokoladengottheit. Drinnen ist eigentlich immer nur Luft, die wird umhüllt von Milchschokolade, die nicht besonders gut schmeckt, und zur Gottheit wird man eigentlich erst durch die bunt bedruckte Alufolie drum herum. Die Feste sind dann auch so wie die Schokoladengottheiten, außen bunt, innen leer. Damit man das nicht merkt, dass sie innen ganz leer sind, muss man viel Wirbel machen.

Auf der İstiklal ist es auch nicht voller als sonst und die Menschen sind nicht anders. Der Sesamkringelverkäufer hatte schon recht: Hier wird das ganze Jahr über viel verkauft. Im Dezember halt mit Weihnachtsdekoration zur Weihnachtsbeleuchtung. Aber deswegen ist hier nicht Weihnachten. Weihnachten ist nur dann, wenn sich auch bei den Menschen etwas ändert. Hier bleiben die Menschen gleich.

Darf ich dich stören? Dein Name ist die türkische Version von Jesus?, frage ich Isa, als ich zu Hause bin.

Ja, sagt er.

Bist du denn Christ?, frage ich.

Bist du Hindu, weil du Krishna heißt?

Nein, aber meine Mutter fand Krishna und Indien toll. Und deine Mutter?

Das ist ein ganz normaler Name, ein arabischer, kein türkischer. Meine Mutter hatte keine Ahnung von dem Propheten. Aber ich wollte dich auch was fragen, weil du dich mit dem Christentum bestimmt besser auskennst als ich. Um Priester zu werden, muss man doch ein Mann sein?

Ja. Zumindest bei den Katholiken, soweit ich weiß.

Man muss also einen Schwanz haben.

Ja.

Aber man darf ihn nicht benutzen. Außer zum Pinkeln.

Ja.

Er schüttelt den Kopf.

Das ist total witzig, sagt er, findest du nicht? Als müsste man einen Führerschein haben, um irgendwo reinzukommen, aber wenn man drin ist, gibt es keine Autos.

Er lacht wieder. Das erste Mal seit Wochen. Ich lache auch, obwohl ich es nicht so lustig finde wie er.

Ist ja klar, dass sie dann kleine Jungen ficken, sagt er.

Glaubt hier eigentlich jeder, dass Priester kleine Jungen ficken?, frage ich.

Stimmt das etwa nicht?, sagt er. Wir haben davon in der Zeitung gelesen.

Ja, sage ich, aber das tun ja nicht alle Priester.

Wie viel Prozent machen es denn?

Keine Ahnung, wenige, glaube ich.

Und ich glaube, es sind viele. Sicher sind da Ausnahmen. Es gibt ja immer auch impotente Männer.

Wusstest du, dass eine Nonne eine Braut Christi ist?, sage ich.

Bitte?

Ich erzähle ihm von meiner Theorie, wie es im christlichen Paradies aussieht, und dass er mich mit den 72 Jungfrauen bei den Moslems darauf gebracht hat.

Vielleicht hat meine Mutter mich deshalb Isa genannt, sagt er. Isa, der Überstecher. Der Mann, der im Himmel am Fließband Nonnen flachlegt, Tausende Nonnen. Aber die sterben ja bestimmt nicht besonders jung. Ne, ne, wahrscheinlich ist das mit den 72 Jungfrauen bei den Moslems doch besser.

Es ist das erste Gespräch, das wir führen, seit wir bei McDonald's waren, und das ist schon fast drei Wochen her.

In Deutschland demonstrieren sie gegen den Islam, sage ich, mein Vater hat es mir erzählt. Pegida, hast du davon gehört?

Nein, sagt er, was soll das denn heißen, Pegida?

Patriotische Europäer gegen die Islamisierung des Abendlandes, sage ich auf Deutsch und übersetze es ihm dann, was mir nicht ganz leicht fällt.

Er holt sein Smartphone heraus und tippt darauf rum.

Aha, sagt er. Die demonstrieren also jeden Montag in Dresden. Wenn ich kein Englisch könnte, wäre ich aufgeschmissen, die Presse in der Türkei kann man total vergessen.

Er scrollt und lacht und lacht und scrollt. Lustig, sagt er. Sehr lustig, diese Pegida.

Wieso lustig?, sage ich.

Warte, ich lese noch.

Er lacht wieder und wieder, dann schaut er hoch von seinem Handy.

Na, sagt er, dieses Dresden liegt ja nicht gerade zentral, oder? Und dort treffen sich jetzt alle Europäer, die gegen die Islamisierung sind? Warum sind denn alle Patrioten in Deutschland? Brauchen andere europäische Länder keine Patrioten? Sonderlich gut integriert sind die auch nicht, die fallen ja auf mit ihrer Demonstration. Alle berichten darüber. Ich glaube, das sind zu viele Patrioten für so eine Stadt wie Dresden. Das Boot ist voll! Wollen die nicht ein paar abgeben?

Er grinst breit.

Das sieht für mich aus, als hätten die da eine Art Patriotenghetto gebildet. Fühlen sich denn die Dresdner noch wohl in ihrer Stadt, wenn so viele Patrioten auf den Straßen sind? Und hier ...

Er bekommt einen Lachanfall.

*Wir sind das Volk*, hahaha, *wir sind das Volk*. Da sieht man, dass da Menschen ohne Humor auf den Straßen sind. Wir sind das Volk. Die Deutschen. Wir hatten einen ähnlichen Slogan, bei den Gezi-Protesten. Auch wenn die Proteste unsinnig waren und viel zu spät, den Spruch mochte ich: Keine Angst, Alter, wir sind's, das

Volk. So hieß es bei uns. Aber die von Pegida wollen ja, dass man Angst vor ihnen hat. Ich glaube, das sind keine richtigen Patrioten, sondern eher so Türsteher, die böse gucken und entscheiden wollen, wer reinkommt und wer nicht. Türsteher in Europa, ist doch viel geiler als Patriot. Da geht es nicht darum, dass man mit Turnschuhen nicht reinkommt, die Schuhe kommen immer rein, die Schokolade, die Computer, die Mangos, die T-Shirts, die Anzüge, die Musik, die Kultur, nur die Menschen müssen draußen bleiben. Aber was soll man auch drinnen, da ist ja gar keine Party, sondern eine einzige große Türsteherversammlung. Die haben bestimmt jeden Dienstag ein Meeting und beratschlagen, wo sie jetzt Leute finden, denen sie auf die Fresse hauen können. Patrioten gegen den Islam, sagt er, in Deutschland, was soll denn da auch für eine Party sein, Deutschland, tanzt man da eigentlich nach der Musik oder nach dem Text? Hahaha, Pegida.

Du lachst wieder, sage ich.

Ja, sagt er, ich habe Esrar geraucht.

Was ist Esrar?, frage ich.

Was machen denn alle diese Stand-up-Migranten eigentlich in ihrem Programm, das sind ja nur ...

Moment, Moment, unterbricht der Blinde uns. Ihr seid zu früh, es dauert noch ein paar Sätze, bis das Kapitel zu Ende ist, dann erst kommt euer Einsatz. Ihr seid betrunken, ihr fallt hier nur unhöflich ins Wort.

Esrar, sagt Isa. Haschisch.

Esrar und Haschisch sind Synonyme?

Ja. Siehst du nicht meine Augen, mein Freund?

Jetzt, wo er es sagt, fallen mir der Glanz in seinen Augen und die roten Äderchen auf.

Esra ist nur einen Buchstaben von Haschisch entfernt. Esra heißt schnell, sagt Isa.

Yunus schließt die Tür auf.

Esra ist seit gestern Mittag verschwunden, sagt er.

**Der Chor der Einäugigen wird ausfällig, hört sich Vorwürfe an und kann nicht nur keine Witzen erzählen, sondern erklärt hinterher auch noch die Pointe**

Ja?, sagt der Blinde.
    Ja, was?
    Ihr wolltet vorhin schon etwas sagen, aber da wart ihr noch gar nicht dran.
    Und jetzt sind wir dran?
    Ja.
    Unser letzter Auftritt hier?
    Ja.
    Aha.
    Und was wolltet ihr sagen?
    Diese Migranten-Comedians in Deutschland, vor allem die türkischstämmigen, was machen die eigentlich? Einen Haufen Witze, die rassistisch wären, wenn ein Deutscher sie machen würde. Immer: Die Türken so. Und die Deutschen so. Und wir so. Und ihr so. Und dann wieder wir. Ne, was sind wir lustig, wenn ich uns überzeichne. Und ne, was seid ihr lustig, wenn ich euch überzeichne. Haufenweise Witze mit vielen ü machen die, wie ihre Sprache klingt und wie sie Artikel weglassen. Klar sprechen die ohne Artikel, die mögen keine Artikel, diese Kanaken, der, die, das, wer soll da denn noch durchblicken, und vor allem Artikel 1 des Grundgesetzes: Die Würde des Menschen ist unantastbar. Oder nur die des Migranten. Und auch nur dann, wenn er selber auf der Bühne steht und Witze über Migranten macht. In ihre Fresse hinein. So frontal, weißt du? Hast du keine Angst, ne, gehst du einfach auf Bühne und machst Witze, ne, Alter. Ich schwör auf meine Mutter, wenn du Witze machst auf Bühne über Migranten, Deutschland lacht. Alle Kartoffeln klatschen sich auf Schenkel vor Lachen. Und deine Geldbeutel lacht auch. Musst du nur sagen: Deutsche sind so, Türken sind

so, Griechen sind so, dann viel Erfolg. Das ist wie bei den Minstrel Shows in Amerika, nur ein paar Jahre später und dass sie selber auf die Bühne gehen und sich lächerlich machen. Und am Ende weiß man gar nicht, ist das noch Menschenverachtung oder war das schon ein Witz?

Nein, sagt der Blinde, nein, ihr seid doch besoffen und aggressiv und ungerecht. Die tragen zur Integration bei, indem sie Vorurteile entlarven und anprangern. Das sind Satiriker.

Ja?, sagen wir. Das sehen wir nicht so. Wir sagen, sie zementieren die Vorurteile. Und wir finden es scheiße, dass sie ihre Witze immer für ein deutsches Publikum machen. Und ihr Satireverständnis finden wir auch scheiße. Satire zielt auf die Mächtigen, nicht auf die am Rand der Gesellschaft. Satire kloppt nicht auf Minderheiten drauf. Und Satire in Deutschland ist auch ohne den Artikel. Satire gibt hier immer auf die Fresse. Satire ist hier nur ein betrunkener Türsteher, der keinen reinlassen möchte. Wer sagt denn, dass Satire so sein muss? Wenn die etwas für die Verständigung der Kulturen tun wollen, könnten sie ja auch ein anderes Verständnis von Satire präsentieren.

So wie ihr?

Wieso, wir machen keine Satire, wir erzählen bloß gesicherte Fakten.

Ich habe mich ein wenig umgesehen, sagt der Blinde.

Haha, lachen wir pflichtschuldig.

Nein, echt. Ihr habt geklaut.

Fakten kann man nicht klauen, sagen wir.

Aber die Geschichte mit dem Einäugigen und dem Esel, die ist geklaut.

Wir haben eine Geschichte, die es schon gab, noch einmal anders erzählt, sagen wir. Das ist ganz normal. Alle Geschichten sind schon erzählt. Es kommt nur auf das Wie an. Aber Plagiatsvorwürfe sind immer ganz gut, damit kommt man wenigstens in die Medien.

Ja, bei der Geschichte mit dem Esel mögt ihr noch damit davonkommen, ihr könnt behaupten, dass ihr etwas, das nicht euer geistiges Eigentum ist, künstlerisch umgestaltet habt. Aber in dem Zeitungsartikel über Krishna Mustafa habe ich ganze Passagen entdeckt, die nur kopiert und eingesetzt sind. Ich habe genau recherchiert: Barack Obama, Andreas Thiel, Leon de Winter, Moritz von Uslar sind die eigentlichen Urheber.

Nicht Barack de Obama und Andreas von Thiel?
Nein.
...
Und was sagt ihr zu dem Vorwurf?

Na, dass du weder Ahnung von Satire hast noch von Literatur. Aber gerne klug daherredest.

Aber im Grunde gebt ihr mir recht, es ist nur kopiert.

Ja, ja, wir geben dir recht. Es ist ein wenig so wie damals, als Jack Nicholson ein Auto gewonnen hat. Nur war es nicht Jack Nicholson, sondern John Holmes, und es war auch kein Auto, sondern ein Fahrrad, und er hat es auch nicht gewonnen, sondern nur vergessen, wo er es abgestellt hatte. Du Vollhonk, sagen wir, glaubst du etwa, dass deine Behinderung dich vor Beschimpfungen schützt? Wir sind der Chor der Einäugigen, wir kommen alle sechs Kapitel mal dran und bei unserem letzten Auftritt haben wir halt zu tief ins Gas geschlaut. Entschuldigung, ins Glas geschaut. Der Rest, bis auf den Prolog und den Epilog, wird von Krishna Mustafa erzählt. Aber da gibt es noch einen Autor, der ist wahrscheinlich verantwortlich für die Sequenzen, die sich aus Copy und Paste zusammensetzen. Doch der wird sich schon was dabei gedacht haben. Und wenn nicht, hat er sicher einen guten Anwalt. Wahrscheinlich einen fetten Samoaner. Also geh uns einfach nicht auf Eier, ja.

Aber ihr habt ja auch keine Ahnung von Literatur. Immer redet ihr den oder die Leser anders an, das geht doch so nicht, das muss man doch vereinheitlichen. Habt ihr denn keinen Lektor?

Doch, doch. Aber wir sind ein Chor. Wir singen. Wieso sollte jedes Lied gleich klingen? Wieso sollte die Intonation immer dieselbe sein? Der Regen klingt ja auch nicht immer gleich.

Regen?

Ja, wir wollten dich im Regen stehenlassen.

Es ist nicht immer leicht, der Blinde unter den Einäugigen zu sein.

Unsere Rede, unsere Rede.

Nein, ihr habt das Gegenteil behauptet.

Da waren wir noch nicht betrunken. Jetzt kommt die Wahrheit so langsam ans Licht.

Ist das etwa ein Joint, den ihr da raucht?

Ja, mein Freund, ein großer, dicker Joint. Isa hat uns im letzten Kapitel Lust darauf gemacht. Und egal, wie dicht du bist, Goethe ist Dichter. ...

Verstehst du nicht? Ist ein Wortspiel, Dichter, einmal als Berufsbezeichnung und einmal als Komparativ von dicht.

Sehr lustig.

Ja. Egal, wie jung du bist, Judas ist Jünger. Weil er doch ein Jünger Jesu war. Nicht lustig?

Nein.

Egal, wie viel Curry du isst, Freddie ist Mercury.

Ja, weil man Quecksilber ja nicht essen kann.

Du hast keinen Humor, hat dir das schon mal jemand gesagt?

Ja, viele. Aber meistens wollten sie damit zum Ausdrück bringen, dass ich einen anderen Humor habe als sie.

Ausdrück?

Witz mit ü.

Sehr lustig.

Es riecht im ganzen Zimmer nach Gras, das lockt bestimmt Polizisten an. Oder Denunzianten. Kann man das nicht irgendwie kaschieren? Habt ihr nicht ein Deo, einen Wunderbaum, ein Weihnachtstannenduftspray oder so?

Nein. Aber wir wissen, was hilft. Du kannst einfach in die Ecke kacken. Wir schauen auch nicht hin. Und apropos. Woher weißt du eigentlich, wann dein Arsch sauber ist, wenn du nicht auf das Toilettenpapier gucken kannst? Siehst du, wir können auch Witze ohne Artikel 1. Hilft doch bei der Integration Behinderter. Jede Minderheit hat das Recht, dass man Witze über sie macht. Du lachst schon wieder nicht.

Doch, doch, sagt der Blinde, ich krümme mich vor Lachen. Letztes Mal habt ihr den Witz mit der Watte nicht erklärt, den versteht doch niemand, der kein Türkisch kann.

Ist doch egal, alles, was man hier nicht versteht, ist Orientalismus. Und Orientalismus finden alle poetisch. Aber wir haben noch einen: Egal, wie gut du fährst, Züge fahren Güter.

Ich kann ziemlich gut Auto fahren. Aber ich sollte den Mund nicht zu voll nehmen. Ich fahre erst seit zwei Monaten. Meistens nur kurze Strecken. Und nie allein. Allerdings ohne Führerschein. Oft in einem fremden Auto. Und eigentlich nie nüchtern.

Hä?

Keinen Humor, oder was?

Jetzt hast du uns erwischt. Da muss man ehrlich sein. Darauf erst mal ein Glas Leistungswasser. So. Und jetzt brauchen wir einen Kaffee. Was uns zu einem Lied bringt, schließlich sind wir ein Chor. Ein letztes Lied, von dem großen Komponisten Karl Gottlieb Hering, der auch das Weihnachtslied *Morgen, Kinder, wird's was geben* vertont hat. Überhaupt hatte er es mit Kinderliedern, vielleicht weil er selber so viele Kinder hatte. 13 an der Zahl. So wie

Tolstoi. Beide haben ihre Frau als Gebärmaschine missbraucht, aber Tolstoi gilt als eine Autorität, die etwas über Familien zu sagen hat. Hering ist kein Fisch, und selbst wenn er einer wäre, Helene ist Fischer. Und den Unterschied zwischen einem Fischer und einem Angler, den werde ich nicht erklären, weder einem Amateur noch einem Profi. Hering ist kein Fisch, er ist Komponist, und es geht hier nicht um den Text bei diesem Lied, es geht um die Musik. Deswegen drucken wir auch die Noten mit ab. Aber wir singen den Text. Auch wenn wir nicht dazu tanzen.

C-a-f-f-e-e
Trink nicht so viel Caffee!
Nicht für Kinder ist der Türkentrank,
schwächt die Nerven, macht dich blass und krank.
Sei doch kein Muselmann,
der ihn nicht lassen kann!

S-c-h-o-k-o
Iss nicht so viel Schoko!
Nicht für Afrikaner sind die Schweizer Tafeln,
machen nur zufrieden und lassen dich schwäfeln.
Sei doch kein Europäer,
der ist bloß Frauenversteher!

**Fünfundzwanzigstes Kapitel, in dem sich alle Sorgen machen, Krishna Mustafa eine Suppe kauft und sein Vater ihm erklärt, wie Geld und Liebe zusammenpassen**

Esra ist gestern Morgen aus dem Haus gegangen, Freunde haben sie vormittags noch an der Universität gesehen, danach gibt es keine Spur mehr von ihr. Sie ist abends nicht heimgekommen, ihr Handy ist aus. Die Eltern haben in der Nachbarschaft herumgefragt, sie sind zur Polizei gegangen, haben in Krankenhäusern angerufen, sie haben die Umgebung der Universität abgesucht. Erst heute Vormittag, nach 24 Stunden, konnten sie sie offiziell als vermisst melden. Sie haben eine Facebook-Aktion gestartet, Yunus hat ihr Bild getwittert mit der Bitte um Retweets, aber es gibt keine Hinweise darauf, wo Esra sein könnte.

Du warst die ganze Nacht bei ihren Eltern?, frage ich.

Ja.

Wissen die von dem Film?, fragt Isa.

Yunus nickt. Sie haben ihn gesehen, sagt er. Sie fanden ihn toll. Ich habe ihnen gesagt, sie sollen sich keine Sorgen machen, ich sorge dafür, dass Esra anonym bleibt.

Vielleicht hat ihr Verschwinden auch gar nichts damit zu tun, sage ich.

Viele junge Frauen, die verschwinden, haben Probleme mit ihrer Familie und flüchten, sagt Yunus. Das ist schon mal nicht der Fall. Wäre sie wegen des Films verschwunden, dann wüssten wir das. Sie würden sie anklagen wegen Beleidigung Erdoğans, wie sie es bei so vielen machen. Sie würden das alles aufbauschen, wie bei dem Prozess gegen Çarşı jetzt, die wegen Bildung einer terroristischen Vereinigung angeklagt sind und wegen des Versuchs, die Regierung zu stürzen. Die Fans eines Fußballvereins sollen versucht haben, die Regierung zu stürzen, es ist absurd. Wäre es wegen des Films, wir wüssten davon. Niemand kann sie mit dem Film in Verbindung bringen. Ich habe keine Spuren hinterlassen. Es ist etwas geschehen, ich kann das fühlen.

Seine Augen sind gerötet, wahrscheinlich hat er die ganze Nacht nicht geschlafen, und jetzt sieht er so aus, als könnte er jeden Moment weinen. Ich schau Isa an, auch seine Augen sind gerötet. Rot, weil du gekifft hast, rot, weil du geweint hast, rot, weil du nicht geschlafen hast, rot, weil du Tränengas abbekommen hast. Die Farbe allein verrät nichts.

Mach dir keinen Kopf, sagt Isa, die wird schon wieder auftauchen. Am Ende gibt es meistens eine einfache Erklärung.

Er steht auf und nimmt Yunus in den Arm. Du siehst müde aus, sagt er. Komm, wir holen dir eine Suppe und danach legst du dich einfach hin und schläfst mal. Wenn du aufstehst, sieht die Welt vielleicht schon ganz anders aus.

Ich habe keine Spuren hinterlassen, wiederholt Yunus.

Es liegt sicher nicht an dir, dass im Moment keiner weiß, wo sie ist, sagt Isa.

Dann macht er eine Kopfbewegung zu mir hin. Ich nicke und gehe runter zu dem kleinen Selbstbedienungslokal an der Ecke.

Eine Linsensuppe, bitte, sage ich an der Kasse. Ich nehme sie mit hoch. Unserem Freund geht es nicht so gut.

Nichts Ernstes, hoffe ich, sagt der Mann und macht eine Kopfbewegung, damit der Gehilfe einen Teller mit Frischhaltefolie darüber fertig macht.

Ich weiß es nicht, sage ich. Seine Freundin ist verschwunden. Er war die ganze Nacht bei ihren Eltern. Sie wissen nicht, wo sie ist.

Die kleine Dunkle mit den langen Locken, die ein wenig arabisch aussieht?

Ja, genau die, Esra.

Seit wann ist sie verschwunden?

Seit gestern Vormittag.

Er legt kurz den Kopf schief. Hoffen wir das Beste, sagt er.

Als ich in meine Tasche greife, lächelt er. Die geht auf mich, sagt er.

Danke, sage ich. Kefene bereket. Segen deinem Leichenhemd.

Er lacht. Kese, sagt er, das Wort ist Kese. Kefen ist das, was man anzieht, wenn man tot ist, kese ist das, wo man das Geld reintut. Segen deiner Geldbörse heißt es, nicht deinem Leichenhemd.

Man soll gar nicht alles ausgeben, bevor man tot ist?

Nein, sagt er, und außerdem sagt man das auch nicht, wenn man etwas geschenkt bekommt.

Danke, sage ich. Seit Monaten sage ich nun schon *Segen deinem Leichenhemd* und bis jetzt hat mich noch niemand korrigiert.

Wir zählen nicht deine Fehler, sagt der Mann, wir zählen deine guten Taten. Dein Türkisch ist ziemlich gut geworden in den letzten Monaten, auch wenn du eine Geldbörse nicht von einem Leichenhemd unterscheiden kannst.

Aber Esrar von Esra, sage ich.

Hoffen wir, dass sie wieder auftaucht, sagt er. Bestell meine guten Wünsche.

Yunus löffelt stumm seine Suppe, während Isa erzählt, wie ein Schulfreund von ihm mal im Bus bewusstlos geworden ist und dann zwei Tage später in einem Krankenhaus aufwachte und nicht mehr wusste, was passiert ist. Yunus scheint gar nicht zuzuhören. Er raucht nach der Suppe noch eine Zigarette und steht dann auf.

Mach den Rechner gar nicht erst an und lass dein Telefon hier, sagt Isa. Ich wecke dich, falls ein Anruf kommt, versprochen. Such nicht im Netz, sonst schläfst du gar nicht, ich kenn dich.

Ich bin Schlaflosigkeit gewöhnt, sagt Yunus.

Pass auf, sonst wirst du noch wie Nasreddin Hodschas Esel, sagt Isa.

Yunus geht in sein Zimmer und ich frage Isa: Nasreddin Hodschas Esel?

Der Hodscha hat seinem Esel jeden Tag ein bisschen weniger zu fressen gegeben, und als der Esel dann irgendwann starb, hat er gesagt: Gerade, als er dabei war zu lernen, ganz ohne Futter auszukommen, ist er leider gestorben.

Er lässt den Kopf hängen.

Warum ist das passiert?, fragt er. Ich bin ja nicht mal vor die Tür gegangen. Ich wollte nur mal einen rauchen und ein wenig lachen. Alles läuft hier schief. Du kannst echt froh sein, dass du hier nicht leben musst. Was für ein gottverfluchtes Land, nichts hat seine Ordnung, nirgends bist du sicher. Mit diesem Zuhälter Erdoğan ist alles nur noch schlimmer geworden. Ein neuer Flughafen, eine neue Brücke über den Bosporus. Vielleicht sollte er die Brücke Emine nennen, nach seiner Frau. Damit da jeder mal drüber kann. Was für ein Land, was hast du schon gelernt in deiner Zeit hier? Wie sollen aus uns mal aufrichtige Menschen werden? Überall Angst, Verrat, Ehrlosigkeit, überall Lüge und Unterdrückung. Der arme Kerl.

Du glaubst nicht, dass sie wieder auftaucht?

Siehst du hier irgendwo Hoffnung?, sagt er. Vielleicht hat jemand ein wenig Hoffnung beim Aufräumen vergessen, vielleicht liegt unter dem Sofa noch ein Stück oder unter den Trümmern von Sulukule oder sonst einem Stadtteil, den sie abreißen, um ihn zu gentrifizieren. Vielleicht haben sie noch ein wenig Hoffnung in einer Tränengasgranate versteckt oder im Knüppel eines Polizisten. Oder vielleicht ist in einem der 1.000 Zimmer des Ak Saray irgendwo in irgendeiner Ecke Hoffnung. Man müsste nur mal suchen. Irgendwo in diesem verfickten Land muss es doch Hoffnung geben, oder? Was meinst du?

Rauch noch einen, sage ich. Rauch noch einen. Ich kümmere mich drum.

Was willst du denn machen?

Nicht die Wände der Wohnung mit meinen Flüchen dekorieren, sage ich. Wir dürfen die Hände nicht in den Schoß legen.

Mein Handy meldet sich, Muslim Pro sagt mir, dass es Zeit ist für das Mittagsgebet.

Aha, sagt mein Vater, und was soll ich jetzt tun?

Ich weiß es nicht, sage ich. Du hast Geld, du kennst Leute. Hast du nicht irgendeinen Bekannten bei der Polizei, der dir einen Gefallen schuldet? Oder kennst du einen Detektiv, der nachforschen könnte?

Mein Vater lacht.

Einerseits hast du verstanden, wie die Dinge hier laufen, andererseits hast du keine Ahnung.

Wieso?

Es gibt hier keine Privatdetektive. Nicht offiziell zumindest, weil das Gesetz, das das regeln sollte, zwar seit 1994 vorliegt, aber noch nicht verabschiedet worden ist. Wir haben keine Regel für Privatdetektive. Sonst gibt es immer eine Regel, dann weiß man, woran man sich nicht unbedingt halten muss. Es ist hier leichter, sich außerhalb der Regeln zu bewegen als in einer Grauzone.

Er lacht wieder. Weißt du das eigentlich, sagt er, in Deutschland hatte ich auch überlegt, mich als Detektiv selbstständig zu machen. Aber deine Mutter war dagegen, dass ich Ehepartner beschatte, die fremdgehen. Vielleicht hatte sie Angst, ich würde dabei zu einer Art Spanner werden. Eigentlich mochte deine Mutter keine meiner Ideen, Geld zu verdienen. Wie dem auch sei, ich kenne jemanden, der einen Beruf ausübt, den es nicht gibt. Ich werde ihn fragen. Aber ich weiß nicht, ob das hilft. Früher reichte es, die richtigen Leute zu kennen, heute weiß niemand mehr, wer die richtigen Leute sind. Polizisten werden versetzt, Imame werden versetzt, Bauaufsichtsleiter werden versetzt, selbst ich blicke nicht mehr durch. Falls deine Freundin wirklich in Staatsgewalt sein sollte, sieht es nicht gut aus.

Das ist das Land, das du so lobst, sage ich. Ein Land, in dem man verschwindet, nur weil man einen Film gemacht hat?

Ja, sagt er.

Vielleicht hatte Esra recht, als sie mich gewarnt hat, vielleicht sollte ich wirklich Angst haben.

Du kommst ein wenig nach mir, sagt er, du hast kaum Angst. Das kann man sich nicht aussuchen. Wer Angst hat, hat überall Angst. Er hat Angst, in Deutschland von Glatzen verprügelt zu werden, er hat Angst, wegen eines Bartes und eines falschen Stempels im Pass in Guantánamo zu landen, er hat Angst vor Pegida, vor der Islamophobie in Europa, vor dem deutschen Verfassungsschutz, der Neonazis deckt, er hat Angst davor, wegen eines ü in seinem Namen zum Moslem gemacht zu werden, obwohl er noch nie in einer Moschee war.

Warum bist du eigentlich früher nie mit mir in die Moschee?

Weil ich selber nicht hingegangen bin. Was soll ich auch bei diesen Heuchlern und Scheinheiligen? Jeder ist sich selbst der Nächste bei denen.

Ich bete jetzt jeden Tag, das gibt meinem Tag Struktur.

Er sieht mich an.

Du betest? Fünf Mal?

Ja.

Er scheint nachzudenken. Dann sagt er: Wenn du betest, sei das Instrument Gottes. Gib dich hin, lass ihn auf dir spielen, sieh, wohin es führt. Aber sei nicht das Instrument eines anderen Menschen.

Er nimmt sein Handy und sagt: Ich rufe mal diesen Detektiv an.

Doch dann hält inne er und sieht mich an.

Hoffnung bedeutet nicht, sich zu wünschen, dass alles gut ausgeht. Hoffnung bedeutet, dass alles am Ende einen Sinn hatte. Es gibt keine Hoffnung, sagt er. Weder hier noch dort. Es gibt keine Hoffnung, es gibt Geld und es gibt Liebe und man braucht beides. Aber wenn du beides hast, ist es schwer, es so zusammenzusetzen, dass es ein stimmiges Bild ergibt.

Dann tippt er auf das Display und hält sich das Telefon ans Ohr.

Hallo Cengiz, wie geht es dir?

**Sechsundzwanzigstes Kapitel, in dem Emre die Ordnungsmanie der Deutschen durchschaut, Esra verschwunden bleibt und Yunus und Krishna Mustafa nach Kadıköy auf eine Demo fahren**

Ich muss hier noch ein Diplom in Mülltrennung machen, sagt Emre. Der Hausmeister hat herausgefunden, dass wir unseren Müll nicht richtig trennen. Und dann hat Agnieszka herausgefunden, dass das meine Schuld ist. Ich schmeiße Wertstoffe in die Restmülltonne und Verbundstoffe in das Altpapier. Außerdem hat der Hausmeister mich auch noch dabei beobachtet, wie ich ein kaputtes Trinkglas in den Altglascontainer geworfen habe. Die gehören da nicht rein. Wusstest du das?

Nein.

Die machen mich verrückt. Es ist leichter, das Futur II oder den Irrealis zu lernen als diese Mülltrennung.

Ja, sage ich, vielleicht ist das wie eine Sprache. Wenn man es als Kind lernt, geht es ganz einfach, aber wenn man schon erwachsen ist, hat man Schwierigkeiten.

Es ist ja noch widersinniger als die Artikel, sagt Emre, oder die starken Verben, die schwach sind, und die schwachen Verben, die stark sind. Wie kann ein Volk, in dessen Sprache es so viele Sonderformen und so viele Ausnahmen gibt, sich sonst so sklavisch Regeln unterwerfen? Es ist mir ein Rätsel, wirklich. Der Plunder ist

Einzahl, die Plundern ist Mehrzahl. Obwohl Plunder ja schon mehr als eins meint. Die Flunder, die Flundern. Aber das Wunder, die Wunder. Das ist doch ein Wunder, da geht einfach ein N verloren und es stört niemanden, es gibt keinen Aufschrei, wir wollen unser N haben, das ist aber die Regel, sie können nicht einfach einen Buchstaben weglassen und es ist immer noch richtig. Das Wunder, die Wunder, heißt es. Aber nicht das Kind und die Kind. Sie haben so eine Sprache, wo jedes Wort einfach machen kann, was es will, keines muss sich an die Regeln halten. Aber wehe, ich schmeiße einen Joghurtbecher in die falsche Tonne. Da ist die Hölle los. Davon geht die Welt unter, vielmehr sie erwärmt sich. Oder wir ertrinken in Müll. Oder sonst irgendeine Naturkatastrophe passiert, weil ich mir nicht merken kann, was in welche Tonne gehört. Und wenn ich es noch mal falsch mache, werden die Tonnen nicht mehr abgeholt, sagt der Hausmeister. Ja, und dann? Was soll das denn für eine Lösung sein? Die merken ja nicht mal, wie absurd das alles ist. Das ist eine reine Beschäftigungsindustrie. Alles ist eingepackt, eingeschweißt, eingetütet, jedes Obst im Supermarkt hat eine eigene Verpackung, damit es sich nicht vernachlässigt fühlt oder begrapscht. Und nicht nur das Obst, sogar der Kaffee ist in Kapseln verpackt. Da sitzen doch Designer dran, die das entwerfen, die erfinden Verpackungen, weil es die Verpackung ist, was hier zählt, nicht der Inhalt. Und dann hält man die Menschen davon ab, sich mit dem Inhalt zu beschäftigen, indem man sie nötigt, sich mit der Packung auseinanderzusetzen. Und es ist wie bei dem N, niemand findet es komisch. Wenn man morgen die Joghurtbecher nach Geschmacksrichtungen sortieren müsste, würden die Leute auch das tun. Heute schmeißt du die ganze Werbung ins Altpapier und morgen kommt sie dir wieder als Werbung ins Haus, hat aber einmal einen ganzen Kreislauf durchlaufen, das muss ja richtig sein. Und diese Plastikflaschen, wenn ich ein bisschen mehr Geld hätte, würde ich diese Plastikpfandflaschen nicht mehr zurückbringen, sondern in die Tonne schmeißen. Welche auch immer die richtige dafür ist. Da stehst du an einem Automaten, der deine Flasche nicht annimmt, weil das Etikett ein wenig zerknittert ist und er es nicht mehr richtig lesen kann. Dann streichst du dieses Etikett glatt, wieder und wieder, mit karibischer Sorgfalt, und sobald der Automat es lesen kann, zerdrückt er die ganze Flasche zusammen mit dem Etikett. Das ist doch Irrsinn. Die Deutschen sind fleißig, heißt es immer, aber die sind nur fleißig, weil sie sich Arbeit machen, wo eigentlich keine ist. Stattdessen könnten sie versuchen, Müll zu vermeiden, das wäre effizient. Aber sie wollen immer nur effektiv sein und sind erst glücklich, wenn sie Dinge planen können. Ich sehne mich nach dem Müll zu Hause, glaub mir, ich habe richtig Heimweh nach Müll. Richtiger Müll, nicht so eine Wertstoffunterscheidungsscheiße. Ich habe ...

Esra ist verschwunden, sage ich.

Ich habe sowieso so langsam ... Was? Was hast du gesagt?

Esra ist verschwunden.

Wie, verschwunden?

Ich erkläre ihm die Lage, ohne den Film zu erwähnen. Weil ich nicht weiß, wer im Internet mithört. Alle haben mitgeholfen, dass auch ich ein wenig Paranoia entwickle.

Warum sagst du das nicht gleich?

Weil ich gar nicht dazu gekommen bin. Zwei Ohren und ein Mund, damit du doppelt so viel zuhörst wie redest.

Ja, sagt er. Ja. Tut mir leid. Aber ich glaube immer, du bist der Einzige, der versteht, was ich erzähle, die anderen hier merken ja nichts mehr.

Ich kann auch nicht verstehen, warum die gleiche Flasche im Bioladen Pfand hat und in der Drogerie nicht, sage ich. Nur das Etikett ist anders. Du hast schon recht, es geht um die Verpackung, mit dem Inhalt möchte sich niemand beschäftigen.

Die Deutschen trennen den Müll, sagt Emre, aber wir trennen die Menschen. Der ist links, der ist rechts, der ist religiös, der ist Kurde, der ist Alevit, der ist Armenier, der ist Jude, der ist Grieche, der ist reich, der ist arm, der ist Chef, der ist Arbeiter. Gottverflucht, ich hatte Heimweh und das war irgendwie schön, ich hatte den Irrsinn vergessen. Es ist alles Irrsinn, egal, wo du hingehst, die Menschen leben alle ihren eigenen Irrsinn. Wenn es morgen Verstand auf dem Markt gäbe, jeder würde nur seinen eigenen kaufen wollen. Hast du deinen Vater gefragt, ob er etwas tun kann?

Ja.

Wie viele Stunden sind es jetzt?

30, 32 Stunden.

Scheiße. Sie hat sich bestimmt in Schwierigkeiten gebracht.

Mir hat sie immer gesagt, ich soll aufpassen. Sie wirkte vorsichtig.

Sie ist aufbrausend, sagt Emre. Hoffen wir das Beste.

Ich möchte nicht, dass wir auflegen, aber wir wissen beide immer weniger zu sagen und schließlich sitze ich da und fühle mich schlecht. Nicht so, wie ich mich gefühlt habe, als Laura Schluss gemacht hat. Ich fühle mich anders schlecht. Ich fühle mich schlecht, weil ich Angst habe. Angst um Esra. Was mache ich, wenn sie nicht wieder auftaucht? Was macht Yunus, was machen ihre Eltern? Kann ich danach einfach weiterleben?

Ich tippe *Nationalhymnen* bei YouTube ein und finde eine Playlist mit 136 Videos. Ich drücke Play. Als ich wieder aufwache, wiederhole ich alle. Als ich aufwache, wiederhole ich alle. Wie gut, dass das Internet nicht aussetzt. Ich wiederhole. Nicht mal, als Laura mich verlassen hat, habe ich das gemacht, aber da war auch nicht diese Ungewissheit.

Du hast es gut.
   Yunus. Er muss Pause gedrückt haben.
   Isa sitzt völlig dicht im Wohnzimmer, der hat es auch gut, aber ich werde verrückt. Es sind mittlerweile über 48 Stunden. Heute ist Demo drüben in Kadıköy. Kommst du mit? Esra hätte gewollt, dass wir dort sind.
   Die Demo zur Verteidigung der Marmara-Region? Sie hatte davon erzählt. Natürlich komme ich mit.
   Yunus sieht müde aus, seine Wangen sind eingefallen, seine Augen rot.
   Was würde ich jetzt geben für eine Krankheit wie deine, sagt er. Gesund sein ist nicht immer von Vorteil. Was ist das da eigentlich, die Galata-Brücke?
   Ja, sage ich, ich bin noch am Anfang, aber man kann schon erkennen, was es werden soll. Hast du den Wasserwerfer gesehen?
   Zeig mal.
   Er nickt anerkennend.
   Komm, wir schauen wir uns die originalen an.

Als wir auf der Fähre nach Kadıköy sitzen, fallen ihm die Augen zu und ich freue mich für ihn. Ich freue mich, dass er jetzt irgendwo ist, wo er nicht an Esra denkt, nicht an den Film, nicht an die Vorwürfe, die er sich wahrscheinlich macht, er ist irgendwo, wo man keine Nationalhymnen hört.
   Er wacht auf, als wir anlegen. Man kann sehen, dass er einige Momente braucht, um zu verstehen, wo er ist. Seine Augen sind noch röter als vorher.
   Komm, sagt er, lass uns ein wenig schreien.

Diese Demo ist viel größer als die Frauendemo, auf der ich mit Esra war. Es gibt mehr Polizei, mehr Wasserwerfer, aber auch mehr Demonstranten. Es werden nicht nur Trillerpfeifen und Selfie-Sticks verkauft, sondern auch Gasmasken. Es nehmen verschiedene Organisationen teil und Yunus und ich laufen mal bei einer Truppe mit, dann wieder bei einer anderen, wir skandieren mit ihnen ihre Sprüche. Ich bin erstaunt, wie laut Yunus ist, man kann ihn heraushören aus all den Stimmen, er schreit, als würde das helfen, Esra zu finden.

Fälle meine Olivenbäume nicht, Halt dich aus meinem Viertel raus, Finger weg von meinem Wald, Finger weg von meiner Verfassung, Scheiß auf deine Rendite, Es ist Zeit, Istanbul zu verteidigen, Übernimm Verantwortung für deine Arbeit, für deine Stadt, für deine Bildung, Das ist der Anfang, der Kampf geht weiter, Widerstand leistend, werden wir gewinnen. Wir skandieren die Worte, bis wir ganz heiser sind, doch es ist nicht nur Yunus, der mit solcher Inbrunst schreit. Alle schreien, als würden sie jemanden vermissen, als wären sie in Gefahr, jemanden zu verlieren, alle schreien ihre Seelen heraus und ihre Seelen dringen durch meine Ohren in mich ein und ich bekomme Gänsehaut und Tränen treten in meine Augen, ich fühle mich stark und gleichzeitig so, als könnte ich mich auflösen.

Es ist ernst. Es ist äußerst ernst.

Aber als wir später auf der Fähre sind und wieder nach Europa fahren, muss ich lachen, weil ich keine Stimme mehr habe. Ich muss lachen, obwohl es weh tut und sich anhört, als würde jemand mein Lachen ersticken wollen.

Yunus lacht und weint gleichzeitig.

Sie wird wieder auftauchen, möchte ich auf einmal sagen. Aber meine Stimme ist so hinüber, dass nichts herauskommt.

**Siebenundzwanzigstes Kapitel, in dem wir von Esra hören, Krishna Mustafa seine Schwestern kennenlernt und mit der Familie Silvester feiert**

Verbring Silvester doch bei uns, sagt mein Vater.

Warum hast du mich eigentlich nicht schon früher mal eingeladen?, frage ich.

Laura möchte das bestimmt wissen, wenn ich bald zurück bin. Immer noch stelle ich mir vor, worüber ich mit ihr reden werde, wenn wir uns sehen, was ich ihr alles erzählen werde, was sie alles fragen wird.

Nevim und die Mädchen waren den ganzen Sommer über im Ferienhaus an der Ägäis, sagt mein Vater, danach waren die Mädchen in der Schule oder beim Förderunterricht, beim Klavierspielen oder Schwimmen, ich hatte viele Termine, es war dauernd etwas los, unsere Leben vergehen, ohne dass unsere Hintern die Couch berühren.

Ich komme, sage ich.

Schön, sagt er. Ich habe noch eine Überraschung für dich. Komm früh, nimm dir ein Taxi, fahr nicht nach drei Uhr nachmittags los, danach staut sich schon alles.

Okay, ich setze mit der Fähre über nach Üsküdar und nehme mir von da ein Taxi, sage ich. Was ist die Überraschung?

Wenn ich es sage, ist keine Überraschung mehr.

Bitte.

Du wirst es sehen, wenn du hier bist.

Ich platze unterwegs vor Neugier.

Ich weiß, sagt mein Vater, bis übermorgen, und legt auf.

Während ich noch überlege, ob ich ihn noch mal anrufen soll und wenigstens eine Hinweis aus ihm herausquetschen, ruft Yunus an.

Sie ist da, sie ist gesund, wir sind bei ihren Eltern, sagt er.

Was ist passiert?, frage ich.

Sie war in Polizeigewahrsam, sagt er. Viel länger als die erlaubten 24 Stunden. Diese verfickten Bullenschweine.

Warum denn, was hat sie getan?

Nichts. Sie haben sie einfach mitgenommen.

Geht es ihr gut?

Sie weint viel, aber sie ist in Ordnung.

Als ich auflege, ruft mein Vater an. Sie ist frei, sagt er.

Ich weiß, sage ich. Yunus hat gerade angerufen. Sie hat nichts getan.

Sie hat in einem Restaurant gegessen, dann ist eine Gruppe Sondereinsatzkräfte der Polizei zur Tür hereingekommen. Sie ist aufgestanden und hat beim Bezahlen gesagt, dass sie nicht da essen möchte, wo Mörder essen. Das hat einer von denen wohl gehört.

Aha, sage ich und hole Luft.

Nein, sagt er.

Nein, was?

Ich gebe dir keinen Hinweis. Lass dich überraschen.

Der Taxifahrer kennt die Adresse nicht und hat auch kein Navigationsgerät. Ich rufe meinen Vater an, damit er den Fahrer dirigieren kann. Wir halten vor einem riesigen Haus auf einem Hügel. Es ist ruhig und grün, ich kann fast nicht glauben, dass das hier noch Istanbul ist. Mein Vater empfängt mich an der Tür und führt mich ins Wohnzimmer. Dort sitzen ein Mann und eine Frau auf der Couch, die sich erheben, sobald ich hereinkomme.

Mustafa, du bist ja ein richtiger Mann geworden.

Und du bist richtig dick geworden, sage ich und gehe auf meinen Onkel Sami zu, um ihm die Hand zu küssen und sie an die Stirn zu führen. Meiner Tante Sezen möchte ich auch die Hand küssen, doch sie zieht sie weg und umarmt mich. Sie ist zwei Köpfe kleiner als ich, doch es ist, als würde man in ihrer Umarmung verschwinden, so viel Herz liegt in ihren Händen.

Es ist Jahre her, sagt mein Onkel. Komm, setz dich, lass dich anschauen, erzähl, wie es dir geht. Recep sagt, dein Türkisch sei ganz gut.

Deins ist auch ganz gut, sage ich und mein Onkel und meine Tante lachen.

Was macht ihr hier?

Wir haben uns zwei Tage freigenommen, damit wir zusammen sein können.

Ach, wenn Emre auch hier sein könnte, sagt meine Tante und hat bereits Tränen in den Augen.

Mein Onkel und meine Tante sind zurück nach Kars gezogen, bald nachdem wir nach Deutschland ausgewandert sind. Was sollen wir denn in Istanbul ohne Familie, hat mein Onkel damals wohl gesagt, eine volle Stadt, die einem kaum Luft zum Atmen lässt, ein Irrsinn, der mit jedem Tag noch irrsinniger wird. Wer lebt schon freiwillig in Istanbul, wenn er woanders leben kann? Diese Stadt konsumiert Menschen, sie ernährt sich von ihrem Blut und ihrer Lebenszeit, sagt er jetzt. Wenn dein Vater stirbt, wird er wahrscheinlich zehn Jahre seiner Zeit in den Staus dieser Stadt verbracht haben.

Eine Frau kommt herein.

Entschuldige bitte, ich war in der Küche beschäftigt, ich habe es nicht geschafft, dich an der Tür zu begrüßen, sagt sie.

Sie sieht nicht aus, als wäre sie in der Küche beschäftigt gewesen, sondern als käme sie gerade vom Friseur. Ihr Kleid sieht teuer aus. Sie gibt mir erst die Hand und umarmt mich dann.

Mustafa, sagt sie, schön, dass ich dich mal kennenlerne, dein Vater hat so viel von dir erzählt.

Sie riecht nach Parfüm und irgendetwas an ihrer Stimme gefällt mir nicht, sie klingt ein wenig so, als würde sie

sie verstimmen. Meine Mutter sagt immer, er hätte ein Heimchen geheiratet, aber sie hat Nevim noch nie gesehen.

Ich hole die Mädels, sagt Nevim und geht aus dem Wohnzimmer.

Wir setzen uns hin. Zwei riesige Sofas, auf denen insgesamt bestimmt zwölf Leute Platz hätten, bilden ein L, mit dem riesigen Flatscreen wird daraus ein U, dessen offene Seite zur Tür zeigt. In der Mitte des U liegt ein Teppich, der doppelt so groß ist wie mein Zimmer in Mecidiyeköy. Hinter der Sitzgruppe ist eine Art Wintergarten mit Blick auf den Bosporus und einem riesigen Esstisch, der bereits gedeckt ist. Vor dem Wintergarten steht an der Wand ein Klavier. Es ist das größte Wohnzimmer, das ich je gesehen habe.

Afitab und Cihanfer kommen herein. Afitab sieht meinem Vater ähnlich, sie hat schwarze Haare, dunkle Augen und dichte Augenbrauen. Auf ihren Wangen ist ein leichter Flaum. Cihanfer hat blonde Haare wie ihre Mutter und ein paar Sommersprossen um die Nase.

Afitab ist groß, fast so groß wie ich, sie gibt mir die Hand und wir küssen uns auf die Wangen, Cihanfer sagt: Dich küsse ich nicht, du hast einen Bart.

Gut, sage ich.

Nevim lacht.

Cihanfer, das gehört sich aber gar nicht, sagt mein Vater.

Warum hast du einen Bart?, möchte sie wissen. Magst du nicht küssen?

Nein, sage ich. Ich mag mich nicht rasieren.

Bist du faul? Es ist nicht gut, faul zu sein.

Cihanfer, rede nicht so viel, sagt mein Vater.

Aber stimmt doch, sagt Cihanfer. Es ist nicht gut, faul zu sein. Ein zivilisierter Mann rasiert sich jeden Tag.

Weißt du denn, was zivilisiert bedeutet?, frage ich.

Ja, sagt sie. Das ist jemand, der nicht flucht und danke und bitte sagt.

Und wenn man nicht flucht und danke und bitte sagt und trotzdem einen Bart hat?

Dann ist man nicht zivilisiert, sagt sie.

Zivilisation ist also eine Frage des Friseurs, sage ich.

Wir gehen ja immer nur zu Serkan, sagt Cihanfer, das ist der beste Friseur der ganzen Stadt.

Gut, gut, sagt mein Vater, geh wieder spielen, wir rufen dich später zum Essen.

Sie ist ganz süß, sage ich, als sie hinausgegangen ist.

Aber vorlaut, sagt mein Vater.

Nach wem sie wohl kommt, sagt mein Onkel.

Geht sie schon zur Schule?, frage ich.

Ja, sagt mein Vater, seit September jetzt. Sie findet es schrecklich.

Kein Wunder, sagt mein Onkel, ihre Kindheit ist mit einem Mal zu Ende gegangen.

Wieso?, sage ich.

Weißt du, wie die Schulen hier sind? Die geht ja nicht nur in die Grundschule, sondern nachmittags noch auf eine Förderschule. Dann hat sie Klavierunterricht, Schwimmunterricht, was weiß ich.

Klavierspielen fördert das mathematische Denken, sagt Nevim.

Förderschule, sage ich, ist sie denn so schlecht?

Nein, sagt mein Vater, alle gehen auf die Förderschule. Sonst hast du hier keine Chance. Schau dir Afitab an, die geht sogar samstags und sonntags, auch deswegen konnten wir dich nie zu einem Familientreffen rufen.

Das Leben hier ist ein Wettrennen, sagt mein Onkel, nur weil dein Vater weit vorne läuft, fällt ihm das nicht so auf.

Vielleicht war es doch keine so schlechte Idee.

Was?, fragt mein Vater.

Was?, frage ich.

Was war keine so schlechte Idee?

Ich muss wohl wieder laut gedacht haben.

Nach Deutschland zu gehen, antworte ich.

Ja, sagt er, die hier leben, das sind keine Menschen, die haben kein Leben, keine Kindheit, kein Glück. Das gibt es alles nur in Deutschland. Für umsonst.

Ich hole den Tee und Triliçe, sagt Nevim, eine Spezialität aus Albanien, unsere Nachbarin hat sie gemacht.

Während wir den Kuchen essen, fragt sie mich: Und wie sieht diese Stadt aus den Augen eines Europäers aus?

Ich wohne noch nicht so lange in Mecidiyeköy, sage ich, aber mein Vater hat ja auch sehr lange drüben gewohnt.

Sie lacht. Jeder Lacher, der aus ihrem Mund kommt, klingt genau wie der andere. Als hätte sie ihn irgendwo abgespeichert.

Ach, wenn Recep auch so viel Witz hätte, sagt sie. Aber jetzt mal ernsthaft, du hast jahrelang in Deutschland gelebt, wie beurteilst du diese Stadt, als jemand, der nicht von hier ist?

Ich bin doch von hier, sage ich, ich bin hier geboren. Also nicht hier, sondern auf der europäischen Seite.

Ich habe mich schlecht ausgedrückt, sagt sie. Als jemand, der so viele Jahre in Europa gelebt hat, wie schätzt du diese Stadt ein?

Ziemlich groß, sage ich. Ziemlich voll. Und überall kann man mit den Menschen sprechen, sie sind immer auf der Straße, auch jetzt, wo es kälter wird. Und sie reden alle gerne. Das ist schön. Der Mann bei uns vorne am Kiosk, mit dem habe ich in der Zeit hier mehr geredet als mit allen meinen deutschen Nachbarn zusammen. Die Leute reden auch mit dir, wenn du nicht bei ihnen einkaufst. Alle bei mir in der Straße kennen mich mittlerweile, als wäre die ganze Nachbarschaft eine Familie. Die Schokolade und der Kaffee gefallen mir nicht. Es gibt keine gute Schokolade hier. Oder nur sauteure importierte. Und Esra, die Freundin meines Mitbewohners, war über sechzig Stunden in Polizeigewahrsam, das gefällt mir auch nicht.

Aber wir sind schon ein wenig zurückgeblieben, oder?, fragt Nevim. Überall sind fläzige Anatolier und Zigeuner, überall Menschen, die sich nicht benehmen können, das alte Istanbul ist verschwunden. Heute flanieren junge Leute mit einem Akzent aus dem Osten über die İstiklal, dabei war Beyoğlu mal das Zentrum der Kultur mit seinen Theatern und Kinos und Cafés. Heute ist es zu einer Einkaufsmeile verkommen.

Nevim ist aus Istanbul, ergänzt mein Vater. Ihre Familie wohnt seit Generationen hier.

Zurückgeblieben, also geistig behindert?, frage ich.

Nein, nein, weniger modern. Aber das ändert sich ja zum Glück gerade. Erdoğan sei Dank. Levent hat riesige Hochhäuser, Malls, in denen du dich verlaufen kannst, Gucci, Prada, Louis Vuitton, mittlerweile muss man nicht mehr unbedingt nach New York fahren zum Einkaufen.

Ich habe in meiner ganzen Zeit hier nur zwei T-Shirts gekauft. Und eine Gebetskappe. Die hätte ich in New York vielleicht nicht so schnell gefunden.

Was machst du denn mit einer Gebetskappe?

Beten.

Du betest?

Mittlerweile nicht mehr so regelmäßig, weil oft irgendwas dazwischenkommt und ich auch nicht immer Lust habe. Aber ich habe fast drei Monate lang fünfmal am Tag gebetet.

Nevim sieht meinen Vater an. Der lächelt.

Ich muss wieder in die Küche, sagt sie und steht auf.

Später gibt es Hummus, Auberginensalat, Bohnenpaste, Tomatenpüree, es gibt Sardinen, Guacamole, Erbsensalat, Olivencreme, gefüllte Weinblätter, Spinat-Kartoffel-Bällchen, Halloumi, Tomaten-Granatapfel-Minz-Salat, Frikadellen, Reis, Doraden, Tintenfische, Artischocken, es gibt Börek und Wein, Baklava, dauernd fragt Nevim, ob ich nicht noch etwas möchte, sagt, du hast hiervon noch gar nicht probiert und davon nur sehr wenig gegessen. Doch auch mein Onkel und meine Tante müssen mehr essen, als sie können.

Afitab isst einen halben Teller, fragt dann um Erlaubnis, um aufzustehen, muss noch sitzen bleiben und schmollt. Cihanfer isst nur ein paar Scheiben gebratene Knoblauchwurst, auf die sie einige Körner Reis gibt, und darf dann wieder auf ihr Zimmer, weil sie noch so klein ist und nicht mit den Erwachsenen sitzen muss, wie mein Vater Afitab erklärt. Dafür bietet er Afitab an, zur Feier des Tages ein halbes Glas Wein zu trinken.

Na gut, sagt Afitab, schmollt aber weiter.

Nach dem Essen darf auch Afitab gehen und wir setzen uns vor den Fernseher, meine Tante hilft Nevim, das Geschirr in die Küche zu bringen, und als sei sie betrunken, wiederholt Nevim immer wieder, dass ja morgen die Putzfrau kommt und die dann die Spülmaschine ein- und ausräumen kann.

Das Fernsehprogramm ist mir zu langweilig, also stehe ich auf und schaue, wo die Zimmer der Mädchen sind. Ich klopfe an der Tür mit dem Selena-Gomez-Poster und Aftiab brummt Herein.

Na, was machst du?

Nichts, sagt sie und schaut von ihrem Handy hoch.

Eine Wand ist komplett voll mit Selena-Gomez-Postern, die Tagesdecke auf ihrem Bett ist pink, ihr Kleiderschrank ist größer als der meiner Mutter.

Irgendetwas machst du doch da, oder?
Chatten.
WhatsApp?
Nein, Snapchat.
Mit wem?
Warum willst du das wissen?

Nur so. Ist auch nicht so wichtig. Hast du Spiele?

Ja, hier.

Sie reicht mir ein iPad.

Nein, ich meine richtige Spiele. Irgendetwas, das wir zusammen spielen können.

Nein, sagt sie.

Magst du Selena Gomez auflegen?, sage ich.

Auf dem iPad, sagt sie. Mach an, was du möchtest.

Die ist doch mit Justin Bieber zusammen, oder?, sage ich.

Nein, sagt sie, schon lange nicht mehr. Die ist jetzt mit Zedd zusammen.

Wer ist denn Zedd?

Auch ein Musiker. Aus Deutschland. Also seine Eltern sind Russen und er ist in Russland geboren, aber in Deutschland aufgewachsen.

Von dem habe ich noch nie gehört.

In Deutschland kennt man den auch nicht so. Der ist bekannt in Amerika.

Oh, seine Wurzeln in Russland, in Deutschland aufgewachsen, aber bekannt in Amerika. Hoffentlich ist Selena nicht so wie Laura.

Wie bitte?

Ach, ich glaube, das kann schwierig sein mit einer Beziehung, wenn ... wenn die Frau glaubt, man sei irgendwie nicht komplett. Und dann muss man in verschiedenen Ländern seine Stücke zusammensuchen. Obwohl man sich vielleicht vorher schon komplett fühlt, aber die Frau sieht nur fehlende Teile.

Die sind total verliebt ineinander. Sie findet ihn total süß. Aber er sieht ja auch toll aus. Viel besser als Justin. Der war ja auch nie treu.

Nachdem sie mir erzählt hat, wie Selena Justin verlassen und Zedd kennengelernt hat, möchte ich wissen, ob sie es nicht nervig findet, jedes Wochenende in die Förderschule zu gehen.

Nein, sagt sie, wieso? Alle gehen dorthin. Wenn ich zu Hause bleiben würde, könnte ich meine Freundinnen nicht sehen.

Ich war auf einer Waldorfschule, sage ich, da war alles ganz anders als auf anderen Schulen. Glaube ich. Ich war ja nie auf einer anderen. Ich durfte keine Cola trinken. Und später kein Handy mit in die Schule nehmen. Und wir durften unsere Lehrer duzen. Ich wollte gar nicht anders sein. Aber meine Mutter wollte, dass ich anders bin.

Sie sieht mich an. Und wo studierst du?, sagt sie.

In Freiburg, wo ich zur Schule gegangen bin.

Ich werde mal in Amerika studieren, sagt sie.

Ich war noch nie in Amerika.

Ich schon. Wir waren in New York, letzten Sommer. Meine Mutter und ich. Cihanfer ist bei meiner Oma geblieben.

Aha. Was habt ihr da gemacht?

Wir waren einkaufen. Guck mal, sagt sie, steht auf und öffnet ihren Kleiderschrank.

Sie fängt an, mir ihre Klamotten zu zeigen, und ich sage: Dein Kleiderschrank ist ja wie ein Museum. Oder wie ein Laden. In dem es alles nur in einer Größe gibt. Komm, sollen wir Boutique spielen? Du bist die Verkäuferin und ich komme rein und möchte ein Kleid kaufen.

Sie sieht mich an.

Ich bin doch kein Kind mehr. Und du bist keine Frau. Das passt dir doch gar nicht.

Wir spielen ja nur, sage ich mit hoher Stimme.

Such dir jemanden, der vom Alter her besser zu dir passt.

Okay, sage ich. Ich gucke mal, ob ich mit Cihanfer spielen kann.

Cihanfers Zimmer ist etwas kleiner als Afitabs, aber sie hat gut dreißig Puppen, mindestens ebenso viele Plüschtiere, sie hat ein Puppenhaus, eine Küche, einen Kaufladen, sie hat ein ganzes Regal voll Barbies, komplett mit

Fahrrad, Arztkoffer, Friseurinnengürtel, Schminkkoffer und Kleiderschrank. Sie hat zwei Puppenwagen, ein Puppenfahrrad, sie hat Plastiktiere, Kreisel, Spiele in Kartons. Ich glaube, sie hat mehr Spielzeug, als es in Lauras Kindergarten gibt. Cihanfer sitzt auf ihrem Bett, der Fernseher läuft und sie sagt, sie habe keine Lust, mit mir zu spielen. Dann wendet sie sich wieder ihrem iPad zu, auf dem sie eine virtuelle Puppe an- und auszieht.

Hast du Lego für mich?

Nein, sagt sie, Lego ist für Jungen. Ich bin doch ein Mädchen.

Aha, sage ich. Darf ich denn trotzdem ein wenig mit deinen Barbies spielen?

Sie schaut mich an.

Du bist doch kein Mädchen, sagt sie.

Aber ich spiele gerne mit Barbies, sage ich.

Die mögen keine Männer mit Bart, sagt sie. Meine Barbies mögen keine Männer mit Bart.

Und wenn ich ihn rasiere, dann darf ich mit deinen Barbies spielen?

Sie überlegt.

Nein, sagt sie. Die haben dich ja jetzt schon mit Bart gesehen.

Dann darf ich jetzt nie mehr mit deinen Barbies spielen? Guck mal, die langweilen sich ja da im Regal.

Ich stehe auf und gehe zum Regal, aber als ich eine anfasse, fängt Cihanfer an zu kreischen.

Schon gut, sage ich, schon gut. Ich mache ja gar nichts. Aber was hast du denn da?

Ich hole eine Münze hinter ihrem Ohr hervor und gebe sie ihr.

Kannst du das auch mit Papiergeld?, sagt sie.

Klar, sage ich. Aber nicht mit deinen Ohren, die sind zu klein dafür. Dafür braucht man einen Erwachsenen mit Segelohren. Sonst geht das nicht.

Du lügst.

Oder einen Elefanten. Die haben ganze Brieftaschen hinter ihren Ohren versteckt.

Stimmt gar nicht.

Doch, sage ich. Hast du mal einen Elefanten gesehen? In Freiheit? Nicht im Zoo, da nehmen die Wärter ihnen immer das Geld weg und gehen davon Eis essen. Aber wilde Elefanten haben alle Brieftaschen hinter den Ohren versteckt und wissen nichts davon, weil sie die ja nicht sehen können. Wenn ich im Dschungel bin, dann schaue ich immer, ob ich nicht einem Elefanten eine Geldbörse wegnehmen kann, er braucht sie ohnehin nicht. Elefanten können ja nicht einkaufen, weil sie nicht rechnen können.

Wenn du erlaubst, würde ich jetzt gerne weiterspielen, sagt sie. Du kannst noch in meinem Zimmer bleiben, aber du darfst nichts anfassen.

Ich hole einen Zehn-Lira-Schein hinter ihrem Ohr hervor.

Oh, sage ich, bist du vielleicht ein Elefant?

Gib her, sagt sie.

Cahit Arf ist da drauf, sage ich. Weißt du, wer das ist?

Atatürk ist da drauf, sagt sie.

Auf der anderen Seite, sage ich. Cahit Arf. Ein berühmter Mathematiker.

Ich habe die Personen auf den Scheinen nachgeguckt, nachdem mir mein Vater das mit İtri erklärt hat.

Der musste bestimmt Klavier spielen, als er ein Kind war, sagt Cihanfer. War das ein Freund von Atatürk?

Ja, sage ich. Aber sie haben sich nie gesehen, weil sie ja auf verschiedenen Seiten des Scheines sind. Sie konnten immer nur miteinander telefonieren.

Was hatten die denn für Telefone?

iPhones, sage ich.

Meine Mutter hat ein iPhone 6, sagt sie. Das große.

Aha, sage ich. Vielleicht kann sie auch mit Atatürk telefonieren.

Der ist doch schon lange tot.

Ja, aber sein Telefon hat noch Akku.

Und wer geht dann dran?

Irgendjemand, der gerade in der Nähe ist.

Wenn das iPhone 7 rauskommt, bekommt Afitab das Sechser von meiner Mutter und ich bekomme ihr Fünfer.

Schön, sage ich. Dann kannst du auch Atatürk anrufen. Oder mich. Oder einen Elefanten.

Ich schaue zum Regal.

Vielleicht mögen die Barbies ja jetzt einen Mann mit Bart, sage ich.

Nein, sagt sie.

Und wenn ich ganz lieb bitte sage?

Nein, sagt sie. Dann stöhnt sie gekünstelt auf. Kann ich jetzt weiterspielen?

Ich gehe wieder fernsehen.

Kurz vor zwölf wird Champagner eingeschenkt, mein Vater und Nevim bitten mich immer wieder, doch einen winzigen Schluck zu trinken. Schließlich nehme ich ein Glas, stoße mit den anderen an, trinke aber nichts.

Ich schreibe eine SMS an Laura: Wegen der Zeitverschiebung bin ich schon drüben. Ich warte in 2015 auf Dich. Gruß, Krishna Mustafa

**Achtundzwanzigstes Kapitel, in dem Krishna Mustafa Laura einen Brief schreibt**

Liebe Laura,

meine Zeit in Istanbul geht nun ihrem Ende zu und ich werde diesen Brief so abschicken, dass er Dich erreicht, bevor ich wieder in Deutschland bin. Morgen fahre ich mit meinem Vater zu seinem Ferienhaus an der Ägäis, es gibt dort irgendeine Versammlung und er meinte, ich könnte viel über die Türkei lernen, wenn ich einfach mitgehe und mir das anschaue. Und wenn ich zurück bin, muss ich schon anfangen, mich zu verabschieden.

Es war schön hier, auch wenn ich anfangs oft traurig war, wenn ich an Dich gedacht habe. Einmal habe ich ein Gedicht gelesen, von Yunus Emre, und ich musste an uns denken und habe geweint. Es geht so:

Bist du denn fremd hierhergezogen –
Ach, warum weinst du, Nachtigall?
Und hast ermattet dich verflogen?
Ach, warum weinst du, Nachtigall?

Ach, wie so bitter klingt dein Flehen!
Neu lässt du meinen Schmerz erstehen!
Du möchtest deinen Freund wohl sehen?
Ach, warum weinst du, Nachtigall?

Ihr Augen, die im Schlafe ruhten,
Erwachend hebt ihr an zu bluten –
Mein Herz verbrennt in hellen Gluten –
Ach, warum weinst du, Nachtigall?

Ich habe oft auf Skype geguckt, ob Du on bist, aber selbst wenn Du da warst und ich Dich angeklingelt habe, bist Du nicht rangegangen.

Ich glaube, ich habe hier etwas gelernt über Identität. Wenn du etwas über den Wald lernen willst, fragst du dann einen Baum oder fragst du die Vögel?, hat mich Isa gefragt. Ich fand das doof, weil weder Bäume noch Vögel reden. Er hat es rhetorisch gemeint, aber irgendwie bin ich auf diese Frage reingefallen. Ich habe ihm geglaubt, dass einer von beiden die richtigere Antwort weiß. Ich habe geglaubt, ich müsste nur die richtigen Leute fragen, dann würde ich schon etwas über meine Identität lernen.

Aber so ist es nicht, glaube ich. Für die Bäume ist der Wald etwas anderes als für die Vögel. Sie sind der Wald, sie wissen, wie es sich anfühlt, ein Baum zu sein, sie wissen, wie es ist, überall in der Nähe andere Bäume zu haben, ihre Wurzeln berühren sich unter der Erde. Für die Vögel ist der Wald ein Zuhause, für das sie keine Miete zahlen müssen. Die Bäume haben ihre Heimat in der Erde, die Vögel haben ihre Heimat in den Bäumen. Sie wissen nicht mehr über den Wald, weil sie mehr sehen. Sie wissen nur, wie ein Wald von oben aussieht. Aber nicht, wie er sich anfühlt. Es geht nicht darum, wer von beiden recht hat, ob der Wald eine Heimat ist oder eine Frucht der Erde.

Ich kann das schlecht erklären, aber ich glaube, so ist es auch mit der Identität. Für die Türken ist der Türke etwas anderes, als er für die Deutschen ist. Und für die Deutschen ist der Deutsche etwas anderes, als er für die Türken ist. Es geht nicht darum, wer recht hat. Die Menschen sind ja alle schon da. Und von wo du auch guckst, du kannst nie ganz genau sehen, wo sie stehen. Aber irgendwo sind sie immer. Vielleicht bewegen sie sich auch alle dauernd.

Esra, das ist die Freundin meines Mitbewohners Yunus, hat einen Film über die Gezi-Proteste gemacht. Als er fertig war und ich ihn gesehen habe, war ich total berührt und sie hat eine kleine, leidenschaftliche Rede gehalten. Sie hat gesagt: Krishna Mustafa kann die Liebe in diesem Film sehen, er kann sie sehen in dem Tränengasnebel zwischen all den Knüppeln und Wasserwerfern. Er kann die Musik hören in dem Lärm und Geschrei. Kein Glaube gleicht der Religion der Liebe. Gezi war ein Gedicht, geschrieben von Millionen Herzen. Gedichte sind nur das Gekritzel zu der Musik, die wir sind. Wir waren alle gleich. Es ist an der Zeit, von der Liebe zu schreiben, egal, ob der Stift bricht oder das Papier reißt. Wir werden irgendwann auf diese Tage zurückblicken und sagen: Dort hat es angefangen, dort hat die Liebe uns überrollt. Wir haben es geschafft, wenn Krishna Mustafa das sehen kann, dann kann jeder es sehen, der ein Herz hat.

Ich habe geweint und war ganz glücklich. Ich war glücklich, als wäre mein Leben schwimmen. Aber nicht gegen den Strom, nicht als würde das Wasser mich zusammendrücken, sondern als könnte ich mich darin auflösen. Vielleicht so wie Salz schwimmt. Ich war glücklich, ganz ohne Identität. Ich glaube, Identität macht nicht glücklich. Ich glaube, man muss sie nicht suchen. Und ich glaube auch nicht, dass Du das glaubst. Wenn Du mit den Kindern spielst, spielst Du auch ohne Identität. Die Kinder glauben nicht, dass du so und so bist, weil dein Freund Dreadlocks hat, oder so und so bist, weil du Tätowierungen hast. Die Kinder versuchen nicht herauszufinden, wer du für die Welt bist, die Kinder versuchen herauszufinden, wer du für sie bist. Und für jeden Menschen bist du etwas anderes und nur das zählt und nicht, was du für die Welt oder für dich selbst bist. Wenn ich für mich selbst mehr türkisch bin, dann rede ich nicht anders, dann denke ich nicht anders, alles bleibt gleich. Ob man Frucht der Erde oder Heimat dazu sagt, es ist egal, der Wald bleibt der Wald. Und er bleibt eine Heimat für die Vögel, auch wenn er sich selbst als etwas anderes sieht.

Esra ist danach festgenommen worden, weil sie in einem Restaurant die Sondereinsatzkräfte der Polizei als Mörder bezeichnet hat. Sie haben sie über sechzig Stunden festgehalten. Ich hatte Angst um sie, wie ich noch nie um einen Menschen Angst hatte. Als ich sie wiedergesehen habe, nach dem Neujahrstag, war sie verändert.

Sie hat jetzt Angst, glaube ich. Ich habe auch Angst, aber nicht so viel. Ich habe Angst zurückzukommen.

Ich hatte auch Momente, in denen Gott mit mir gesprochen hat, ich habe Dir davon erzählt. Er hat mir gesagt, dass Du nicht die Richtige für mich bist. Die ersten Male, als er das gesagt hat, war ich sauer auf ihn. Woher wollte er das denn wissen? Ich war nach Istanbul gefahren, ich hatte alles stehen und liegen lassen, ich war so glücklich mit Dir gewesen wie mit keiner Frau zuvor. Es tat jedes Mal weh, wenn ich an Dich dachte, das musste er ja wissen. Wieso sprach er wie ein Freund, der lügt, weil ihm kein Trost einfällt?

Aber dann hat er eines Tages gesagt: Es ging nie um die Richtige oder die Falsche, das sind nur zwei kleine Kästchen, die verloren in einer Wüste liegen. Seine Stimme war anders an diesem Tag. Freundlicher. Vielleicht weil ich so viel gebetet habe in den letzten Monaten. Ich kann nicht verstehen, warum Du gehen möchtest, aber ich bin Dir bis nach Istanbul hinterhergelaufen und es war auch viel Freude hier. Ohne Dich wäre ich nicht so lange in dieser Stadt gewesen, ich hätte nicht jeden Tag so viele Menschen gesehen und gesprochen, wäre nicht so oft für mein Türkisch gelobt worden, hätte nicht gelernt, dass man Hase auch anders sehen kann, als ich es tue, hätte nicht gelernt, dass weder die Bäume noch die Vögel recht haben. Das war vielleicht Dein Abschiedsgeschenk an mich, aber ich möchte nicht Abschied nehmen, auch wenn ich das Geschenk mochte. Warum heißt es eigentlich Abschied nehmen? Man bekommt ja nichts. Man gibt etwas weg.

Ich hätte meine Halbschwestern nicht kennengelernt. Cihanfer, die Kleine, ist 7, Afitab, die Ältere, ist 13. In der Türkei ist man immer ein Jahr älter. Man ist schon vor seinem 13. Geburtstag 13, also im 13. Lebensjahr. In Deutschland wären sie also 6 und 12. Und ich bin 24. Jeder ist doppelt so alt wie der andere. Das ist doch lustig und auch schön und es wird nie wieder so sein, glaube ich. Aber wir haben uns nicht so gut verstanden, obwohl ich ja sonst immer gut klarkomme, vor allem mit Kindern in Cihanfers Alter.

Ich habe Dich immer gerne von der Arbeit abgeholt, da konnte ich noch ein bisschen mit den Kindern spielen. Die Zeit mit Dir war sehr schön, ich möchte nicht, dass sie schon zu Ende ist. Laura, vielleicht werden wir kein Paar mehr, aber ich möchte die Verbindung nicht lösen.

In Liebe,
Krishna Mustafa


**Neunundzwanzigstes Kapitel, in dem Krishna Mustafa mit seinem Vater an der Ägäis ist, an einer Genossenschaftsversammlung teilnimmt und Auto fährt**

Şirinsite ist eine bewachte Feriensiedlung für Bonzen, die jetzt im Winter wie ausgestorben ist. Es gibt 1.400 ein- und zweistöckige Häuser, und wer im Sommer an den Strand will, muss am Tor Eintritt zahlen. Jetzt haben die Restaurants, die Supermärkte, Kioske und Apotheken geschlossen. Die meisten Hausbesitzer gehen in einer Stadt ihrer Arbeit nach und sind nur die Sommermonate über hier. Die wenigen, die das ganze Jahr über hier wohnen, sind Rentner, die sich Zentralheizungen in ihre Häuser haben einbauen lassen.

Das hat mir mein Vater unterwegs erzählt. Es ist ruhig hier. Man kann durch die Siedlung spazieren, ohne einen einzigen Menschen zu treffen, hier und da ist vor einem Haus ein Auto geparkt, aber bei den meisten Häusern sind die Fensterläden geschlossen oder die Rollläden heruntergelassen.

Als wir hier angekommen sind, habe ich zuerst gedacht, dass irgendetwas mit meinen Ohren nicht stimmt. Es war ein wenig so wie im Flugzeug nach der Landung, wenn man Druck auf den Ohren hat. Ich dachte, ich höre schlecht. Es hat einen halben Tag gedauert, bis ich bemerkt habe, dass mit meinen Ohren alles in Ordnung ist. Es gab nur nichts zu hören. Die Geräuschkulisse Istanbuls war auf einmal weg.

Dann ist mir eingefallen, wie Yunus nachts stehengeblieben ist: Ich höre Istanbul mit geschlossenen Augen, ich höre die Flüche, die Gesänge, die Lieder, die Plaudereien, hat er gesagt. Jetzt erst verstand ich und fand es einfach nur schön. Aber es war mehr als nur schön, was er gesagt hat, es war eine Wahrheit, über die man nicht lachen muss.

Von dem Haus meines Vaters bis zur Bucht sind es zwei Minuten zu Fuß. In der Bucht gehen drei Stege aufs Meer. Ich setze mich auf den mittleren und höre dem Wasser zu. In Istanbul sieht man das Wasser immer, aber man hört es fast nie. Ich habe mich daran erinnert, wie schön es war, sich so zu fühlen wie schwimmendes Salz. Hier ist es ähnlich. Da ist so viel Wasser, so viel Himmel, so viel Blau, so viel Bewegung, man muss gar nicht sagen, das da ist eine Welle und das da eine Wolke und das da ein wenig grau und das hier ein wenig grün und dort drüben ist eine Insel. Man muss nicht sagen, das Wasser ist kalt oder salzig. Oder das Wasser hier ist türkisch. Und das da ganz hinten, das ist vielleicht schon griechisch. Beim Wasser gibt es ja keine Grenze, das türkische Wasser fließt ins griechische und das griechische ins türkische. Weil Wasser keinen Pass hat. Und mit der Erde ist es genauso. Die türkische Erde weht mit dem Wind auf die griechische Seite und die griechische Erde kommt hierher. Die Grenzen sind nicht für das Wasser, die Erde, die Vögel, die

Tiere, die Grenzen sind nur für die Menschen. Sie haben sie gemacht und sie akzeptieren sie.

Das ist so, als würde man *Keiner darf den Boden berühren* spielen. Man macht die Regeln selber und dann muss man sich daran halten. Aber bei den Grenzen muss man auch dann weiterspielen, wenn man keine Lust mehr hat.

Vielleicht ist es auch nur wegen den Fahnen so. Ich weiß gar nicht, wer Fahnen erfunden hat, aber wenn man eine hatte, konnte man einfach irgendwohin gehen, sie aufstellen und dann sagen: Das gehört jetzt mir. Und das nur, weil die anderen keine Fahne hatten. Wenn sie auch eine Fahne hatten, musste man Krieg machen, um zu entscheiden, wessen Fahne dort stehen durfte. Und wenn man mal Krieg angefangen hatte, dann musste man auch weiterspielen, selbst wenn man keine Lust mehr hatte.

Die Feriensiedlung funktioniert als Genossenschaft, wer ein Haus besitzt, besitzt auch Anteile an der Genossenschaft und Stimmrecht bei den Versammlungen. Dort wird entschieden, an welche Kette der Supermarkt verpachtet wird, an wen die Restaurants, wo die Infrastruktur verbessert oder ausgebaut werden soll. Und es werden Gewinne ausgeschüttet. Zum Beispiel von der Olivenernte. Der Genossenschaft gehören mehrere tausend Olivenbäume und die Ernte wird jedes Jahr versteigert. Mein Vater hat sich letztes Jahr beschwert, es sei zu wenig Geld eingenommen worden, da würde etwas nicht stimmen. Der Vorstand schlug vor, die Versteigerung zu annullieren und die Ernte nochmals unter seiner Aufsicht zu versteigern, aber wenn es eine Differenz nach unten gäbe, müsse er sie zahlen und außerdem die Kosten für die Annullierung tragen.

Es ging um sieben Tonnen Oliven, sagt mein Vater, da kann eine beträchtliche Summe zustande kommen. Ich bin aus Kars, ich verstehe etwas von Vieh, ich verstehe etwas von Handel, aber ich verstehe nichts von Oliven. Irgendwie hat mein Gefühl mir gesagt, dass sie bescheißen, aber ich hätte auch falschliegen können. Wir haben bei der Versteigerung dann fast das Doppelte der vorherigen Summe eingenommen. Der Wichser vom Vorstand hat das beim ersten Mal irgendwie unter der Hand gemacht und sich dabei ordentlich was in die eigene Tasche gewirtschaftet. So läuft das hier. Wenn du nicht aufpasst, wirst du übers Ohr gehauen. Und wenn du aufpasst, auch. Ich habe dich unter anderem wegen der Mitgliederversammlung mitgenommen. Mitgliederversammlung, mitten im Winter. Wenn keiner da ist. Der Wichser vom Vorstand hat Vollmachten, die hat er sich schon im Sommer besorgt, indem er die Menschen belabert hat und ihnen weiß Gott was versprochen. Es ist noch kein Tagesordnungspunkt bekannt, aber der aktuelle Vorstand hat jetzt schon 48 Prozent der Stimmen. Die brauchen die Wahl gar nicht zu fälschen.

Es sind immerhin etwa fünfzig Leute zu der Versammlung gekommen, vorne sind einige Tische nebeneinandergestellt, dass sie eine lange Tafel ergeben, und nur auf der einen Seite sitzen Leute. So wie beim letzten Abendmahl, wo man auch nur auf der Seite sitzen durfte, auf der Jesus saß. Statt Jesus ist in der Mitte der Vorstandsvorsitzende, ein Mann, fast doppelt so alt wie mein Vater, mit tiefschwarzen Haaren und einem kanarienvogelgelben Pullover, der teuer aussieht. Zu seiner Linken und Rechten sitzen ein Schriftführer, ein Wortführer, ein Assistent, zwei Menschen, die irgendetwas machen, das ich nicht verstehe. Ich bin mit Abstand der Jüngste im Raum. Der Zweitjüngste mag mein Vater sein. Eine Versammlung alter Männer.

Zuerst hält der Vorsitzende eine Rede, wie schön die Feriensiedlung doch ist, was für eine Ehre es ist, den Vorsitz zu haben, und wie er die ganze Arbeit nur aus Liebe zu der Siedlung macht und keinen einzigen Cent dafür bekommt und wie dankbar er ist und wie er hofft, dass Gott ihm noch genug Zeit gibt, Şirinsite mit all seinen Kräften zur Verfügung zu stehen. Dann fängt er an, sich selbst zu loben, wie gut der Zustand der Straßen während seiner Amtszeit geworden ist, wie das Sport- und Freizeitangebot erweitert worden ist, wie viele Mehreinnahmen es bei der Verpachtung der Restaurants und Kioske gab, wie sauber die Strände sind, wie er der Mückenplage Herr geworden ist.

Wie hat er das denn gemacht?, frage ich flüsternd meinen Vater.

Chemie, sagt mein Vater, es laufen Männer mit Flaschen auf dem Rücken durch die Siedlung und versprühen irgendeinen Scheiß, ohne sich darum zu scheren, ob du gerade grillst oder ob du kleine Kinder hast.

Die Liste der Verdienste des Vorsitzenden ist lang. Vielleicht weitet sich meine Krankheit auf Lobeshymnen aus. Als ich aufwache, spricht mein Vater.

Er ist von seinem Stuhl aufgestanden und sagt: Die Art, wie Aufträge an Straßenbaufirmen vergeben werden, ist überhaupt nicht transparent, genauso wenig wie die Verpachtung der Restaurantgebäude und der Kioske. Ich verlange, dass Sie offenlegen, auf welcher Basis da Entscheidungen getroffen werden. Wir haben gesehen, wie das bei den Oliven letztes Jahr war.

Mein Herr, sagt der Vorsitzende, mein Herr, sicherlich hat es hier und da mal Kleinigkeiten gegeben, wo wir mehr Informationen hätten bereitstellen sollen, aber jeder macht einmal Fehler. Ich habe bereits aufgezählt, was ich alles für diese Siedlung getan habe, Sie sehen, welche Gewinne auch an die Anteilseigner ausgeschüttet werden. Sie sehen, dass alles reibungslos läuft, warum suchen Sie denn nach Sand im Getriebe, warum suchen

Sie nach einem Haar in der Suppe? Eine Suppe wird von Menschen gemacht, in unserem Fall mit Liebe. Menschen sind fehlbar, sicherlich haben wir Fehler gemacht in der Vergangenheit, aber keiner ist groß genug, als dass wir hier darüber diskutieren müssten. Es sind Querulanten wie Sie, die einem das Leben schwermachen, weil sie immer nur das Negative sehen wollen. Es ist, als würde ich Ihnen ein Haus verkaufen und Sie beschweren sich, dass die Türangeln quietschen.

Es gibt Lacher im Publikum.

Nein, sagt mein Vater, es ist, als würde es in jedem Zimmer stinken und Sie würden sagen, ich soll doch einfach mal die Fenster aufmachen, anstatt herauszufinden, woher der Geruch kommt.

Es lachen deutlich weniger Leute.

Mein Vater setzt sich wieder hin.

Siehst du, sagt er, keine Chance. Entweder ist man einer von ihnen oder man ist gegen sie. Wenn man gegen sie ist, ist man entweder naiv oder man möchte an ihre Stelle.

Du willst in den Vorstand hier?

Ja, sagt mein Vater. Sei dir mal sicher, der alte Sack zweigt hier so viel ab, wie ich im Jahr verdiene. Einfach so, nebenbei.

Aber ...

Ich habe dir schon erklärt, du kannst nicht eckig sein, wo alle anderen rund sind. So läuft das nicht.

Ein Mann erbittet das Wort und steht auf. Auf der Straße vom Supermarkt zur Apotheke sind in den letzten drei Jahren elf Unfälle passiert, sagt er, drei Menschen haben ihr Leben verloren. Ich schlage vor, dort einen Mittelstreifen mit Schutzplanke zu bauen, damit so etwas in Zukunft nicht mehr geschieht.

Ja, sagt er Vorstandsvorsitzende, das ist eine gute Idee.

Mein Vater steht auf.

Ich sage doch, hier werden nur Fenster aufgemacht, brüllt er. Warum gibt es denn diese Unfälle? Und warum dort? Weil alle viel zu schnell fahren auf diesem geraden Stück. Weil Hinz und Kunz nichts dabei finden, ihren zwölfjährigen Sohn innerhalb der Siedlung ans Steuer zu lassen, weil niemand etwas dabei findet, nach einer Flasche Rakı noch heimzufahren, ist ja nur innerhalb der Siedlung. Weil diese 700 Meter schnurgerade sind und alle glauben, man könne da ruhig auf 140 beschleunigen. Und dieses Problem wollt ihr mit einem Mittelstreifen lösen?

Hast du eine Statistik über die Unfallursachen dabei?, fragt der Vorstandsvorsitzende. Nein? Dann sei mal etwas vorsichtiger mit deinen Behauptungen und diskreditiere hier nicht gute Ideen anderer Menschen. Wenn es nach dir ginge, würden noch viel mehr auf dieser Straße sterben, weil nichts unternommen wird.

Ich will aufstehen und auch etwas sagen, aber mein Vater legt mir eine Hand auf die Schulter, grinst mich an und schüttelt den Kopf.

Lohnt sich nicht, sagt er. Das Einzige, was sich lohnt, ist im Vorstand zu sitzen.

Wir müssen eine halbe Stunde fahren, um in einen Ort zu kommen, wo es Restaurants gibt, die außerhalb der Saison geöffnet haben. Noch bevor die Vorspeisen serviert werden, hat mein Vater schon seinen ersten Rakı getrunken.

Warum bist du hierher gekommen, wenn du doch nichts tun kannst?, frage ich.

Weil ich dir zeigen wollte, wie dieses Land hier funktioniert. Weil ich dachte, es ist schön, Zeit mit dir zu verbringen. Und weil ich in den Vorstand möchte. Als Chef. Hast du gesehen, wie alt der Mann ist? Wer weiß, wie lange der noch lebt und was für Machtkämpfe dann bei seinen Freunden losgehen. Dann wird sich jeder hier an mich erinnern. Sie werden wissen, dass ich die Eier für diesen Job habe. Alles, was der kann, kann ich besser.

Du würdest auch bescheißen?

Ja, natürlich, sagt er. Der gerade Weg, der ehrliche Weg ist nicht der, der ans Ziel führt. Das ist überall so. Auch in Deutschland. Dieser Helmut Kohl, der seinem Sohn nicht erlaubt hat, eine Türkin zu heiraten, solange er noch im Amt war, der hat ja die Namen von Parteispendern nicht verraten, weil er ihnen ein Ehrenwort gegeben hatte. Was heißt das? Dass er dem Geld mehr verpflichtet ist als dem Volk. Ich ficke so eine Ehre. Der wollte die Zahl der Türken in Deutschland halbieren, der Türken, nicht der Ausländer, weil die aus einer andersartigen Kultur kommen, wie er gesagt hat. Der war da 16 Jahre lang Kanzler. Aber die Deutschen gelten als unbestechlich. Es wird überall beschissen, sagt er, überall sind die Menschen fremdenfeindlich, überall haben sie Angst, überall werden sie ausgebeutet oder beuten aus. Es gibt nichts dazwischen, es sieht nur manchmal so aus.

Wenn es alle tun, ist es in Ordnung?

Nein, aber so funktioniert die Welt, da muss man sich ein wenig anpassen.

Also wenn alle Deutschen finden, dass die Türken aus Deutschland weggehen sollen, dann sollten sie auch gehen?

Ja, sagt er. Was haben wir denn da verloren? Die mögen uns nicht. Das muss man ja irgendwann einfach mal verstehen.

Du meinst, ich sollte in die Türkei ziehen?

Nein, sagt er, nein, du bist kein Türke.

Ich bin kein Türke?, sage ich. Bin ich also Deutscher?

Nein, sagt er, bei dir ist das anders. Du bist jemand, der in Deutschland lernen wird, Geld zu verdienen, du wirst die deutschen schiefen Wege lernen.

Aber ich habe doch türkische Wurzeln, sage ich. Ich bin doch dein Sohn. Laura sagt, ich würde das Türkische in mir ignorieren. Meine Deutschlehrerin hat immer bedauert, dass ich mich nicht mit orientalischer Literatur auskenne und dass Hafiz mir nichts sagt und Nâzım Hikmet auch nichts. Die beim Ausländeramt haben mich früher immer den *Türken, der übersetzt* genannt. Wenn ich sage, ich heiße Krishna Mustafa, sagen viele: Das ist doch ein türkischer Name. Alle finden es total interessant, dass ich in Istanbul aufgewachsen bin, und wollen, dass ich von früher erzähle, und beneiden mich. Hier loben mich alle für mein gutes Türkisch. Ich war jetzt fast ein halbes Jahr hier und jetzt kommst du und sagst, ich bin kein Türke. Jeder hat eine Meinung zu meiner Nationalität.

Du bist kein Türke, du bist auch kein Deutscher. Du bist jemand zwischen zwei Ufern. Aber das ist nicht schlimm, du kannst ja schwimmen. Und was die Leute auf der einen oder der anderen Seite dir zurufen, kann dir egal sein. Du kennst dich besser mit deutschen Scheinen aus als mit türkischen. Das Geld ist wie die Liebe, es kennt keine Grenzen, es ist eine Währung, die überall gültig ist. Trotzdem werden auf das Geld Gesichter gedruckt und Gebäude, sie wollen dir weismachen, dass es jemandem gehört. Dabei gehört das Geld niemandem, jeder, der es bekommt, gibt es auch wieder weg. Das Geld fließt. Überall. Egal, was da draufgedruckt ist. Die Liebe kann man nicht bedrucken, aber auch sie kann die unterschiedlichsten Gesichter haben. Nur kann man damit nicht bezahlen. Dieses Haus in Şirinsite werden Afitab und Cihanfer und du mal erben. Dann habt ihr einen Platz, wo man keine Miete zahlen muss, wo man ohne Geld geschützt ist. Aber wird dann die Liebe zählen? Oder werdet ihr euch um das Geld streiten, um den Wert dieses Hauses?

Geld und Zahlen sind nicht so wichtig, sagt Mutter immer. Aber sie fand es trotzdem blöd, dass ich schlecht in Mathe war. Ich weiß noch, wie die Lehrerin zu ihr gesagt hat: Mathe fällt ihm halt schwer. Und ich habe gesagt, dass es ja vielleicht andersherum ist, dass es ihr schwerfällt, mir Mathe beizubringen. Aber Mutter meinte dann, dass ich halt eher musisch begabt sei und nach ihr komme und es nicht so habe mit dem Geld und den Zahlen.

Ja, Maria muss das sagen. Weil sie nicht viel Geld hat. Weißt du, wann Geld nicht wichtig war? Als ich ein Kind war, in Kars, wir waren reich, wir hatten mehr Geld als die anderen, aber was hat das geändert? Wir sind immer satt geworden, es gab im Winter fast jeden Tag Gans zu essen, aber sonst gab es nichts zu kaufen. Es gab keine Turnschuhe, keine teuren Ranzen, keine Handys, keine Spielkonsolen, keine Klaviere, keinen Schwimmunterricht, keine Förderschule, es gab nicht mal Cola.

Wie bei Erdoğan, sage ich.

Yılmaz, sagt er, ja. Kennst du das Programm? Es ist großartig, ich habe viel gelacht. Aber was bringt es, du gehst hin und lachst und morgens wachst du auf, hast die meisten der Pointen vergessen und lebst dein Leben weiter. Erdoğan ist nur eine weitere Möglichkeit, Geld auszugeben. Heute ist Geld alles, sagt er. Glaubst du, Nevim wäre mit mir zusammen, wenn ich grammweise Haschisch an Touristen verkaufen würde? Deiner Mutter war es egal, was ich verdient habe, aber sie hat sich in alles andere eingemischt, es gab überhaupt nichts, was ich selbst entscheiden konnte. Nevim lässt mich machen, solange ich genug Geld mitbringe, das sie in irgendwelchen Boutiquen ausgeben kann. Du hast deine Schwestern gesehen, sie sind verwöhnt, aber wir haben nun mal Geld, wäre es dann nicht falsch, sie kurzzuhalten? Es dreht sich um Geld, das ist das System. Und dem Geld und der Liebe ist es egal, was in deinem Pass steht oder wer alles glaubt, ob du türkisch oder deutsch bist.

Du meinst, Geld und Liebe sind ähnlich, weil sie beide keine Grenzen kennen?

Richtig.

Aber Liebe kann man nicht am Automaten ziehen, sage ich. Man kann nicht sagen: Liebe ist aus, ich gehe mal gerade neue holen. Selbst wenn ich dafür ins Minus gerate.

Es ist doch nur ein Bild, sagt mein Vater.

Es ist also nur rhetorisch gemeint, sage ich. Aber das verstehe ich nie. Rhetorisch scheint ein anderes Wort für falsch zu sein. Wenn man das Bild mit der Kamera gemacht hätte, würde man es wieder löschen, weil man nichts darauf erkennen kann.

Du kannst darauf nichts erkennen.

Du aber schon?

Ja, das habe ich dir gerade erklärt.

Wenn du mich fragst, ist da alles verwackelt.

Vielleicht liegt es auch an dem Rakı, sagt er.

Die Flasche ist mittlerweile fast leer.

Kannst du Auto fahren?, fragt mein Vater.

Ich habe keinen Führerschein.

Sei nicht so deutsch, das habe ich dich nicht gefragt. Kannst du fahren?

Nein.

Es ist ein Automatik, sagt er. Du kriegst das schon hin, ich helfe dir. Ich sollte in diesem Zustand nicht mehr fahren. Es wird einfacher zu erklären sein, warum du keinen Führerschein hast, als zu erklären, warum ich nach Anis rieche.

Weißt du, sagt er, während ich fahre, jeder glaubt, dass die Welt besser wäre, wenn alle Menschen so wären wie er selbst. Wenn es morgen Verstand auf dem Markt gäbe, jeder würde nur seinen eigenen kaufen wollen.

Ich schaue ihn an.

Sieh auf die Straße.

Woher hast du das? Das mit dem Verstand und dem Markt. Das hat Emre neulich auch gesagt.

Es ist ein Sprichwort. Jeder kennt es. Wenn wir uns Sprichwörter aussuchen könnten, würden wir auch nur unsere eigenen nehmen.

**Letztes und längstes Kapitel, in dem Krishna Mustafa Abschied feiert, Businessclass fliegt und sein Pass eingezogen wird**

Ich war oft im Yıldız-Park, obwohl es häufig geregnet hat und kalt war. Ich war auch mehrmals auf dem Biomarkt in Feriköy, aber der ist nur samstags. Ich wollte Nesrin noch ein letztes Mal sehen. Obwohl ich seltener an sie gedacht habe, seitdem wir uns bei McDonald's getroffen haben.

Als Letztes baue ich die Metro-Brücke über das Goldene Horn, obwohl ich sie nicht schön finde. Aber ich kann darüber lachen, dass die Haltestelle mitten auf der Brücke ist und man immer über die halbe Brücke gehen muss, egal, wo man hinmöchte.

Es ist meine Idee, zum Abschluss einen gemeinsamen Ausflug auf die Prinzeninseln zu machen, das sind Inseln im Marmarameer, zu denen man einfach mit der Fähre hinfahren kann und wo es keine Autos gibt. Mein Vater hat mir davon erzählt. Esra war als Einzige schon mal dort.

Wer weiß, wann wir uns wiedersehen, ob wir uns wiedersehen. Tu mir den Gefallen, sage ich zu Isa.

Gehen und nicht zurückkönnen ist eine Sache, zurückkommen und niemanden mehr sehen können eine andere, sagt Isa. Du musst mich nicht bitten, ich bin dabei.

Wir haben Glück, es ist einer der wenigen sonnigen Tage, die Luft ist klar, man kann weit sehen. Wir fahren über eine Stunde mit der Fähre parallel zur asiatischen

Seite und Istanbul hört und hört nicht auf. Die Stadt ist noch größer, als ich gedacht habe, und mir wird klar, dass ich wenig von ihr gesehen habe, obwohl ich fast jeden Tag draußen war und mich viel herumgetrieben habe.

Als wir auf Büyükada aussteigen und uns umdrehen, zeichnet sich der Beton Istanbuls deutlich vor dem Horizont ab. Esra ist schweigsam, seit sie im Polizeigewahrsam war, Isa redet nur viel, wenn er mit mir allein ist, Yunus ist ohnehin kein sonderlich gesprächiger Mensch und auch ich habe an diesem Tag nicht so viel Lust zu sprechen. Esra schlägt vor, zum höchsten Punkt der Insel zu laufen, dort ist irgendeine alte Kirche. Dieses Mal weiß ich, dass mit meinen Ohren alles in Ordnung ist, und genieße die Ruhe, während wir wandern.

Fast acht Jahre wohne ich jetzt in Istanbul und ich war auf über fünfzig Beşiktaş-Spielen, sagt Yunus, ich war schon in den meisten Stadtteilen, ich kenne beide Flughäfen, bin über beide Brücken gefahren, ich war in Vierteln, in denen Sesamkringel das Dreifache kosten, aber ich wusste nicht, dass man mit der Istanbulkart so einfach mal rauskommen kann. Ich würde hier nicht nur Autos, sondern auch das Internet und Handys verbieten. Das ist ja ein Paradies. Esel, Pferde, Kutschen, wie vor hundert Jahren.

Araber, sagt Isa. Im Sommer ist es bestimmt voller Araber hier. Und sonstigen Touristen. Im Sommer wären wir hier in der Minderheit.

Es ist menschenleer und wir reden nicht viel, erst auf dem letzten Stück sehen wir noch andere, die von der Fähre aus Kutschen genommen haben müssen, die nicht bis ganz nach oben fahren können.

Als die Kirche schon in Sicht ist, sehe ich Michael am Wegrand stehen. Mit türkischen, in rotes Kunstleder gebundenen Bibeln in der Hand.

Hallo Michael, wie geht's?

Hallo Krishna, sagt er. Gut. Und selber?

Und, wie viele Bibeln wirst du hier los?, frage ich.

Mehr als auf der İstiklal, sagt er. Und ruhiger ist es auch.

Prüft der Herr deinen Glauben nicht mehr so genau?

Doch, sagt er, aber ich wollte auch die Ruhe hier genießen. Und die christliche Atmosphäre der Insel.

Darf ich dir meine Freunde vorstellen? Das ist Esra, ihr Vater ist Derwisch des Mevlana-Ordens, das ist Yunus, der glaubt nicht an einen oder mehrere Götter, und das hier ist Isa, von dem habe ich dir erzählt. Der türkische Jesus. Der trinkt nicht und isst kein Schweinefleisch, vielleicht sollte er für dich die Bibeln verteilen, dann würde das Geschäft besser laufen.

Isa hat die linke Hand in der Jackentasche und zieht sich gerade mit der rechten den Reißverschluss hoch. Michaels Blick bleibt an Isas Hand hängen, seine Augen werden größer. Isa lächelt, nickt und hält ihm die Hand hin, so dass die Narbe zu sehen ist. Michael schaut mich an, dann wieder Isa, dann wieder auf die Hand.

Der türkische Jesus, sage ich, ich habe dir doch gesagt, es gibt einen, der kein Schweinefleisch isst und keinen Alkohol trinkt.

Die Hand, sagt Michael.

War ein Nagel drin, ist zugewachsen, sagt Isa.

Ich bin froh, dass er nicht gekifft hat, sonst würde er jetzt wahrscheinlich loslachen.

Michaels Mund ist offen, Isa lächelt, geht auf ihn zu und legt ihm die Hand auf die Schulter.

Mein Sohn, sagt er, ich bin sehr zufrieden mit dir. Du hast deine Aufgabe hier gut gemeistert, du hast meinen Namen verbreitet in diesem Land voller Ungläubiger, du hast nicht geschwankt in deinem Glauben, du hast unzähligen Versuchungen widerstanden. Und jetzt geh, geh zurück in deine Heimat, leg die Bibel weg, leg ein paar Frauen flach, sieh ein wenig fern, rauch ein bisschen Gras. Und werde Beşiktaş-Anhänger. Echt. Ich meine es ernst. Im Namen des Herrn.

Michaels Mund ist immer noch offen, als Isa sich abwendet und uns bedeutet weiterzugehen. Doch dann dreht er sich noch mal um und sagt: Dein Türkisch ist übrigens ziemlich gut.

Ich merke, wie Esra ein Lachen unterdrückt. Als wir weit genug weg sind, prusten wir los, bis auf Isa, der sagt: Gottverdammt, da habe ich einmal eine Chance, auf das Leben eines Menschen einzuwirken, und was fällt mir ein? Ich rate ihm, ein paar Frauen flachzulegen, zu kiffen und Fan von Beşiktaş zu werden.

Das mit Beşiktaş war richtig, sagt Yunus.

Scheiße, sagt Isa, es war alles Scheiße. Aber wenigstens verlässt er jetzt vielleicht dieses gottverdammte Land.

Das Lachen hat uns trotzdem irgendwie befreit, wir reden, wir scherzen, wir flachsen, ich bin ein wenig wehmütig, weil ich die anderen nicht mehr jeden Tag sehen werde, wir kosten diese Momente aus. Als wir am Abend gerade die Fähre besteigen, bekommt Isa einen Anruf. Seine Oma ist gestorben.

Am meinem letzten Tag gehe ich eine Runde, verabschiede mich von dem Mann am Kiosk, vom Bäcker, von den Leuten im Lokal an der Ecke. Ich bin traurig, dass meine Zeit hier zu Ende geht. Aber ich freue mich darauf, wieder in jedem Supermarkt leckere Schokolade kaufen zu können, ich freue mich darauf, Kaffee zu trinken, der mir schmeckt und der nicht von Starbucks ist, ich freue mich darauf, wieder Zeit bei Hase zu verbringen, ich freue mich auch, Laura wiederzusehen, und ich freue mich darauf, einfach in den Wald fahren zu können. Wenn Istanbul einen Wald hätte, Kaffee und Schokolade, dann könnte ich mir vorstellen, auch hier zu leben. Nur wüsste ich dann nicht, was ich arbeiten sollte. Isa hat gesagt, dass es hier kaum männliche Erzieher gibt und viel weniger soziale Einrichtungen. Er hat gelacht, als ich ihm erklärt habe, was betreutes Wohnen ist, und gesagt, das gebe es hier auch nicht, das würde hier die Familie übernehmen. Er hat öfter gelacht in letzter Zeit, aber er hat halt auch mehr gekifft.

Kiffen ist besser als Depressionen, hat er gesagt. Doch nun ist er auf der Beerdigung seiner Großmutter in İzmir.

Wenn ich Yunus und Esra zusammen sehe, bekomme ich keine Gänsehaut mehr. Vielleicht habe ich mich an ihren Anblick gewöhnt, vielleicht fehlt den beiden aber auch etwas, seit Esra aus dem Polizeigewahrsam entlassen worden ist. Esra umarmt mich zum Abschied. Sie umarmt mich richtig, unsere Körper berühren sich. Es scheint ihr egal zu sein, dass Yunus danebensteht und eifersüchtig werden könnte.

Möge die Liebe dich tragen und mögen alle Wege dir offenstehen, flüstert sie mir ins Ohr.

Als ich im Flughafenbus sitze, habe ich das Gefühl, als würde etwas von mir in dieser Stadt zurückbleiben. Das hatte ich nicht, als ich aus Freiburg abgereist bin.

Am Selbstbedienungs-Touchscreen der Fluggesellschaft muss ich das Einchecken abbrechen, da es keinen freien Sitzplatz mehr gibt, den ich wählen könnte. Ich stelle mich am Schalter an, und als ich der Frau meinen Pass reiche, sage ich: Ich konnte mich am Automaten nicht einchecken, ich weiß es nicht, ob es an mir lag.

Nein, sagt sie, nachdem sie etwas getippt hat, es lag nicht an Ihnen. Der Flug ist völlig überbucht. Aber Sie haben Glück, da sind noch freie Plätze in der Businessclass.

Das ist ja toll, sage ich. Ich bin noch nie Businessclass geflogen.

Ich bin überhaupt noch nie geflogen, sagt sie. Ich habe Flugangst.

Ich lache.

Sie glauben, ich hätte einen Witz gemacht?

Nein, ich glaube, dass Sie die Wahrheit sagen. Man lacht ja über die Wahrheit. Über Witze lacht niemand.

Sie gibt mir meine Bordkarte und wünscht einen guten Flug.

Die breiten Sitze kenne ich ja vom Vorbeigehen, aber ich wusste nicht, dass man noch vor dem Start frisch gepressten Orangensaft bekommt. Die Frau neben mir hat ihre eigenen Armlehnen, sie mag so um die fünfzig sein und ist so klein, dass ihre Füße kaum den Boden berühren. Auch sie fliegt das erste Mal in der Businessclass.

Als eine der Stewardessen wissen möchte, ob wir noch Wünsche haben, bestelle ich einen Kaffee und dunkle Schokolade. Dunkle Schokolade habe sie nicht, bedauert sie, aber der Kaffee, den sie mir serviert, schmeckt. Man braucht nur genug Geld, man muss nur in der ersten Klasse sitzen, dann bekommt man guten Kaffee. Wenn man genug Geld hat, kann man in der Türkei die importierte Schokolade kaufen, die aus Amerika oder der Schweiz oder Belgien. Es ist egal, wo man ist, selbst in der Luft gibt es die besten Sachen, wenn man genug Geld hat. Oder ein bisschen Glück, so wie ich.

Ich nehme das Buch in die Hand, das Hase mir mitgegeben hat.

Das hat mir ein Freund geschenkt, er meinte, es handelt auch von jemandem, der seine Identität sucht und nirgendwo reinpasst. Ich finde ja, ich passe überall rein. Das Buch lag ganz unten im Rucksack, ich hatte es schon vergessen, ich habe es vorgestern beim Packen erst wiedergefunden. Mein Freund hat den Autor mal kennengelernt, in Istanbul, im Pudding Shop. Aber der ist später in Deutschland auf der Autobahn überfahren worden. Der Autor jetzt, nicht mein Freund, erzähle ich der Frau.

Aus meinem Leben könnte man auch einen Roman machen, sagt sie Frau. Bis an den Abgrund bin ich und wieder zurück.

Was für ein Abgrund?

Drogen, sagt sie. Meine Tochter hat mit Drogen angefangen, nachdem mein Mann gestorben ist. Da war sie 16. Das, was man so in Zigarettenpapier rollt, ich weiß nicht, wie das heißt, und später auch so Pulver, das man in die Nase zieht. Sie ist nicht mehr zur Schule gegangen, sie hat sich nicht mehr mit ihren Freundinnen getroffen, ihr ganzes Leben drehte sich nur noch um den Stoff und sie hat neue Freunde gefunden, obwohl man die nicht Freunde nennen konnte, es ging denen ja nur um Drogen. Ich wollte sie unbedingt fernhalten davon, aber was sollte ich tun, ich musste arbeiten, ich konnte ja nicht einfach zu Hause bleiben, um sie zu beaufsichtigen. Also habe ich Schloss gekauft und sie ans Sofa gekettet. Sie hat mir leidgetan, wenn ich abends kam und sie so auf dem Sofa sah, aber am nächsten Morgen habe ich sie wieder angekettet. Ich habe ihr verboten, Drogen zu nehmen, ich habe sie angefleht, aber sie hat natürlich nicht auf mich gehört. Ich habe ihr gedroht, ich habe sie gelockt, ich habe versucht, ihr Angst zu machen, ich habe ihr gesagt, dass ich sie liebe, dass ich niemanden mehr habe außer ihr. Schließlich habe ich mich krankschreiben lassen und bin ihr heimlich gefolgt. Dann bin ich in das Café, in dem sie sich Drogen gekauft hat, und habe dem Betreiber gesagt, dass er meine Tochter nicht mehr dort reinlassen darf. Ich mag klein sein, aber ich kann kämpfen. Ich habe ihm gesagt, dass ich seinen Laden auseinandernehme, wenn ich meine Tochter noch mal dort sehe. Ich habe einen Hocker genommen und ihn durch das Fenster geschmissen, damit er versteht, dass es mir ernst ist.

Ich bin zu Selbsthilfegruppen gegangen, wo andere Eltern von Drogensüchtigen waren, ich habe alles getan, was man tun konnte, ich habe nach jedem Strohhalm gegriffen. In der Selbsthilfegruppe haben sie gesagt, dass ich sie in Ruhe lassen muss, dass ich ihr jegliche Hilfe verweigern muss, dass sie einmal ganz unten ankommen muss. Dass sie selber da rauswollen muss. Dass sie mich vorher nur ausnutzen wird. Aber ich bin ihre Mutter. Sie im Stich zu lassen ist nicht so leicht.

Ich bin zu ihr hin und habe gesagt, dass ich verstehen möchte, was ihr das Zeug bringt. Wenn ich es verstehe, lasse ich dich in Ruhe, habe ich gesagt, aber wenn ich es nicht verstehe, musst du aufhören. Es hat Wochen gedauert, bis ich sie dazu überredet hatte, Tausende Wochen. Wir haben dann zusammen geraucht. Ich hatte mir vorgenommen, dass ich sagen werde: Ich spüre nichts. Egal, was da kommt, ich werde sagen: Ich spüre nichts. Aber dann wurde mir so komisch, die Zeit wurde lang und länger, das Zimmer wurde größer, ich konnte nichts mehr verstehen und gleichzeitig hatte ich das Gefühl, ich würde schweben. Ich bekam Angst, große Angst. Ich dachte, ich muss sterben, bevor ich noch einmal normal werden kann. Auf der Stelle, vor den Augen meiner Tochter. Weil ich Drogen genommen habe. Das wollte ich nicht. Das wollte ich auf gar keinen Fall. Deswegen habe ich den Krankenwagen gerufen. Also sie hat ihn für mich gerufen, ich konnte nicht mehr telefonieren, ich hatte Todesangst. Ich weiß noch, wie ich am Fenster stand, und meine Tochter hat versucht, mich zu beruhigen, während die Zeit nicht verging. Sie wurde länger und länger, aber sie verging nicht. Es dauerte Jahrhunderte, bis ich das Blaulicht sah, und ich war fast augenblicklich erleichtert. Ich würde nicht sterben. Ich habe so eine Angst ausgestanden. Obwohl ich mir vorgenommen hatte, zu sagen, dass ich nichts spüre. Ein Abgrund, ein Abgrund, in den ich da geblickt habe.

Und dann?

Meine Tochter ist ein willensstarker Mensch, sie fand es schwer, mit dem Tod ihres Vaters umzugehen, aber sie hat auf den rechten Weg zurückgefunden, ohne dass ich sie dafür im Stich lassen musste. Sie hat von ganz alleine aufgehört. Ohne Therapie. Ohne, dass ich ihr alle Hilfe verweigert habe. Sie ist stark. Ein bisschen wie ich. Sie ist jetzt verheiratet, sagt die Frau, ich fliege sie besuchen.

Ihre Tochter lebt in Deutschland?

Ja, in der Nähe von Offenbach.

Und Sie leben in der Türkei?

Ja, sagt sie, ich bin zurückgekehrt, aber weil meine Tochter noch da ist, bin ich auch häufig in Deutschland. Sie hat einen anständigen Mann geheiratet und sie haben zwei Töchter bekommen. Schau, hier, ich habe ein Foto.

Sie packt ihr Handy aus und zeigt mir eine junge Frau mit einem glänzenden blauen Satinkopftuch. Sie ist höchstens so alt wie ich. Sie hat zwei Kinder. Sie hat gekifft. Und gekokst oder Heroin geschnupft.

Die Frau schiebt das Bild weiter und zeigt mir den Ehemann, der einen Schnurrbart hat, und die beiden Kinder mit ihren langen Wimpern und pechschwarzen Haaren.

Sie hat die Kurve bekommen, sagt sie, sie hat angefangen, zu beten, sie hat angefangen, sich zu verhüllen, auch wenn sie in den ersten Jahren mit Kopftuch immer noch dieses Zeug in Zigarettenpapier geraucht hat. Das weiß ich von ihrer Freundin. Ich verstehe ja nicht, was sie daran findet, man fühlt sich so, als würde man schweben und sterben gleichzeitig. Aber sie ist stark und jetzt ist sie Mutter, die Zeiten sind vorbei. Ja, mein Sohn, sagt sie, ich habe meinen Mann verloren an den Krebs und dann fast meine Tochter an die Drogen. Man könnte einen Roman daraus machen, aber wer will sich schon damit abmühen?

Da haben wir etwas gemeinsam, sage ich. Ich habe auch mal dieses Zeug in Zigarettenpapier geraucht, nur ein Mal, sage ich. Ich bin müde geworden und hatte keine Lust mehr zu sprechen und lachen konnte ich auch nicht. Aber den meisten gefällt es ja.

Ja, sagt sie, vielleicht muss man unglücklich sein, damit man es schön findet.

Vielleicht, sage ich. Vielleicht ist das mit allem so. Man muss unglücklich sein, damit man anfängt, seine Identität zu suchen. Meine Freundin hat mich verlassen, weil ich mich nie mit meinen Wurzeln beschäftige, das hat mich unglücklich gemacht, deswegen bin ich für ein halbes Jahr nach Istanbul gegangen, und jetzt fahre ich zurück nach Hause.

Wohnst du auch in Offenbach?

Nein, ich wohne in Freiburg, aber das hier war der billigste Flug.

Ein deutsches Mädchen?

Ja.

Die taugen nichts, sagt die Frau. Es gibt überall gute und schlechte Frauen, aber die deutschen Frauen, die gehen einfach, wenn es ihnen zu schwer wird. Das sind keine Kämpferinnen.

Laura ist eine tolle Frau, sage ich. Und ich bin ja auch deutsch.

Ja?, fragt sie ungläubig.

Ja, meine Mutter ist Deutsche.

Du siehst gar nicht so aus. Und dein Türkisch ist auch ziemlich gut.

Danke, deines auch.

Sie lacht.

Hat es dir gefallen in Istanbul?, fragt sie.

Ja, sage ich, sehr.

Wo hast du denn gewohnt?

In Mecidiyeköy.

Mittendrin. Kennst du diese Granatapfelsaftstände? Wenn man in die Nähe der İstiklal kommt, kann man an jeder Ecke frisch gepressten Granatapfelsaft trinken.

Klar kenn ich das, sage ich.

Und hier bei Turkish Airlines bekommt man Orangensaft, sagt sie, wir verlieren immer, weil wir unseren eigenen Wert nicht erkennen.

Unser Wert ist Granatapfelsaft?, sage ich.

Sie lacht, als hätte ich einen Witz gemacht.

Was ist das da?, frage ich und zeige auf einige Äste mit kleinen Blättern, die aus der Tasche zu ihren Füßen hervorlugen.

Ein Olivenbaum. Den möchte ich meiner Tochter schenken.

Hast du schon mal einen Baum im Flugzeug gesehen?, hat Esra gefragt. Sie hat sich geirrt, Bäume können auch fliegen. Alles, was sie dafür brauchen, ist ein Mensch.

Gegen Ende des Fluges nehme ich das Buch in die Hand und fange an zu lesen. *Im Sommer fielen die Franzosen und die Österreicher in Istanbul ein. Horden von Hippies aus Wien und Paris, Tirol und der Bretagne, die die intime Atmosphäre, die bisher geherrscht hatte, in ein angeblich libertäres Tohuwabohu verwandelten. Sie trieben es in aller Öffentlichkeit, in den Parks, sie fingen an zu betteln, sie stahlen und betrogen ohne jedes Raffinement, sie droschen Phrasen und brachten in kürzester Zeit den allgemeinen Umgangston auf ein erbärmliches Niveau herab. Und für jeden, der nach Osten verschwand, tauchten am nächsten Tag zwei neue auf,* steht da.

Hase ist Österreicher. Ich frage mich, ob die Deutschen besser waren. Oder die Amerikaner. Ich frage mich, ob Hase das nicht nur erfunden hat, dass er den Autor getroffen hat. Oder der Autor hat die Österreicher nur erfunden, weil er irgendjemanden scheiße finden wollte. Mit diesen Gedanken schlafe ich ein und wache erst auf, als wir auf der Landebahn aufsetzen.

Direkt am Ende der Fluggastbrücke stehen Polizisten und kontrollieren Pässe. Erst bin ich überrascht, denke dann aber, dass das in Frankfurt vielleicht so gehandhabt wird. Auf meinen Pass schaut der Mann in Uniform gar nicht richtig drauf, ich darf sofort weiter, aber da fragt eine Polizistin in die Menge, ob hier jemand übersetzen kann, und ich biete mich an.

Was machen Sie in Deutschland?, möchte die Polizistin wissen.

Eine Geschäftsreise, antwortet der Mann im Anzug.

Welche Branche?

Bauunternehmungen.

Haben Sie eine Einladung Ihres Geschäftspartners?

Ja, die brauchte ich, um das Visum zu bekommen, aber ich habe sie jetzt nicht mit.

Das Visum sehe ich, aber ich kann nicht nachvollziehen, auf welcher Grundlage Sie das bekommen haben. Haben Sie Unterlagen, die belegen, dass Sie in der Branche tätig sind?

Der Mann holt aus seinem Aktenkoffer einen Ordner hervor, den die Frau sich nicht richtig ansieht.

Haben Sie ein Rückflugticket?

Ja.

Darf ich es sehen?

Es ist ein E-Ticket.

Darf ich trotzdem sehen?

Ich habe es nicht auf das Handy rübergezogen, ich müsste den Rechner hochfahren.

Machen Sie das bitte. Wie viel Bargeld haben Sie dabei?

Gar keines.

Wieso nicht?

Weil ich eine Kreditkarte habe.

Wollen Sie hier alles mit Kreditkarte bezahlen?

Ja.

Darf ich die Kreditkarte mal sehen, bitte?

Ja, bitte, hier.

Braucht Ihr Rechner immer so lange, um hochzufahren?

Ja.

Von wann ist der Rechner?

2011.

Haben Sie ihn neu gekauft?

Ja.

Wie kann ich sicher sein, dass dieses E-Ticket nicht gefälscht ist?

Weiß ich nicht, ich bin kein Computerfachmann.

Warum haben Sie es nicht zur Sicherheit noch mal ausgedruckt?

Weil ich es nicht brauche.

Wo übernachten Sie? Im Hotel?

Nein, bei meinem Geschäftspartner.

Das habe ich mir gedacht, sagt die Polizistin.

Das übersetze ich auch.

Wieso, halten Sie mich etwa für schwul?, sage ich dann.

Hat er das gefragt?

Nein, sage ich, das habe ich mir gerade selbst ausgedacht.

Sie lacht, vielleicht, weil sie glaubt, ich hätte einen Witz gemacht. Sie lacht, aber der Klang erinnert mich an Nevims Lachen.

Sagen Sie ihm, er soll nicht unverschämt werden, sagt sie.

Ist er nicht, sage ich. Das war ich.

Und Sie, werden Sie auch nicht unverschämt, sagt sie, ich mache hier nur meine Arbeit.

Das ist eine schöne Arbeit, sage ich. Ich würde mir auch gerne ausdenken, wo diese Menschen wohl alle schlafen. Was glauben Sie, bei wem ich heute Nacht schlafe?

Das interessiert mich nicht.

Warum nicht?

Junger Mann, wären Sie so freundlich, mich meine Arbeit machen zu lassen?

Wäre ich, sage ich, aber Sie haben ja um Hilfe gebeten. Und ich würde tatsächlich gerne wissen, warum Sie sich bei ihm dafür interessieren, wo er heute Nacht schläft, und bei mir nicht. Ich wohne in Freiburg. In einer WG. Aber ist mehr so eine Zweck-WG. Agnieszka und ich sind total unterschiedliche Menschen und wir haben auch einen unterschiedlichen Rhythmus, sie ist mehr so der Nachtmensch, während ich ja in der Regel früh schlafen gehe.

Ich entlasse Sie hiermit, sagt die Frau, vielen Dank, ich brauche Sie nicht mehr.

Gern geschehen.

Ich gehe weiter und folge den Schildern zur Gepäckausgabe, doch davor kommt noch eine Passkontrolle, so eine mit Schaltern. Ich freue mich. Das ist türkisch, denke ich mir. So wie man nicht nur einmal gefragt wird, ob man Tee haben möchte oder noch einen Nachschlag. Man wird zweimal gefragt, dreimal, viermal. Das zeigt, dass man seinen Gast wertschätzt. Hier in Frankfurt werden die Pässe zweimal kontrolliert, damit man sehen kann, wie gut die sich in Deutschland um einen kümmern. Ich freue mich. Vielleicht ist ja Deutschland noch freundlicher geworden, während ich weg war.

Der Mann am Schalter starrt lange auf seinen Monitor und sagt dann: Herr Felek, Ihren Pass muss ich leider einziehen.

Wieso, sage ich, muss der zur Bundeswehr?

Er lacht nicht.

Es gibt Verdachtsmomente gegen Sie. Sie werden in den folgenden Tagen Besuch von den Kollegen bekommen.

Was für Verdachtsmomente?

Die Kollegen werden das mit Ihnen in aller Ruhe besprechen. Sie fahren von hier aus nach Hause nach Freiburg?

Ja.

Die Kollegen melden sich bei Ihnen.

Sonst muss man immer aufpassen, dass man seinen Pass nicht irgendwo verliert, jetzt bewahrt die Polizei ihn für einen auf.

Brauchen Sie den anderen auch noch?, frage ich.

Welchen anderen?

Na, den türkischen.

Er sieht mich einige Momente lang verwundert an, dann schüttelt er den Kopf.

Jetzt habe ich nur noch einen Pass, den ich nicht verlieren darf. Geteiltes Leid ist halbes Leid. Ich hole mein Gepäck, und als ich durch den Zoll möchte, hält mich der Beamte an und fragt mich, was ich in den Taschen habe.

Nur meine persönlichen Sachen, sage ich, aber er bittet mich, den Rucksack und den Koffer auf den Tisch zu legen und zu öffnen. Jetzt finde ich es doch schade, dass ich keine Dreadlocks mehr habe, denn in denen würde er ja auch suchen und ich hätte etwas für ihn in den Haaren verstecken können.

Was ist das?, fragt er.

Das kennen Sie doch, sage ich.

Sie sagten, Sie hätten nur Ihre persönlichen Sachen in den Taschen.

Ja. Ist ja auch die Wahrheit.

Ein ganzer Koffer voller Lego? Für Ihren persönlichen Bedarf?

Ja.

Was machen Sie damit?

Meistens Gebäude. Manchmal auch Fahrzeuge.

Sie wollen mich wohl auf den Arm nehmen?

Nein, sage ich.

Sie wollen mir weismachen, Sie spielen in Ihrem Alter noch mit Lego?

Nein, sage ich.

Also, was machen Sie damit?

Habe ich doch schon gesagt. Meistens Gebäude, zuletzt aber zwei Brücken, die Galata-Brücke und die Metro-Brücke in Istanbul.

Sie haben gerade noch zugegeben, dass Sie mir das nicht weismachen möchten.

Richtig. Weil es ja die Wahrheit ist. Wenn man etwas weismachen möchte, stimmt es ja eigentlich nicht.

Er wühlt mit seinen Latexhandschuhen in den Legosteinen, nimmt einzelne heraus und betrachtet sie näher. Mein Sohn hat zu Weihnachten den Todesstern aus Lego bekommen, sagt er, der kostet fast 500 Euro. Ich kann gar nicht zählen, wie viel Lego das hier ist, aber ich muss auf jeden Fall von einem gewerblichen Nutzen ausgehen, das sieht mir zollpflichtig aus.

Jeder Erwachsene hat heutzutage Spiele auf seinem Handy, sage ich, in der Bahn, im Bus, an den Haltestellen, im Zug, die Leute spielen Candy Crush und Solitaire und Poker und was weiß ich. Ich habe kein einziges Spiel auf meinem Handy, ich spiele halt lieber Lego. Das ist alles meins, man kann ja sehen, dass es gebraucht ist.

Sie haben kein Spiel auf Ihrem Handy?

Nein.

Kein einziges?

Nein.

Darf ich mal sehen?

Ja, bitte.

Er schaut auf die Apps auf meinem Display, dann sieht er zur mir hoch, dann wieder runter.

Aha, sagt er.

Was, aha?

Er sieht mich an und nickt leicht mit dem Kopf. Ich kenne diesen Blick. Er will mich nackt sehen.

**Epilog, in dem klar wird, dass die Trennung endgültig ist, und sich eine neue Beziehung anbahnt**

Der Passentzug ist auf drei Monate beschränkt, Krishna Mustafas Mutter und Hase bedrängen ihn, gerichtlich dagegen vorzugehen, doch er möchte sich nicht damit beschäftigen. Wenn ihnen dieser Pass so wichtig ist, dann können sie ihn behalten, sagt er, und er wird ihn auch nach Ablauf der drei Monate nicht abholen. Für die Warnungen, dass er ab jetzt beobachtet und abgehört wird, hat er kein offenes Ohr.

Als er sich zwei Tage nach seiner Ankunft mit Laura trifft, hat sie eine neue Tätowierung auf dem linken Unterarm, ein Mädchen, das einen Drachen steigen lässt. Sie zieht ihren Arm zurück, als Krishna Mustafa ihn streichelt. Sie wiederholt einige Male, dass er ein Guter sei und sie ihn sehr gerne habe, aber nicht mehr mit ihm zusammen sein möchte, weil seine Ausblendungstechniken zu gut funktionieren.

Krishna Mustafa bewegt das Wort Ausblendungstechnik einige Male in seinem Kopf hin und her und fragt dann, was mit der Identität sei. Darauf käme es nicht an, sagt Laura, sie habe herausgefunden, dass seine Problemvermeidungsstrategie das Problem sei. Und nicht die fehlende Auseinandersetzung mit der Identität. Das habe ihr die Geschichte mit dem Verfassungsschutz noch mal verdeutlicht.

Problemvermeidungsstrategie als Problem. Krishna Mustafa kann immer noch nicht erkennen, was sie von ihm möchte, doch er sieht, dass sie Tränen in den Augen hat, als sie aufsteht. Die Tulpen, die er ihr mitgebracht hat, lässt sie liegen.

Die Tulpen kamen über die Türkei nach Europa, wo sich Holland zu einem Zentrum der Tulpenzucht entwickelte, und bis heute werden Tomaten und Tulpen aus Holland exportiert und haben es zu einigem Ruhm gebracht.

Das Lale-Restaurant in Istanbul hat seine Identität nicht verloren, wie viele Hippies, Systemkritiker, Individualreisende, Nostalgiker und Globalisierungsgegner gerne behaupten. Es hat nicht seine Seele dem Mammon geopfert, es hat sich einfach nur verändert. Es war ein Restaurant und es ist immer noch ein Restaurant, und wie alle anderen Restaurants ist es dafür gedacht, Gewinn zu erwirtschaften. Alles andere wäre eine Lüge. In wessen Magen das Essen landet, ist dem Gewinn egal.

Krishna Mustafa wird noch einige Zeit brauchen zu verstehen, dass die Frage nach der kulturellen Identität auch eine Ausweichstrategie ist. Denn die eigentlichen Fragen lauten: Unter welchen Bedingungen lebst du dort, wo du lebst? Wie ist das Geld verteilt, wie die Chancen und wie wird das begründet?

Krishna Mustafa ahnt, dass die Fragen, die ihm gestellt werden, keine Relevanz besitzen. Er weiß aber noch nicht, dass die Frage der Identität viel tiefer gehen kann: Warum fühlt er sich eigentlich immer angezogen von Frauen, die unabhängig und selbstständig wirken, die ihm dann aber ablehnend gegenüberstehen und ihn unbedingt verändert sehen wollen? Diese Frage würden ihm weder Laura noch Nesrin noch seine Mutter stellen.

Auch Krishna Mustafa möchte die Tulpen nicht, die nun auf dem Tisch liegen, und schenkt sie der Kellnerin, die mitten im Winter barfuß bedient. So endet unsere kleine Geschichte, die mit dem Gelächter der Tulpen begonnen hat, mit Tulpen, die lachen, weil sie gerade eine neue Beziehung anbahnen.

**Der Chor der Ungläubigen hat einen Kater und schafft es nicht, eine orientalische Parabel zu erzählen**

Aah, was für ein Schädel. Was sich reimt, ist gut, sagt Pumuckl. Vielleicht hilft es.

Es war einmal ein Kuchen, der ging auf Wanderschaft,
er ging nicht gerne alleine, darum nahm er Apfelsaft
mit als seinen Gefährten und sie bereisten jedes Land
und suchten die Identität des Kuchens, denn die war unbekannt.
Er wollte gerne wissen, war er Marmor oder Sand,
Zitrone oder Stollen, Industrie oder von Hand,
war er Guglhupf oder Brownie, Sahne oder Käse,
kam er aus Albanien oder war er doch Chinese.
Auf ihrer Wanderschaft trafen sie eine Torte,
die wusste es auch nicht, doch sie sprach die Worte:
Ob Rosinen, ob Stevia, ob Sirup oder Zucker,
wenn du nur süß bist, ist alles in Butter.
Denn merke: Die Identität ist nichts Konkretes,
sicher schien nur: Zu viel Zucker führt zu Diabetes.

Puh, das holpert. Und immer noch ein Schädel.
Wie Ihnen sofort einleuchten wird, wollten wir zum Abschluss eigentlich noch eine kurze, knackige orientalische Parabel erzählen. So eine leicht verschnörkelte Geschichte, die nach Gewürzen riecht und sich einer blumigen Sprache bedient. Eine, in der klar wird, dass wir die Erde nur der Form nach als Kugel verstehen, die Welt-

anschauung aber in der Regel immer noch einem Pfannkuchen ähnelt, wo es die eine Seite gibt und die andere. Eine, in der klar wird, dass der Begriff der Identität eng verknüpft ist mit den Nationalstaaten, die eine Erfindung der Fahnenindustrie sind. Eine, in der wir verdeutlichen können, dass man eine verklärte Sicht auf die Vergangenheit, eine Abwendung von der Ratio, eine Ablehnung der modernen Welt zuerst bei den Romantikern beobachten konnte. Dass diese Ideen zunächst im Westen entstanden sind und heute dem Osten zugeschrieben werden. Und wären wir in Form gewesen, hätten wir noch eine Referenz zu den Romantikern eingebaut, die Krishna Mustafa die ganze Zeit in dem Glauben zitiert, es seien die Worte seiner Mutter. Aber mit diesem Schädel. Egal. Denken Sie es sich einfach aus. Orientalisch, davon verstehen Sie ja jetzt was …

Dank geht an:
Meine Familie, Lutz Freise, Tim Wasser, Ralf Gerhardi, Christian Asmussen, Ciğdem Arsu, Jochen Proehl, Yasemin Dayıoğlu-Yücel, Philipp Dreber, Markus Martinovic, Marion Look, Georg Hasibeder, Philipp Hönig, @sonderwonder, @tankboy77 und das Internet.

Die Arbeit an diesem Buch wurde gefördert durch das Galata-Stipendium der Stadt Köln, durch ein Arbeitsstipendium der Robert Bosch Stiftung und durch das Arbeitsstipendium des Landes NRW.

Die deutsche Übersetzung des Gedichts von Yunus Emre stammt von Zafer Şenocak.

**Selim Özdogan**
Der Klang der Blicke
Geschichten
264 Seiten, gebunden mit Schutzumschlag
€ 19.90
ISBN 978-3-7099-7000-3

Selim Özdogan bringt das Leben auf den Punkt: Nur schmal ist der Grat zwischen Sonnen- und Schattenseite, zwischen denen, die alles erreichen wollen, und denen, die nichts mehr zu verlieren haben. Özdogan begleitet sie auf ihren Wegen: den Vater, der statt seiner Liebe auf den ersten Blick die Frau seines Lebens heiratet. Den Lehrer, der freitagmittags doch eigentlich nur nach Hause will. Und die Jungen unter der Laterne, die den ersten Schluck jeder Flasche immer auf den Boden gießen, obwohl eigentlich keiner weiß warum.
  Was dabei entsteht, sind Geschichten, deren Rhythmus und Klang den Leser tragen wie eine Melodie. Es sind Geschichten von Menschen, die nach festem Grund unter ihren Füßen suchen, von Liebenden, die der Wahrheit hinter der Poesie nachspüren, von der Angst vor dem Tod und der Sehnsucht nach ihm, vom Leben im Takt der Musik und von Tagen im Paradies.

*„Özdogan versteht es, in unterschiedlichste Welten zu entführen, ohne dabei jemals unglaubwürdig zu wirken."*
APA – Austria Presse Agentur, Wolfgang Huber-Lang

www.haymonverlag.at

**Selim Özdogan**
DZ
Roman
384 Seiten, gebunden mit Schutzumschlag
€ 22.90
ISBN 978-3-7099-7084-3

Zwei Geschwister, zwei Welten: Um seiner Mutter ihren letzten Wunsch zu erfüllen, macht sich Ziggy auf die Suche nach seinem Bruder Damian. Vor Jahren hat Damian Europa mit seinen strikten Gesetzen und Überwachungssystemen verlassen und eine Heimat in der DZ gefunden, einem Land, das unter der tropischen Sonne Südostasiens ein Leben in Freiheit und grenzenlosen Zugang zu Drogen verspricht. Während Ziggy in eine Welt von Chatrooms und Onlinecommunities einer modernen Drogenszene eintaucht, um dort eine Spur von Damian zu finden, stößt sein Bruder in der DZ auf eine neuartige Substanz, die den Geist für ungeahnte Wahrnehmungen und Einsichten öffnet. Rasch erkennt Damian die Macht und die Gefährlichkeit der Substanz und beschließt, in den Untergrund abzutauchen.

In seinem großen neuen Roman erzählt Selim Özdogan von der schönen neuen Drogenwelt des Internets, der Suche nach dem Glück und brüchigen Utopien. Er nimmt seine Leser mit auf eine atemberaubende Reise, die hinter unsere Horizonte führt.

*„ein eindringlicher, berührender, besonderer Roman"*
ekz-Informationsdienst, Elisabeth Mair-Gummermann

www.haymonverlag.at